BESTSELLERWORLDBOOK 49

제인에어

샬럿 브론테 지음 | 유혜경 옮김

소담출판사

유혜경

1960년생. 성심여자대학교 경영학과 졸업. 스페인 마드리드 국립언어학교 스페인어과 수료.
영국 옥스퍼드 Godmer House 영어 연수. 한국외국어대학교 동시통역대학원 졸업.
역서로 『내 일생의 단 한 번』 『사랑의 충동』 『아침 7시, 그 남자의 불행』 『위대한 이혼』 등이 있다.

BESTSELLER WORLDBOOK 49

제인에어

펴낸날 ｜ 1994년 8월 25일 초판 1쇄

지은이 ｜ 샬럿 브론테
옮긴이 ｜ 유혜경
펴낸이 ｜ 이태권
펴낸곳 ｜ (주)태일소담
　　　　서울시 성북구 성북동 178-2 (우)136-020
　　　　전화 ｜ 745-8566~7　팩스 ｜ 747-3238
　　　　e-mail ｜ sodam@dreamsodam.co.kr
　　　　등록번호 ｜ 제2-42호(1979년 11월 14일)
　　　　홈페이지 ｜ www.dreamsodam.co.kr

ISBN 89-7381-050-2 00840

- 책값은 뒤표지에 있습니다.
- 잘못된 책은 구입하신 곳에서 교환해드립니다.

BESTSELLERWORLDBOOK 49

Jane Eyre

Charlotte Brontë

제가 가난하고, 미천하고, 얼굴이 못생긴
보잘것없는 여자라고 해서 감정도 없다고 생각하세요?
저도 선생님과 똑같은 감정을 갖고 있어요.
혼도 갖고 있어요.
하느님께서 제게 아름다움과 풍부한 재산을 베풀어 주셨다면,
제가 지금 선생님과 작별하는 기분과 똑같이
선생님도 저와 헤어지는 것을 괴로워하시도록 해 드렸을 거예요.

Jane Eyre

제인에어 <u>9page</u>
작가와 작품 해설 <u>327page</u>
작가 연보 <u>334page</u>

1

 그날은 결코 산책을 할 수 없는 날씨였다. 우리는 아침에만도 한 시간 동안이나 낙엽 진 숲 속 오솔길을 거닐었으나, 점심 식사 후에는(리드 부인은 손님이 없을 때엔 일찍 식사를 했다) 차가운 겨울 바람이 휘몰아치고 먹구름이 일고 비가 쏟아졌기 때문에 더 이상 밖에서 놀 생각을 못했다.
 나는 오히려 그 편이 좋았다. 왜냐하면 저녁 산책은, 더군다나 추운 날 오후의 산책은 딱 질색이었기 때문이다. 추위로 손발에 감각이 없을 지경인데다가 보모 베시의 꾸중을 들어야 하고, 또한 내가 엘리자나 존이나 조지아나에 비해 약골이라는 생각을 하면서 집으로 돌아오는 것은 정말 죽기보다 싫었다.
 엘리자, 존, 조지아나는 어느새 응접실에서 그들 어머니 곁에 모여

앉아 있었다. 아이들에게 둘러싸인 채 난로 옆 소파에 앉아 있는 부인의 얼굴은 무척 행복해 보였다. 부인은 나를 아이들과 어울리지 못하게 했다. 그리고는 "너를 이애들과 함께 놀지 못하게 하는 건 마음 아픈 일이지만, 네가 좀더 상냥하고 명랑해져서, 말하자면 지금보다 쾌활하고 솔직한 태도를 가지려고 애쓰고 있다는 것을 베시에게서 듣든지 아니면 내 눈으로 그것을 직접 확인하든지 하기 전에는 너를 이 아이들에게서 떼어 놓지 않을 수 없구나." 하고 말하는 것이었다.

그래서 나는 물었다.

"베시가, 제가 뭘 어떻게 했다고 그러던가요?"

"제인, 나는 무슨 일에나 불평하고 꼬치꼬치 따지고 드는 애는 딱 질색이야. 그리고 또 어린애가 어른에게 그런 태도로 대드는 것도 그렇고. 당장 다른 곳으로 가서 얌전히 앉아 있어!"

나는 응접실 옆에 붙어 있는 작은 식당으로 살며시 들어갔다.

그 식당 안에는 책장이 하나 있었다. 나는 그중에서 미리 점찍어 두었던 그림책을 빼 들고는 창턱에 올라가 다리를 꼬고 앉았다. 이제 나는 아무도 없는 아주 안전한 곳으로 피신을 한 셈이다. 나는 그 자세로 책을 무릎 위에 놓고 있을 때가 제일 행복했다. 그러나 단 하나 두려운 것은, 그런 행복한 시간을 누군가에게 방해받는 것이었다. 얼마 후, 식당 문이 열렸다.

"이봐! 어디 있어!"

존 리드가 문을 열면서 소리쳤다. 그는 식당 안에 아무도 없는 줄 알았는지 잠시 아무 말도 하지 않았다.

"요게 도대체 어디 있는 거야? 리자! 조지! 제인이 없어. 엄마한테 비가 오는데도 밖으로 나갔다고 일러! 망할 년!"

'아아, 커튼을 쳐 두길 잘했어!' 하고 생각하며 제발 존이 내가 숨어 있는 곳을 찾지 못했으면, 하고 속으로 빌었다. 사실 존은 무엇을 본다든지 생각하는 것이 날카롭지 않기 때문에 저 혼자 힘으로는 나를 찾아내지 못할 것이다.

그런데 이때 엘리자가 식당 안을 들여다보며 소리쳤다.

"잭(존의 애칭), 틀림없이 창가에 있을 거야."

그 말에 나는 얼른 그곳에서 빠져나왔다. 잭에게 끌려 나올 생각을 하니 소름이 끼쳤던 것이다.

"내게 무슨 볼일이라도……."

나는 기가 죽어서 조심스럽게 **물었다**.

"리드 도련님, 무슨 볼일이라도 **계십니까**, 하고 말해 봐."

존은 거만한 얼굴로 이렇게 말하며, 안락의자에 앉아서 나더러 더 가까이 와서 자기 앞에 서라고 손짓을 했다.

존 리드는 나보다 네 살이나 위인 열네 살의 학생이었다. 나이에 비해서 몸집이 크고 뚱뚱하며, 피부는 거무스레하고 얼굴이 터무니없이 넓은데다가 눈과 코가 부어오른 것 같고 손발도 컸다. 그는 이미 학교에 가야 할 나이였지만 몸이 약하다는 이유로 한두 달 전부터 집에 와 있었다. 그는 어머니나 누이에게도 그다지 애정을 느끼고 있지 않은 것 같았으며, 특히 나를 몹시 미워했다.

그는 늘 나를 괴롭히고 못살게 굴었기 때문에 나는 그가 가까이

오는 기미만 있어도 온몸이 오그라드는 것 같았다. 그러나 존에게 그러한 괴로움을 당해도 나는 어디에다 호소할 곳이 없었다. 그는 리드 부인이 없는 곳에서는 나를 더욱더 심하게 괴롭혔다.

언제나 그랬듯이 나는 그의 의자 앞으로 다가섰다. 그는 혀뿌리를 다치지 않을 정도로, 그러나 될 수 있는 한 혀를 길게 쭉 내밀고 있었다. 그가 곧 나를 때릴 것이라는 걸 눈치 챈 나는 매 맞는 일이 두려우면서도 때리려고 하는 그의 지긋지긋하고도 추한 얼굴을 빤히 쳐다보았다.

나의 그런 생각을 알았는지 그는 갑자기 아무 말도 없이 나를 힘껏 한 대 때렸다. 나는 비틀거리면서도 몸의 중심을 잡으려고 의자에서 조금 물러섰다.

"이건 아까 엄마한테 버릇없이 말대꾸한 데 대한 벌이야. 또 커튼 뒤에 몰래 숨어 있었던 일과 조금 전의 그 따위 눈초리로 나를 본 데 대한 벌이란 말이야. 요 쥐새끼 같은 년!"

이런 존 리드의 학대가 몸에 밴 나는 아무 말도 하지 않았다. 다만 앞으로 가해질 그의 매질을 어떻게 견디느냐 하는 것만이 걱정이었다.

"그래, 커튼 뒤에서 뭘 하고 있었지?"

"책 읽고 있었어."

"그 책 내놔 봐."

나는 창가에 있는 책을 그에게로 가져갔다.

"이런 건방진 것. 감히 우리 책에 손을 대? 네게는 그럴 권리가 없어. 네 아버지가 유산을 한푼도 남기지 않았기 때문에 너는 돈도 없대. 그러니까 빌어먹는 게 당연하지. 그런 네가 우리 같은 부잣집 애들과 같이 살면서 우리와 똑같은 음식을 먹고, 우리 엄마 돈으로 산 옷을 입는 걸 그냥 둘 수는 없단 말이야. 앞으로 한 번만 더 내 책장을 뒤지면 그냥 두지 않을 거야. 저기 문 앞으로 비켜 서!"

처음에는 그가 어떤 생각으로 그런 말을 하는지를 몰라 나는 그의 말대로 문 앞으로 가서 섰다.

그러나 그가 책을 들어 던지려는 것을 본 순간 나는 겁에 질린 나머지 비명을 지르며 피했다. 하지만 때는 이미 늦어 책은 그의 손을 떠나 내게 날아왔다. 나는 머리를 문에 부딪히며 넘어져 상처를 입었다. 공포의 순간이 지나가자, 이내 두려움은 사라지고 분노가 치밀어 올랐다. 그래서 나는 소리쳤다.

"너무해! 살인자 같아. 노예 감독, 로마 황제들과 똑같다고!"

나는 골드스미스(Goldsmith Oliver, 1728~1774)의 『로마사』를 읽어서 전부터 로마의 노예 감독이나 포악한 황제들과 존을 마음속으로 비교해 본 일이 있기는 하지만, 그것을 이렇게 입 밖에 내어 말할 생각은 조금도 없었다.

"아니, 뭐, 뭐라고?"

그는 미친 듯이 소리쳤다.

"지금 그거 나한테 한 말이야? 엘리자, 조지아나, 너희도 들었지? 엄마한테 안 이르나 봐라. 아니, 그보다 먼저……."

그는 갑자기 내게 달려들어 어깨와 머리를 난폭하게 잡고 흔들었다. 정말 난폭하기 그지없었다.

피가 한두 방울 머리에서 목덜미로 떨어지는 느낌은 한동안 공포심조차도 사라지게 했다. 순간 나는 미친 듯이 그에게 덤벼들었다. 내가 어떻게 했는지는 잘 모르겠지만 존이, "나쁜 년, 나쁜 년." 하고 소리를 질렀다.

그때 존의 곁에는 이미 구원병이 와 있었다. 엘리자와 조지아나가 2층에 있는 리드 부인을 불러왔던 것이다.

리드 부인 외에 보던 베시와 하녀 애버트도 와 있었다. 그들은 나와 존을 따로 떼어 놓고 각기 한마디씩 했다.

"원 세상에, 존 도련님에게 달려들다니, 아무래도 머리가 돌았나 봐."

"이렇게 성난 것은 처음 보는데!"

그러자 리드 부인이 말했다.

"'붉은 방'에다 가두고 문을 잠가 버려!"

나는 곧 그들의 손에 붙들려 2층으로 끌려 올라갔다.

2

나는 끝까지 반항했다. 사실 이런 일은 나로서는 뜻밖의 일이었지만, 아무튼 이 일로 해서 나에 대한 베시나 애버트의 감정은 더욱 나빠졌다.

　나는 정말 정신이 좀 이상해져 있었다. 아니, 오히려 제정신이 아니었다는 것이 옳은 표현일 것이다. 그래서 나는 반항하는 노예처럼 될 대로 돼라는 식이 되어 어떤 일이라도 해치울 결심을 했다.

　"애버트, 얘 손을 좀 잡아요. 마치 고양이 같아."

　"이게 무슨 변이람!"

　하녀가 외쳤다.

　"글쎄, 이게 무슨 짓이에요, 에어 아씨? 도련님에게 대들다니, 주인의 아드님에게······."

　"주인이라니? 어째서 내 주인이지? 그럼, 난 하인인가?"

　"먹고 입는 값도 못하니까 하인보다도 오히려 못해요. 자, 조용히 앉아서 자기 잘못이나 반성해 봐요."

　그들은 리드 부인이 지시한 '붉은 방'의 걸상 위에 나를 내동댕이쳤다. 나는 곧 일어나려고 했지만, 네 개의 손이 어깨를 눌러 버렸다.

　"조용히 있지 않으면 묶어 버리겠어요. 애버트, 양말 대님 좀 빌려 줘요. 내 것은 이애가 금방 끊을 테니."

　베시가 말했다.

　애버트가 굵은 다리에서 양말 대님을 풀려고 했다. 반항하면 할수록 굴욕이 더욱 심해진다는 것을 생각하자 나는 어느 정도 흥분이 가라앉았다.

　"그거 풀지 마! 나 가만히 있을 거야."

　나는 이렇게 소리쳤다.

"정말 조용히 해야 돼요."

베시는 내가 정말 조용해진 것을 확인하더니 잡고 있던 손을 놓았다. 그리고 베시와 애버트는 믿어지지 않는다는 듯이 팔짱을 끼고 서서 나를 쳐다보았다.

잠시 후, 베시가 애버트에게 말했다.

"이애가 전에는 이렇지 않았는데."

그러나 애버트는, "아니, 언제나 그랬어요. 그래서 가끔 마님께 내 생각을 말씀드렸지요. 깜찍한 애예요. 요 또래에 이렇게 앙칼진 애는 처음 봤어요." 하고 말했다.

그 말에 베시는 아무 대꾸도 안 했다. 그러나 잠시 후, 나를 향해 이렇게 말했다.

"아씨는 말이에요, 리드 부인의 은혜를 입고 있는 몸이라는 것을 잊지 말아야 돼요. 마님이 아씨를 먹여 주고 입혀 주니까. 만일 마님이 화가 나서 아씨를 쫓아내면 갈 데나 있어요?"

나는 대꾸할 말이 없었다. 이런 말을 이번에 처음 듣는 것은 아니었다. 내가 이 집에서 더부살이를 하고 있다는 말은 귀에 못이 박힐 정도로 들어왔기 때문에 이젠 아무렇지도 않았다.

옆에서 애버트가 참견을 했다.

"그러니까 너는 네가 이 댁 리드 도련님이나 아씨들과 똑같다고 생각해서는 안 돼. 마님이 친절하셔서 너를 당신의 사랑스러운 애들과 같이 길러 주시는 것뿐이야. 얼마 안 있으면 이 댁 도련님과 아씨들은 부자가 되지만, 너는 여전히 가난뱅이일 뿐이야. 겸손하게 굴고 모두의 마음에 들도록 노력하는 게 네가 할 일이야."

그러자 베시도 말했다.

"이렇게 말하는 것도 모두 아씨를 위해서예요. 앞으로는 좀더 싹싹하고 명랑해지려고 노력해 봐요. 그렇게 된다면 이 댁에서 계속 살게 되겠지만, 끝까지 심술을 부리고 거친 행동을 하면 마님께서 쫓아낼 거예요."

"아무렴요, 그런 아이는 하느님께서도 미워하실 거예요. 한참 골을 내고 있을 때 목숨을 거두어 가실지도 몰라요. 자, 베시, 그냥 내버려두고 갑시다. 난 저런 애는 딱 질색이야. 에어 아씨, 혼자서 조용히 하느님께 기도나 해요. 죄를 뉘우치지 않으면 굴뚝에서 귀신이 내려와 잡아갈 거예요."

그들은 문에다 자물쇠를 채우고 가 버렸다.

이 '붉은 방'은 보통 때는 쓰지 않는 침실로, 사람이 자는 일은 거의 없었다.

여간해서는 불을 피우지 않아 냉기가 돌고, 아이들 방과 부엌에서 멀리 떨어져 있기 때문에 섬뜩할 정도로 조용했다.

얼마 후, 나는 그들이 정말로 문을 잠그고 갔는지 확인해 보고 싶어졌다. 아, 그러나 문은 감옥보다도 더 굳게 잠겨져 있었다. 그때 나는 지금까지 일어난 모든 일에 대한 생각이 차례차례 떠오르는 것을 자제하지 않으면 안 되었다. 존 리드의 폭행, 그의 누이동생들의 아니꼬운 냉대, 그 어머니의 나에 대한 미움, 하인들의 한쪽으로 치우친 애정…… 이런 수많은 생각들이 흥분된 마음속에서 제각기 용솟

음쳤다.

나는 왜 늘 고통을 당해야 할까? 나는 왜 모든 사람에게 유쾌한 기분을 줄 수 없을까? 나는 다른 사람의 마음에 들기 위해 애쓰고 있는데 왜 그 대가를 받지 못하는 것일까? 그리고 또 아무리 애써도 사랑하는 사람이 없는 건 무슨 까닭일까?

모두들 엘리자처럼 고집 세고 이기적인 애를 소중하게 여겼다. 또 심술궂고, 무엇이든 제멋대로고, 독살스럽고, 남을 헐뜯기 좋아하는 조지아나는 누구에게나 응석을 부려도 괜찮았다. 그녀의 아름다움 — 사과처럼 발그레한 뺨, 금발의 고수머리 — 이 다른 사람에게 호감을 주고, 무슨 실수를 해도 나무람을 듣지 않게 해 주는 것 같았다.

그리고 존이 비둘기의 목을 비틀거나 새끼 공작을 죽이거나 화초를 꺾어도 벌을 주기는커녕 누구 하나 말리는 사람도 없었다. 그뿐 아니라 그는 자기 어머니를 '할망구'라고 놀리는 일도 있었고, 어머니의 비단옷을 찢어 망쳐 놓는 일은 보통이었다. 그래도 존은 여전히 리드 부인의 귀염둥이 아들이었다.

나는 남의 눈에 벗어나는 어떤 실수도 저지르지 않으려 했다. 그런데도 나는 언제나 말썽꾸러기이며, 귀찮고 골 잘 내는 비겁쟁이라는 말을 들었다.

'아, 억울해! 정말 억울해!'

나는 마음속으로 이렇게 외쳤다. 또 내 마음속에서 속삭이는 소리는, 이 참을 수 없는 압박에서 어서 벗어나려면 도망을 치든지 그렇지 않으면 차라리 굶어 죽어 버리라고 충동질을 했다.

나는 이 집에는 어울리지 않는 사람이었다. 리드 부인이나 그녀의 아이들이나 그녀의 손발과 같은 하인들과도 나는 어울릴 수가 없었다.

사실 그들이 나를 사랑하지 않듯이 나도 그들을 사랑하지 않았다. 집안 사람들 중 어느 누구와도 맞지 않는 나에게 그들이 다정하게 대해야 할 필요는 없었다.

내가 만일 명랑하고 싹싹한 성질을 가지고 있으며, 재주 있고 모든 일에 참견하지 않고 억지나 부리는 귀여운 장난꾸러기라면―비록 얹혀산다고는 해도―리드 부인은 나와 함께 사는 것을 기꺼이 견뎠을 것이고, 아이들도 내게 좀더 부드럽게 대해 주었을 것이다. 그리고 하인들도 내게 애매한 누명을 씌우려 하지는 않았을 것이다.

어느새 햇살은 '붉은 방'에서 떠나고 있었다. 오후 4시가 지났다. 음산하게 구름 낀 오후는 서서히 황혼 녘으로 옮겨가고 있었다.

내 몸은 점점 돌같이 싸늘해지고, 용기도 차차 사라져 갔다. 항상 느껴 왔던 굴욕감이나 우울감 등이 되살아났다. 모두들 나를 나쁘다고 말한다. 아마 그럴는지도 모른다. 나는 차라리 굶어 죽어야겠다는 생각을 했다. 그것은 분명히 나쁜 생각이었다.

나는 언젠가 게이츠헤드 교회의 지하실에 리드 씨가 묻혀 있다는 말이 생각나자 공포에 떨면서도 리드 씨에 대한 회상에 잠겼다.

리드 씨에 대한 어떤 확실한 기억은 없으나, 그분이 나의 외삼촌이라는 것과 내가 아직 젖먹이 고아일 때 나를 이곳으로 데려왔다는 것, 그리고 숨을 거둘 때 리드 부인에게 나를 자기 자녀들과 똑같이 키워 줄 것을 맹세 시킨 일 등을 나는 알고 있다.

아마 리드 부인 자신은 그 약속을 충실히 지켰다고 생각할 것이다. 사실 그녀의 성격으로는 그만하면 약속을 지켜 왔다고 할 수 있을 것이다. 하지만 남편이 세상을 떠난 지금, 자기와는 피 한 방울 섞이지 않은 나를 어떻게 진심으로 사랑할 수 있을까?

강제로 하게 된 맹세로 인해 자기가 사랑할 수 없는, 알지도 못하는 아이의 어머니가 되어야 하고, 또 자기 가족 가운데 낯선 사람이 영원히 끼여 있는 꼴을 보아야 한다는 것은 참으로 진저리 나는 일이었을 것이다.

문득 죽은 사람에 대해 들은 이야기가 생각났다. 자기가 죽을 때 남긴 말이 이루어지지 않을 때엔 무덤 속에서도 마음이 편치 않아 약속을 어긴 사람을 벌하고, 구박받는 사람들을 위해 복수를 하려고 이 세상에 다시 나타난다는 이야기였다. 그래서 나는 리드 외삼촌의 넋이 자기 누이동생의 딸이 구박받는 것을 보고 교회의 지하실을 빠져나와 이 방에 나타날지도 모른다고 생각했다.

나는 흐르는 눈물을 닦고 입술을 깨물며 울음을 참았다. 지나치게 슬프게 울면 그 소리에 이 세상 사람의 것이 아닌 목소리가 나를 위로하려 들고, 어둠 속에서 이상하게 빛나는 눈이 쳐다보지나 않을까 겁이 났기 때문이다. 보통 때 생각으로는 이런 일이 위안이 될 것도 같았으나, 막상 실제로 이런 일이 생기면 무서울 것이라고 나는 생각했다.

그때 벽에 한줄기의 빛이 반짝였다. 혹시 덧문 틈으로 스며드는 달빛이 아닐까도 생각해 봤지만, 만일 달빛이라면 움직이지 않을 텐데 그 빛은 쳐다보고 있는 동안 천장으로 옮겨가서는 내 머리 위에서 흔들렸다.

지금이라면 아마 뜰을 지나는 누군가의 손에 들린 등불이라고 생각할 수도 있겠지만, 그때 내 마음은 불안감으로 날카로워져 있었기 때문에 나는 휙 지나간 그 빛을 저승에서 오는 귀신의 심부름꾼이라고 생각했다.

가슴이 뛰고 피가 머리로 몰렸다. 꼭 무엇인가가 내 가까이 있는 것 같았다. 나는 도저히 견딜 수가 없어서 문에 매달려 있는 자물쇠를 힘껏 흔들어댔다.

이윽고 바깥 복도에서 뛰어오는 발소리가 들리더니, 문이 열리고 베시와 애버트가 들어왔다.

"에어 아씨, 어디 아파요?"

베시가 물었다.

"소란도 지긋지긋하게 떠네! 몸서리가 나."

애버트가 소리쳤다.

"제발 나를 애들 방으로 데려다 줘요." 하고 나는 외쳤다.

"아니, 왜 어디 다쳤어요? 뭘 봤어요?"

베시가 다시 물었다.

"불빛이 보였어. 나는 꼭 유령이 오는 줄 알았어."

이렇게 말하며 나는 베시의 손에 매달렸다. 베시는 뿌리치지 않았다.

"일부러 소리를 지른 거야. 무슨 소리를 그렇게 지르지? 정말 두려워서 그랬다면 용서할 수도 있지만, 아씨는 우리를 불러들이기 위해서 일부러 그런 걸 거야. 누가 그 얄미운 꾀를 모를까 봐."

애버트가 미워 죽겠다는 듯이 말했다.

이때 또 다른 싸늘한 목소리가 들렸다.

"왜 이렇게 야단들이야?"

리드 부인이 옷이 버석거리는 소리를 요란스럽게 내면서 복도를 걸어왔다.

"베시, 애버트, 내가 직접 올 때까지는 이애를 '붉은 방'에 혼자 가둬 두라고 했잖아."

"에어 아씨가 고함을 질러서요, 마님."

베시가 변명을 했다.

"그대로 내버려둬!"

대답은 이 한마디뿐이었다.

"제인, 어서 베시의 손을 놔. 이런 방법으로는 밖에 나가지 못한다는 것을 알겠지? 나는 어린애가 이런 꾀를 쓰는 게 제일 싫어. 어떤 재주를 부려도 소용없다는 걸 가르쳐 줘야겠어. 반성하는 태도가 보이고 조용히 있어야만 내보내 줄 거야."

"외숙모님, 제발 용서해 주세요. 이대로 더 이상은 견딜 수가 없어요. 차라리 다른 벌을 주세요. 이젠 정말 죽을 것 같아요. 만일……."

"시끄럽다! 이 따위 반항은 정말 지겨워."

리드 부인은 실제로 그렇게 느낀 것 같았다. 그녀의 눈에는 틀림없이 내가 깜찍하게 연기를 하는 것처럼 보였을 것이다.

베시와 애버트가 나간 뒤, 리드 부인은 미친 듯이 울부짖는 나를 보고 못 참겠다는 듯이 떼밀어 버리고는 아무 말 없이 자물쇠를 잠가 버렸다. 리드 부인이 가 버린 뒤, 나는 이내 정신을 잃은 것 같다.

3

얼마 후, 나는 누군가가 나를 만지고 있음을 느꼈다. 그는 나를 일으켜 앉혀 몸을 받쳐 주는 등 지금까지 어느 누구한테도 받아 보지 못한 부드러운 손길로 나를 다루었다.

나는 베개인지 누구의 팔인지에 머리를 기대고 있었다. 5분쯤 지나자 머리가 맑아졌다. 나는 곧 내가 내 침대 위에 누워 있다는 것을 깨달았다. 어느새 밤이 되었다. 촛불이 책상 위에서 너울거리고 있었다.

침대 옆에는 베시가 대야를 들고 서 있었다. 나는 이 집의 가족도 아니고, 리드 부인과도 관계가 없는 전혀 낯선 사람이 내 곁에 있다는 것을 깨닫고 말할 수 없는 편안함, 즉 누군가가 나를 안전하게 보호해 주는 듯한 아늑함을 느꼈다.

나는 그 낯선 신사의 얼굴을 조심스럽게 살펴보았다. 그는 가끔 하인들이 병이 났을 때 리드 부인이 불러들이는 약제사 로이드 씨였다.

부인은 자기나 자기 아이들이 병이 났을 때에는 의사를 불렀다.

"어디, 내가 누군지 알겠니?"

그가 물었다.

나는 그의 이름을 말하면서 손을 내밀었다. 그는 내 손을 잡으며 빙그레 웃었다.

"좀 있으면 나아질 거야."

그는 나를 조심스럽게 뉘고 베시에게 밤새 푹 잘 수 있도록 해 주라고 말했다. 그는 그 외에도 여러 가지 당부를 하고는 돌아갔다.

그가 내 곁에 있는 동안에는 나를 감싸 주는 내 편이 있다는 기분에 푹 잠겨 있었는데 그가 나가 버리자마자 갑자기 방이 어두워진 것 같았고, 내 마음은 또다시 말할 수 없는 슬픔으로 무거워졌다.

"이제 잘 수 있겠어요?"

베시가 매우 부드러운 목소리로 물었다.

"자도록 해 볼게."

나는 그녀의 다음 말이 거칠어질까 봐 겁이 나서 간신히 대답했다.

"뭐 마실 거라도 좀 줄까요?"

"아니, 별로. 아무것도 먹고 싶지 않아, 베시."

"벌써 12시가 넘었으니 난 그만 자야겠어요. 혹시 볼일이 있거든 나를 깨워요."

아아, 이 얼마나 신기한 상냥함인가! 그래서 나는 무엇을 좀 물어 볼 용기가 생겼다.

"베시, 내가 병이 났어?"

"아마 '붉은 방'에서 울다가 병이 났나 봐요. 곧 낫겠지요."

베시는 식모 방으로 갔다. 잠시 후, 나는 그녀가 말하는 소리를 들었다.

"세라, 나하고 같이 아이들 방에 가서 자요. 오늘 밤에는 세상없어도 저애와 단둘이 지낼 수 없을 것 같아. 어쩌면 저애는 죽을지도 몰라. 정신을 잃고 쓰러지다니. 정말 이상한 일이야. 아마 무엇을 봤나 봐. 마님도 좀 지나치셨지."

잠시 후에 베시와 세라가 함께 들어왔다. 둘 다 자리에 누웠지만 그들은 잠들기 전에 30분 동안이나 낮은 목소리로 소곤댔다.

나는 간간이 들려오는 몇 마디 말로도 대체적인 이야기를 짐작할 수 있었다.

"글쎄, 흰옷을 입은 것이 그애의 앞을 지나쳐 갔다는군."

"그 뒤에는 검은 개 한 마리가 따르고."

"저 침실 방문을 세 번이나 크게 두들겼대."

"교회 지하실에 있는 주인 어른 무덤 바로 위에 빛이……."

대개 이런 이야기들이었다.

나는 다음날 낮에 일어나 어깨에 숄을 걸치고 아이들 방의 난롯가에 앉아 있었다. 나는 몸이 매우 쇠약해진 것을 느꼈다. 그러나 그것보다도 더욱 견딜 수 없는 것은 뭐라고 이루 말할 수 없는 우울증이었다. 이 우울증은 나에게 끊임없이 눈물을 흘리게 했다. 그래도 나는 행복하다고 느껴야만 했다. 왜냐하면 리드 가의 사람들이 모두 외출하고 없었기 때문이다.

애버트는 다른 방에서 바느질을 하고 있었고, 베시만이 왔다갔다 하면서 서랍을 정리하거나 장난감을 치우고, 이따금씩 내게 이상할 정도로 다정하게 말을 걸었다. 또 부엌에 가서 빛깔 고운 접시에 파이를 담아 가져다 주기도 했다. 그러나 이런 호의는 이미 받아들일 수 없는 것이었다. 오래전부터 목마르게 바랐으나 질질 끌다가 결국은 이루어지지 않은 다른 소원처럼 그건 이미 때늦은 것이었다.

베시는 벌써 방 청소를 끝내고 손을 씻은 후 눈부신 비단 헝겊 조각이 가득 들어 있는 작은 서랍을 열고 조지아나의 인형의 새 모자를 만들기 시작했다. 그러면서 그녀는 노래를 불렀다. '옛날 옛날 방랑의 길을 떠났을 때'라는 노래였다.

전에도 여러 번 들은 일이 있는 이 노래는 언제나 나를 기분 좋게 해 줬다. 그것은 아름다운 베시의 목소리 때문이었다. 지금도 역시 목소리는 아름다웠지만, 나는 그 노래 곡조 가운데서 말할 수 없는 슬픔을 느꼈다.

베시는 일에 정신이 팔려 이따금 '옛날 옛날' 하는 그 노래의 후렴을 아주 작은 목소리로 천천히 되풀이했다. 그 구절은 마치 구슬픈 장송곡의 멜로디 같았다. 그녀는 또 다른 노래를 부르기 시작했다.

"다리는 쑤시고 손발은 지쳤네. 갈 길은 먼데 산길은 험하구나. 달도 없이 쓸쓸한 황혼은 머지않아 다가오리. 저 가엾은 고아의 앞길에……."

이번에는 정말로 슬픈 노래였다.

"울지 말아요, 제인 아씨."

노래를 마친 베시가 말했다. 그 말은 가랑잎에 붙은 불을 보고 타지 말라는 것과 같았다. 하지만 베시가 어떻게 내가 겪고 있는 슬픔을 알 것인가?

점심때쯤 해서 로이드 씨가 다시 찾아왔다.

"오! 일어났군."

그는 아이들 방에 들어서며 말했다.

"아가씨는 좀 어떤가요, 베시?"

베시는 내가 많이 괜찮아졌다고 말했다.

"그렇다면 좀더 명랑해 보여야 할 텐데…… 아가씨, 이쪽으로 와 봐. 이름이 뭐지?"

"제인 에어예요."

"아니, 울고 있었군. 자, 제인, 어째서 울었나 말해 봐. 어디가 또 아픈가?"

"아뇨, 아프지 않아요."

"아씨는 주인 마님과 같이 마차를 타고 나가지 못해서 운 거예요."

베시가 곁에서 참견을 했다.

"아니에요. 난 여태까지 그 따위 일로 울어 본 적이 없어요. 나는 마차를 타고 외출하는 걸 좋아하지 않아요. 그냥 나 자신이 서글퍼져서 운 것뿐이에요."

"어머나, 아씨도……."

베시가 무안한 듯 말했다.

마음 좋은 약제사는 조금 당황한 것 같았다. 그는 잠깐 동안 무슨 생각인가 하더니 말문을 열었다.

"어제는 왜 병이 났지?"

"넘어졌답니다."

베시가 또 참견을 했다.

"넘어졌다고? 아니, 그 나이에 제대로 걷지도 못하나? 아직 어린애군. 여덟 살이나 아홉 살이면 그렇기도 하겠지만."

"아니에요, 전 맞아서 넘어진 거예요."

자존심이 상해 화가 난 김에 내 입에서 튀어나온 거짓 없는 설명이었다.

"하지만 그래서 병이 난 것은 아니에요."

로이드 씨가 담배를 한 모금 빠는 사이에 나는 이렇게 덧붙였다.

이때 하인들의 식사 시간을 알리는 종이 요란하게 울렸다. 로이드 씨는 그 종소리가 무엇을 뜻하는지 알고 있었다.

"베시, 저 종이 베시를 부르는 것 같은데 가 보시지요. 베시가 돌아올 때까지 제인을 타이르고 있을 테니까."

베시가 나가자 로이드 씨가 물었다.

"넘어지거나 맞아서 병이 난 것이 아니라면, 그래, 무엇 때문에 그랬지?"

"저는 밤이 될 때까지 유령이 나오는 방에 갇혀 있었어요."

나는 로이드 씨가 미소를 짓는 것과 동시에 얼굴을 찡그리는 것을 보았다.

"유령이라니? 진짜 어린애로군. 유령이 무섭니?"

"리드 외삼촌은 그 방에서 돌아가셨고, 또 관도 거기다 모셨기 때문에 그 방에는 외삼촌의 유령이 나와요. 전 정말 무서워요. 이 집안 사람들은 누구든지 밤에는 될 수 있으면 그 방에 안 들어가려고 해요. 촛불도 없이 그곳에 저를 혼자 가둔다는 것은 너무 못된 짓이에요. 난 그 일을 평생 잊지 않을 거예요."

"바보 같은 소리를 하는구나. 그래, 그것 때문에 슬프다는 말이지? 지금 같은 이런 대낮에도 무섭냐?"

"아니, 지금은 안 무서워요. 그렇지만 곧 밤이 올 거예요. 그리고 또 저는 다른 일 때문에 불행하기도 해요. 정말이에요."

"다른 일? 나한테 그것에 관해 이야기해 줄 수 있겠니?"

아, 이 물음에 나는 얼마나 많은 것을 대답하고 싶었는지 모른다. 또 그 대답을 정리하는 데 얼마나 힘이 들었는지 모른다. 내 가슴속에 있는 슬픔을 다른 사람에게 말함으로써 그것을 잊어버릴 수 있는 단 한 번의 기회를 놓치는 것이 겁나서 나는 될 수 있는 한 솔직히 대답하려고 애썼다.

"우선 친아버지도 친어머니도 친오빠도 친언니도, 모두 다 없는 탓이에요."

"네게는 친절한 외숙모님과 사촌들이 있잖니?"

로이드 씨의 말에 나는 잠시 입을 다물었다. 그러다가 다시 어색하게 말을 이었다.

"그렇지만 존 리드는 나를 때렸어요. 또 외숙모는 나를 '붉은 방'에 가두었고요……."

"너는 게이츠헤드 저택이 좋은 곳이라고 생각하지 않니? 너는 이렇게 좋은 데서 살고 있는 것을 그다지 고맙게 생각하지 않는 모양이구나."

"그렇지만 여기는 우리 집이 아닌걸요. 그리고 애버트가 그러는데, 저는 이 집에 있을 권리를 하인만큼도 가지고 있지 않대요."

"어리석게도…… 설마 이런 훌륭한 집에서 나가고 싶다는 소리는 아니겠지?"

"어디 갈 데가 있다면 저는 기꺼이 나가겠어요. 하지만 다 자랄 때까지는 아무래도 여기를 못 떠나겠지요."

"음, 그럴는지도 몰라. 하지만 그야 알 수 있나? 그래, 리드 부인 외에 다른 친척은 없니?"

"없는 것 같아요."

"아버지 쪽으로도?"

"모르겠어요. 어느 날엔가 리드 외숙모에게 물었더니 에어란 성을 가진 가난한 친척이 있는 것도 같은데, 외숙모도 그분에 대해서는 아는 것이 전혀 없대요."

"만일 그런 친척이 있다면 그리 갈 생각이냐?"

나는 잠시 생각해 보았다. 가난이란 어른에게도 무서운 것이지만 아이들에게는 더욱 그러했다.

"아니, 싫어요. 가난뱅이들과 같이 살고 싶은 생각은 없어요."

나는 단호한 목소리로 이렇게 대답했다.

"만일 그분들이 네게 친절하다면?"

나는 다시 머리를 저었다. 가난한 사람들이 과연 친절할 수 있을는지 몰라서였다.

"그런데, 정말 네 친척들이 그렇게까지 가난할까? 노동자들이냐?"

"저도 잘 몰라요. 외숙모님 말씀이 만일 제게 친척이 있다면 모두 거지들일 거래요. 거지 노릇을 한다는 것은 정말 싫어요."

"넌 학교에 가고 싶지 않니?"

나는 다시 생각에 잠겼다. 학교에 간다는 것은 이 게이츠헤드로부터 떠나 새 생활을 시작한다는 것을 뜻했기 때문이었다.

"네, 정말 학교에 가고 싶어요."

나는 골똘히 생각한 후에 이렇게 말했다.

"글쎄, 어떻게 될지······."

로이드 씨가 일어나면서 말했다.

"이애는 너무 신경이 쇠약해. 휴양을 시켜야겠군."

이렇게 로이드 씨가 혼잣말을 하고 있을 때 베시가 들어왔다. 그와 동시에 마차가 자갈길을 굴러오는 소리가 들렸다.

"베시, 마님이 오시는 소리죠? 가기 전에 마님께 드릴 말씀이 있는데······."

로이드 씨가 말했다.

베시는 로이드 씨를 식당으로 안내했다.

후에 일어난 일로 짐작해 볼 때, 그날 로이드 씨는 대담하게도 나를 학교에 보내라고 리드 부인에게 강력히 권했으며, 또 그 권고가 그 자리에서 받아들여진 것 같았다.

애버트와 베시는 아이들 방에서 내가 잠든 줄 알았는지 이런 말을 했다.

"마님은 저렇게 귀찮고 성가신 애를 내쫓을 수 있게 되어서 잘됐다고 하시겠죠. '늘 남의 눈치만 살피며 앙큼스럽게 나쁜 짓만 하는 애'라고 하시데요."

아마 애버트는 나를 어린애지만 이름난 음모자인 가이 폭스휘크스(17세기 초 의사당을 폭파하고 제임스 1세와 의원의 살해를 계획했던 구교도 모반인) 같은 사람이라고 믿는 것 같았다.

그날 밤, 나는 애버트가 베시에게 하는 많은 이야기를 통해 새로운 사실을 알게 되었다. 친아버지는 가난한 목사였으며 어머니는 신분이 맞지 않는 결혼이라고 반대하는 주위 사람들의 뜻을 거역한 채 결혼을 했고, 외할아버지는 어머니의 거역에 노하셔서 돈 한푼 주지 않고 어머니를 내쫓았다는 사실을 알게 되었던 것이다.

또 부모님이 결혼한 저 일년 정도 되었을 때, 아버지가 목사 보직을 맡고 있던 어느 큰 공업 도시의 빈민굴을 신방하시다가 그때 한창 유행하던 티푸스에 걸리셨다는 것과, 그런 아버지를 정성을 다해 간호하던 어머니마저 아버지에게 전염되어 두 분 모두 한 달이 못 되어 돌아가셨다는 서글픈 사실도 알게 되었다.

"제인 아씨도 정말 가엾어, 애버트."

애버트의 말을 다 듣고 난 베시가 한숨을 쉬며 말했다.

"그럼요. 저애가 조금이라도 착하고 귀여운 애라면 누구든지 그 가엾은 처지를 동정하겠지만 저렇게 얄미운 애한테는 아무래도 정이 안 가요."

애버트가 이렇게 말하자, "사실 그래." 하고 베시도 맞장구를 쳤다.

"아무튼 조지아나같이 귀여운 아가씨가 그런 처지에 있었다면 아마 많은 동정을 받았을 거야."

애버트가 이렇게 말하자 베시도 말을 받았다.

"물론이지. 난 조지아나가 정말로 귀여워 죽겠어. 그 금빛 고수머리하며 파랗게 빛나는 눈…… 마치 한 폭의 그림 같아."

이렇게 한참 이야기를 주고받더니, 이윽고 베시와 애버트는 방에서 나가 버렸다.

4

애버트와 베시가 나눈 이야기는 건강해지고 싶다는 생각을 갖는 데 충분한 동기가 되었다. 바야흐로 내게 변화가 다가오는 것 같았다. 나는 조용히 그 변화를 고대하고 있었지만, 조금 시간이 걸렸다.

어느새 한 주일이 지나갔다. 자기 어머니의 명령 때문인지 조지아나와 엘리자는 될 수 있는 한 내게 말을 걸지 않았으나, 존은 나와 마주칠 때마다 놀리려 들었다. 한번은 분노와 반항심이 끓어오른 내가 필사적으로 달려들자, 그는 그만두는 것이 상책이라고 생각하고는 그 대신 욕을 퍼부었다. 그러고는 달아나면서 내가 자기 코에 상처를 냈다고 소리를 질렀다.

정말로 나는 있는 힘을 다해서 존의 코를 때렸던 것이다. 겁에 질린 존의 표정을 보고—내가 제 코를 때렸기 때문인지, 아니면 내 표정 때문이었는지는 모르지만—나는 이런 기회에 그 녀석을 좀더 골탕 먹이고 싶다는 생각이 들었다. 그러나 존은 어느새 자기 엄마 곁으로 도망가 버렸다. 그는 울면서 '저 고약한 제인이 사나운 고양이같이 덤벼들었다.'고 일러바쳤다. 그러나 그의 그런 호소는 중간에서 거칠게 끊기고 말았다.

"그러게 내가 뭐랬니? 그 계집애 곁에는 가지 말라고 했잖아! 이제부터 누구든 그 계집애하곤 상대하지 마!"

이 말을 들은 나는 난간 기둥에 기대어 "으앙!" 하고 울음을 터뜨렸다. 그러고는, "아무도 나의 상대가 안 돼!" 하고 소리쳤다.

그러자 리드 부인은 그 뚱뚱한 몸에 어울리지 않게 재빠르게 계단을 뛰어 올라와 나를 아이들 방으로 끌고 가서는 침대 언저리로 냅다 떼밀었다. 그러고는 성난 목소리로, 하루 종일 그 자리에 서 있든지 아니면 한마디라도 더 해 볼 테면 해 보라고 소리를 질렀다.

그 순간 나는 내가 무슨 말을 하는지도 의식하지 못한 채, "만일 리드 외삼촌이 지금까지 살아 계셨다면 외숙모에게 뭐라고 하셨을까요?" 하고 말했다.

"아니, 뭐라고?"

리드 부인은 숨이 넘어갈 듯이 헐떡거리며 말했다.

늘 싸늘할 정도로 가라앉았던 그녀의 두 눈은 순간 공포와 분노에 휩싸였다. 그녀는 잡았던 팔을 놔주며 내 얼굴을 물끄러미 들여다보았다. 어린아이인지 악마인지 도대체 알 수 없다는 듯한 표정이었다.

그 순간 나는 하고 싶은 말을 다 해야겠다고 생각했다.

"리드 외삼촌은 천당에서 외숙모가 말하고 생각하는 것을 다 알고 계실 거예요. 우리 엄마 아빠도 그럴 거고요. 나를 온종일 '붉은 방'에 가둬 놓은 것은 물론이고, 내가 죽었으면 하고 속으로 바라는 것도 다 알고 계실 거예요."

리드 부인은 입을 꾹 다문 채 내 뺨을 찰싹찰싹 후려갈기더니, 아무 말도 하지 않고 나가 버렸다. 곧 베시가 들어와서 근 한 시간 동안이나 잔소리를 늘어놓았다. 베시는 이 세상에 있는 어린아이 가운데서 내가 가장 못되고 염치없는 애라고 단정 지어 말했다. 나도 그녀의 말이 반쯤은 옳다고 생각했다. 사실 나 역시 내 마음속에는 사악한 감정만이 꿈틀대고 있음을 느끼고 있었기 때문이었다.

어느덧 겨울이 와서 게이츠헤드에는 예년과 같이 성대하고 즐거운 크리스마스와 신년 축하 파티가 열렸다. 선물 교환이 있었고, 만찬회며 저녁 파티도 열렸다.

물론 나는 이 모든 즐거운 행사에서 빠졌다. 내가 맛볼 수 있는 유일한 즐거움이란 엘리자와 조지아나가 몸치장하는 것을 바라보는 것뿐이었다. 그리고 나중에는 아래층에서 들려오는 피아노와 하프의 멜로디나 하인들이 바쁘게 왔다갔다하는 발소리, 컵과 사기 그릇이 부딪치는 소리, 응접실 문을 열고 닫을 때 들리는 여러 사람의 마디마디 끊어진 말소리에 귀를 기울이는 것을 즐거움으로 삼았다.

이런 것에도 싫증이 나면 나는 고요하고 쓸쓸한 아이들 방으로 갔다. 그곳에 앉아 있으면 마음 한구석이 서글프기는 했지만 비참하다는 생각은 들지 않았다.

손님들이 모두 돌아가고 베시가 층계를 올라오는 소리를 기다리는 동안 꽤 오랜 시간이 지난 것 같았다. 때때로 베시는 골무나 가위를 찾으러 올라오기도 하고, 저녁 식사 대신으로 건빵이나 치즈를 갖다 주기도 했다. 그럴 때면 내가 그것을 먹는 동안 베시는 침대 머리맡에 앉아 있다가 다 먹으면 이불을 잘 덮어 주고 얼굴에 입을 맞추고는, "잘 자요, 제인 아씨."라고 말하곤 했다. 이렇게 친절할 때의 베시는 내게 있어서 이 세상에서 가장 예쁘고 착한 사람처럼 보였다.

정월 보름 아침 9시경이었다.

베시는 아침을 먹으러 아래층으로 내려갔고, 사촌들은 아직 자기 어머니한테 불려 가기 전이었다. 엘리자는 닭에게 모이를 주러 가기 위해 따뜻해 보이는 외투를 입는 중이었고, 조지아나는 높은 걸상에 앉아 거울을 보며 머리를 손질하고 있었다.

나는 베시의 명령대로 자리를 정돈하였다. 자기가 돌아오기 전까지 방안을 깨끗이 청소해 놓으라고 했기 때문이다. 요즘에 와서 베시는 내게 방을 치우게 하는가 하면 걸상의 먼지를 털게 하는 등 마치 하녀처럼 부려먹었다.

아이들 방 창에서 보면 문지기 숙소와 마차 길이 보였다. 내가 유리창에 낀 은빛으로 반짝이는 성에를 밖이 내다보일 만큼 입으로 불어서 녹였을 때, 정문이 열리며 마차가 한 대 굴러 들어왔다.

게이츠헤드에는 때때로 마차가 찾아오곤 했지만, 나의 관심을 끌 만한 사람을 태우고 온 적은 한 번도 없었다. 마차가 현관 앞에 머무르자, 종소리가 요란스럽게 나더니 손님이 안으로 들어왔다.

이런 일은 나와 아무 상관도 없었기 때문에 나는 그 마차보다도 앵두나무 가지에 앉아 울고 있는 작은 방울새에 더 관심이 갔다. 내가 그 방울새에게 먹다 남은 빵 조각을 뿌려 주려고 창틀을 막 잡아당겼을 때, 베시가 들어왔다.

"자, 제인 아씨, 어서 그 앞치마를 벗어요. 그런데 여태 뭘 했지? 아침에 세수나 했어요?"

그러나 나는 그 말에는 대답도 하지 않고 창문을 열어 빵 부스러기를 뿌렸다. 그 방울새에게 꼭 그걸 먹여 주고 싶었기 때문이다. 나는 그 일이 끝난 뒤에야 대답했다.

"아니. 이제 겨우 청소를 끝냈는데."

"이렇게 철없는 애는 처음 본다니까! 그런데 지금은 뭘 하고 있는 거예요? 무슨 나쁜 장난이나 친 것처럼 얼굴을 붉히고 서서…… 왜 창문을 열었어요?"

베시는 너무 바빠서 내 설명을 듣고 있을 시간이 없을 것 같아 나는 대답을 안 했다.

그녀는 나를 세면대로 데리고 가서 세수를 시키고는 앞치마를 벗겨 주었다. 그리고 층계 꼭대기로 서둘러 데리고 가더니, 식당으로 곧바로 내려가 보라고 했다.

도대체 누가 나를 기다리고 있는지, 그리고 리드 부인도 같이 있는지 물어보고 싶었으나, 베시는 금세 나가 버렸다.

나는 요즘 거의 석 달 동안이나 리드 부인에게 불려 간 적이 없었다. 너무 오랫동안 아이들 방에만 갇혀 지냈기 때문에 내게는 어느새 식당과 응접실이 두려운 장소가 되어 버렸다.

이윽고 나는 식당문 바로 앞의 텅 빈 복도에 내려섰다. 방으로 다시 돌아가는 것도 무서웠고 객실로 들어가는 것 또한 무서웠다. 그 당시 나는 억울한 벌을 받을지도 모른다는 두려움 때문에 불쌍하리만큼 겁쟁이가 되어 있었다. 나는 가슴을 두근거리며 10여 분 동안이나 그대로 서 있었다. 그러다가 식당의 종이 갑자기 울리는 바람에 마음을 다잡았다. 아무래도 들어가지 않으면 안 되었다.

'누가 나를 찾았을까?'

나는 잘 열리지 않는 빡빡한 문고리를 두 손으로 돌리며 잠시 생각해 보았다. 손잡이가 돌려지고 문이 열렸다. 방안에는 리드 부인과 웬 낯선 남자 한 사람이 앉아 있었다.

리드 부인은 항상 앉아 있는 난로 옆자리에서 가까이 오라는 눈짓을 했다. 내가 다가서자, 부인은 그 낯선 남자에게 말했다.

"제가 말씀드린 애가 바로 이애입니다."

그러자 그 낯선 신사는 내가 서 있는 쪽으로 천천히 머리를 돌리며 말했다.

"키가 꽤 작군요. 몇 살이죠?"

그는 무언가 알아내려는 듯이 번쩍이는 회색빛 눈으로 나를 유심히 살펴보았다.

"열 살이에요."

"그래요?"

그는 믿기지 않는다는 듯 나를 다시 찬찬히 뜯어보더니, 곧 내게 물었다.

"얘야, 이름이 뭐지?"

"제인 에어예요."

나는 대답을 하면서 고개를 들어 그를 똑바로 쳐다보았다. 그는 키가 큰 신사였지만, 어딘지 좀 속이 좁아 보였다.

"그래, 제인 에어, 너는 착한 애냐?"

나는 잠자코 있었다. 이에 대해 내 주변에 있는 사람들은 모두 정반대의 생각을 가지고 있었기 때문이다. 내 대답 대신 표정을 굳힌 리드 부인이 머리를 흔들면서 덧붙여 말했다.

"그 얘기는 하지 않는 편이 좋을 거예요, 브로클허스트 선생님."

"아, 그것 참 유감스러운 일이군요. 이 아이와 잠깐 얘기를 해 봐야겠습니다."

그는 이렇게 말하며 리드 부인의 맞은편 안락의자에 앉았다.

"자, 이리 온."

나는 카펫 위를 걸어갔다. 그는 자기 얼굴과 내 얼굴이 거의 같은 높이에 놓이게 나를 세웠다.

"나는 말 안 듣는 아이가 제일 불쌍하더라. 특히 여자 아이가 그럴 때는 더욱…… 착하지 못한 어린아이가 죽으면 어디로 가는지 알고 있니?"

나는 재빨리 대답했다.

"지옥으로 가지요."

"그래, 그럼 지옥이 어떤 곳인지 말해 줄 수 있겠니?"

"사방에 불이 타고 있는 굴이지요."

"그렇다면 너는 그 불구덩이에 떨어져 영원히 불에 타고 싶으냐?"

"아니, 싫어요."

"그럼 어떻게 해야 하지?"

나는 잠시 생각을 하다가 이렇게 대꾸했다. 그러나 그 대답은 전혀 엉뚱한 것이었다.

"몸을 튼튼하게 해서 죽지 말아야 해요."

"몸을 어떻게 튼튼하게 하지? 너보다도 더 어린 아이들이 날마다 죽어 가는데. 바로 이틀 전에 나는 다섯 살밖에 안 된 어린애의 장례를 집행했단다. 착한 애였는데 그 아이의 혼은 지금 천국에 있어. 혹시 네가 저 세상으로 불려 간다고 해도 널 착한 애라고 생각할 사람은 아무도 없을걸."

지금 그의 오해를 풀어 주어야 할 처지는 아니었으므로 나는 그의 커다란 발만 내려다보고 있었다. 그리고 한숨을 쉬며 어서 이 자리를 벗어났으면 하고 바랐다.

"지금의 그 한숨이 네 진심에서 우러난 것이고, 또 훌륭한 은인의 마음을 아프게 했던 네 잘못을 후회하는 것이라면 좋겠는데……."

'은인이라고? 모두들 리드 부인이 나의 은인이라고 하는데, 그렇다

면 은인은 정말 불행한 사람이야.'

나는 마음속으로 중얼거렸다.

그는 다시 물었다.

"기도는 아침저녁으로 올리니?"

"네."

"성경은?"

"가끔씩 읽어요."

"즐겨 읽니? 어느 걸 좋아해?"

"네. 전 성경 중에 「요한계시록」, 「다니엘」, 「창세기」, 「사무엘」을 좋아해요. 그리고 「출애굽기」와 「열왕기」와 「역대」의 일부, 「욥기」와 「요나서」도 좋아해요."

"그럼, 「시편」도 물론 좋아하겠지?"

"아니, 싫어해요."

"뭐, 싫다고? 거 참 이상한데. 내겐 너보다도 어린 아들 녀석이 있는데, 「시편」을 여섯 편이나 외운단다. 그애에게 '너는 「시편」을 외울 테냐, 아님 생강과자를 먹을 테냐?' 하고 물으면 그애는 '저는 「시편」을 외우겠어요. 천사는 「시편」을 노래해요. 저는 천사가 되고 싶어요.' 하고 말한단다. 그래서 나는 그 대답이 기특해 과자를 두 개나 주곤 하지."

"전 「시편」은 조금도 재미가 없어요."

나는 고집을 부렸다.

"그게 바로 네가 못된 마음을 지녔다는 증거야. 그러니까 기도를 해야지. '맑고 깨끗한 마음을 주소서. 돌같이 굳은 마음을 없애고 부드러운 마음을 주시옵소서.' 하고 말이야."

내가 어떻게 하면 마음을 바꿀 수 있는지 막 그 방법을 물으려는데, 리드 부인이 갑자기 내게 앉으라고 하고는 자기 혼자 이야기를 계속했다.

"브로클허스트 선생님, 3주일 전에 드린 편지에도 이애는 제가 바라는 성품을 가지고 있지 않다고 말씀드렸습니다만, 로드 학교에 입학시킨 후에 교장 선생님을 비롯한 다른 선생님들께서 엄하게 감독해 주시고, 이애의 가장 나쁜 거짓말하는 버릇을 고쳐 주신다면 감사하겠습니다. 제인, 브로클허스트 선생님께 거짓말하지 못하도록 네 앞에서 말해 두는 거야."

이렇게 가혹하게 남의 기분을 상하게 하는 리드 부인을 내가 어떻게 좋아할 수가 있겠습니까? 나는 브로클허스트 씨 앞에서 꼼짝없이 밉살스러운 거짓말쟁이가 된 것을 알았지만, 그 누명을 씻기 위한 어떤 일도 할 수가 없었다.

'아아, 정말 어쩔 방법이 없구나.'

그때 나는 울음이 터지려는 것을 참느라고 얼마나 애썼는지 모른다. 그리고 나의 슬프고도 분한 생각을 표현하는 몇 방울의 눈물을 급히 닦아 버렸다.

"거짓말을 한다는 건 아이들로서는 어른들에게 귀여움을 받을 수 없는 가장 큰 결점이죠."

브로클허스트 씨가 말했다.

"그런 거짓말쟁이들은 모두 불과 유황이 타고 있는 구덩이에서 괴로움을 당하게 되는 것입니다. 리드 부인, 템플 선생과 다른 선생들에게도 잘 말해서 저 아이를 엄하게 감독하도록 하겠습니다."

그러자 나의 은인인 리드 부인이 말했다.

"이애의 장래에 알맞게 교육시켜 주시면 고맙겠어요. 좀 쓸모 있고 겸손한 사람이 되도록 말입니다. 그리고 가능하다면 방학 중에도 늘 로드에 있게 해 주십시오."

"옳은 생각이십니다. 겸손은 기독교인이 지녀야 할 미덕이고, 특히 로드 학생들의 특징입니다. 그래서 저는 학생들이 항상 그 미덕을 지니도록 특별히 교육시키고 있습니다."

"브로클허스트 선생님, 그거야말로 제가 가장 바라는 점이에요. 온 나라를 뒤진대도 제인 에어 같은 아이에게 그 이상 알맞은 학교는 없을 것 같군요. 저는 모든 일에 있어서 겸손하고 솔직한 것을 제일로 여긴답니다."

"부인, 겸손과 솔직이란 기독교인의 의무입니다."

"정말 훌륭하시군요, 선생님. 이제 이애가 로드의 학생이 되고 이애의 신분이나 장래에 보탬이 될 만한 교육을 받게 되리라고 믿어도 좋겠지요?"

"그럼요, 부인. 마음 놓으십시오."

"그럼 브로클허스트 선생님, 되도록 빨리 보내겠습니다. 이런 귀찮은 책임을 한시바삐 잊고 싶어서요."

"그러시겠죠. 자, 그럼 안녕히 계십시오. 저는 한 2, 3주일 후에야 브로클허스트 관(館)으로 돌아갈 것입니다. 친구인 부감독이 그보다 더 일찍은 못 떠나게 할 테니까요. 이애를 맡는 데 귀찮은 일이 안 생기도록 템플 선생에게 미리 일러 두겠습니다. 안녕히 계십시오."

"네, 안녕히 가세요. 부인과 따님께도 안부 전해 주십시오. 또 어거스트, 디오도어 그리고 브로튼 브로클허스트 도련님께도 안부 전해 주시고요."

"네, 부인. 그렇게 하지요. 얘야, 제인. 여기 『아동 안내』라는 책이 있는데 기도 드릴 때 잘 읽어 봐라. 특히 거짓말하고 속이기 잘하는 마르타라는 아이가 별안간 죽은 데 대한 이야기가 있는 부분을 말이야."

브로클허스트 씨는 이렇게 말하며, 내 앞에 겉장을 꿰맨 작은 책 한 권을 내놓았다. 그러고는 마차를 불러 타고 가 버렸다.

이제는 리드 부인과 나만 남게 되었다. 말없는 가운데 몇 분이 지나갔다. 리드 부인은 바느질을 하고 있었고, 나는 그녀가 앉은 안락 의자에서 대여섯 걸음 떨어진 곳에 서서 그녀를 물끄러미 쳐다보고 있었다.

그때 리드 부인의 나이는 아마 서른여섯이나 일곱쯤 되었을 것이다. 그녀는 건장한 체격에 피부는 거칠고 거무튀튀했으며, 머리는 거의 황금색이었다. 그녀는 알뜰한 살림꾼으로 가족과 하인들을 완전히 휘어잡고 있었다.

그 이야기가 나에게 아주 적합한 충고나 된다는 듯이 브로클허스트 씨가 주고 간, 거짓말쟁이의 죽음에 대한 이야기가 쓰인 작은 책이 내 손에 쥐어져 있었다. 방금 있었던 일, 즉 리드 부인과 브로클허스트 씨와의 대화, 이야기할 때의 태도들이 다시 생생하게 되살아나며, 두 사람의 대화 속에 담겨진 의미가 그것을 들었을 때 이상으로 나의 마음을 아프게 했다. 그러자 갑자기 불같은 분노가 끓어올랐다.

리드 부인이 일을 하다 말고 나를 쳐다보더니 명령했다.

"어서 아이들 방으로 가 버려!"

내 눈빛이나 아니면 다른 어떤 것이 별안간 그녀의 기분을 상하게 한 모양이었다.

나는 일어나서 문 쪽으로 걸어갔다. 그러나 나는 다시 되돌아서서 방을 곧장 가로질러 부인 곁으로 다가갔다. 이제까지 너무 지나치게 짓밟혀 오기만 했으니까 이제야말로 잠자코 있을 수만은 없다는 생각이 들었다. 그래서 나는 온 힘을 모아 통명스럽게 쏘아붙였다.

"저는 거짓말을 하지 않았어요. 만일 제가 거짓말을 잘하는 아이라면 당신 같은 사람을 사랑한다고 말했을 거예요. 그렇지만 저는 언제나 분명히 말할 수 있어요. 존 리드를 제외하면 이 세상에서 당신을 가장 싫어한다고…… 이런 거짓말쟁이에 대해서 쓴 책은 당신 딸인 조지아나에게나 주세요. 거짓말은 조지아나가 더 잘하니까 말예요."

리드 부인은 그때까지도 일감에서 손을 떼지 않고 얼음장처럼 차가운 눈빛으로 나를 쏘아보고 있었다.

"이제 더 할 말 없니?" 하고 그녀는 물었다. 이렇게 물을 때의 그 눈, 그 음성은 나를 도저히 참을 수 없는 흥분으로 몰아넣었다.

"당신 같은 사람과 한 핏줄이 아니라는 것이 얼마나 다행스러운지 몰라요. 이제 다시는 당신을 외숙모라고 부르지 않을 거예요. 제가 어른이 된 후에라도 절대로 만나러 오지 않겠어요. 그리고 누군가가 제게 당신을 얼마나 사랑했느냐고 물으면, 또 어떻게 대해 주더냐고 물으면 생각만 해도 지긋지긋할 정도라고 말할 거예요."

"제인, 아니 어떻게 감히 그 따위 말을 지껄일 수 있지?"

"어떻게 감히라니요? 리드 부인, 그것이 사실이 아니던가요? 당신은 제가 감정도 없는 사람인 줄 아시나 본데 사실은 그렇지 않아요. 저는 사랑이나 따뜻한 마음씨가 그리워요. 저는 당신이 저를 '붉은 방'에 가두었던 일을 죽을 때까지 안 잊어버릴 거예요. 잘 모르는 사람들은 당신 보고 착한 여자라고 하겠지만, 사실은 아주 못됐고 동정심 없는 차가운 여자예요. 당신이야말로 사람을 속이는 거예요."

이 말을 미처 끝내기도 전에 내 가슴은 여지껏 느껴 보지 못한 자유와 승리감에 터질 듯했다. 마치 눈에 보이지 않던 구속이 풀리고 생각지도 않았던 자유 속으로 뛰쳐나간 것 같았다. 리드 부인은 몹시 놀랐는지 일감이 무릎에서 떨어진 것도 모르고 몸을 옆으로 흔들면서 곧 울음을 터뜨릴 것처럼 얼굴을 찡그렸다.

"얘야, 제인, 너는 오해를 하고 있는 거야. 도대체 어떻게 된 일이지? 왜 그렇게 벌벌 떨고 있니? 물 좀 마시련?"

"필요 없어요."

"그러면 뭐 가지고 싶은 건 없니? 난 정말 너와 친구가 되었으면 하는데······."

"싫어요. 당신은 브로클허스트 씨에게 제가 성질이 못됐고 거짓말하는 고약한 버릇이 있다고 말했잖아요. 그러니까 저는 로드에 있는 사람들에게 당신이 어떤 사람이며 또 어떤 일을 하곤 했다는 것을 사실 그대로 알리고 말 거예요."

"제인, 너는 어리기 때문에 잘 모를 거야. 그렇지만 어린애들의 나쁜 버릇은 바로잡아 주어야 한단다."

나는 거칠게 소리쳤다.

"저의 나쁜 점은 거짓말하는 것이 아니에요!"

"하지만 제인, 너는 걸핏하면 화를 잘 내잖아. 그걸 알아야지. 자, 어서 방으로 가거라. 착하지. 그리고 한숨 푹 자거라."

"미안하지만 저는 착한 애가 못 돼요. 잠도 안 오고요. 딴소리 마시고 어서 학교나 보내 주세요. 전 이 집에 한시도 더 머물러 있고 싶지 않아요."

"정말이지 하루라도 빨리 보내야겠어."

리드 부인은 한숨 섞인 목소리로 중얼거렸다. 잠시 후, 그녀는 급히 일감을 챙겨 가지고 방을 나가 버렸다.

나는 그 방에 혼자 남겨졌다. 나는 승리자였다. 그것은 이제껏 싸웠던 가운데에서 가장 치열한 전쟁이었다. 그리고 처음으로 얻어낸 승리이기도 했다. 나는 브로클허스트 씨가 서 있던 카펫 위에 잠시 서 있었다. 그렇게 서서 승리자의 고독을 즐겼던 것이다.

잠시 후, 나는 식당 유리문을 열고 숲으로 나갔다. 햇살이나 바람에도 녹지 않은 흰 서리가 그대로 정원을 덮고 있었다. 나는 옷깃으로 머리와 팔을 감싸고 숲길을 거닐었다.

이때 갑자기, "제인 아씨, 점심 먹어요! 어디로 갔지?" 하는 소리가 들렸다.

나는 베시라는 걸 알고 있었지만 그 자리에서 꼼짝도 하지 않았다. 그녀는 재빠른 걸음으로 오솔길을 가로질러 왔다.

"이 말썽꾸러기! 왜 부르는데도 안 오는 거예요?"

리드 부인과의 싸움에서 승리한 지금의 내게 사실 베시의 일시적인 노여움쯤은 별게 아니었다.

나는 두 팔로 살며시 그녀를 껴안으며, "베시, 그렇게 야단치지 마." 하고 말했다. 그러자 그녀는 나를 내려다보며 말했다.

"제인 아씨는 참 이상해요. 가끔 어린애답지 않게 엉뚱한 생각을 하곤 하니 통 종잡을 수가 없단 말이야. 그런데 학교엘 가게 **됐다지요**?"

나는 고개를 끄덕였다.

"제인 아씨는 나와 헤어지는 것이 섭섭하지 않아요?"

"베시가 뭐 내 생각을 그렇게 했나? 날마다 야단만 치면서."

"아씨는 유난스럽게 겁도 많고 수줍어하는 아이니까 좀더 대담해져야 해요."

"뭐? 지금보다 더 얻어맞으라고?"

"별소리를 다하네! 하지만 좀 천대받고 있는 건 사실이에요. 우리 어머니가 지난 주일에 오셨을 때, 만일 친자식이라면 제인과 같은 처지에 그대로 두지는 않았을 거라고 하셨어요. 자, 얼른 집으로 들어가요. 기쁜 소식이 있으니까요."

"내게 무슨 좋은 소식이 있을까?"

"그게 무슨 소리예요? 그렇게 슬픈 얼굴을 하고…… 아무튼 마님과 아가씨들과 존 도련님은 이따 초대받아 나가신다니까 나와 같이 차를 마셔요. 차를 마시고 나서는 내 일을 좀 도와 줘요. 아씨 서랍을 정리하는 일이니까. 마님은 아마 오늘내일 사이에 아씨를 학교로 보낼 생각인가 봐요."

"베시, 그럼 내가 떠날 때까지 혼내지 않겠다고 약속해 줘."

"그럼, 약속하지요. 그렇지만 아씨도 착하고 얌전한 아이가 되어야 해요. 어쩌다가 잔소리를 해도 겁에 질린 얼굴은 하지 말아요. 그러면 더 화가 나니까."

"응, 나도 이제는 겁내지 않을게."

나는 베시에게 고개를 숙이게 하고는 키스를 했다. 나는 어느 때보다도 기분이 좋아서 베시를 따라 집으로 들어갔다. 그날 오후는 아무 일 없이 지나갔다. 밤에는 베시가 자기가 알고 있는 재미난 이야기를 해 주었고, 아름다운 목소리로 노래도 불러 주었다.

5

1월 19일 새벽 5시쯤 베시가 촛불을 들고 내 방으로 왔다. 나는 그때 벌써 일어나 떠날 준비를 하고 있었다.

괘종시계가 6시를 알리자, 멀리서 마차 바퀴 소리가 들려왔다. 나는 문간에 서서 다가오는 마차의 등불을 바라보고 있었다.

　이윽고 마차가 멎었다.

　"이애를 잘 돌봐 주세요."

　마부가 나를 안아 마차에 태울 때 베시가 이렇게 말했다.

　"예, 예." 하는 마부의 대답과 함께 마차는 떠났다. 이렇게 해서 나는 마침내 게이츠헤드를 떠난 것이다. 그때 생각에는 마차가 멎는 곳에 신비스러운 미지의 세계가 펼쳐져 있을 것만 같았다.

　마차는 여러 마을을 지났다. 우람하고 짙푸른 산들이 지평선 위로 솟아 있었다. 어두워지자, 마차는 나무가 우거진 컴컴한 골짜기를 내려갔다.

　나무들 사이에서 불어오는 바람 소리를 들으며 나는 잠이 들었다. 그리고 얼마 후, 오래 잔 것 같지도 않은데 마차가 급히 서는 바람에 눈을 떴다. 마차 문이 열리자 어떤 사람이 서 있었다. 나는 마차 불빛으로 그 사람의 얼굴과 옷차림을 살펴보았다.

　"여기 제인 에어라는 여자 아이가 있습니까?"

　그녀가 물었다.

　"네, 여기 있어요."

　내 대답이 끝나기가 무섭게 마차는 나와 트렁크를 내려놓고 곧 떠나 버렸다.

　너무 오랫동안 앉아 있었으므로 몸이 뻐근했다. 게다가 바퀴 소리가 너무나 요란했기 때문에 귀까지 멍했다. 나는 정신을 가다듬어 사방을 둘러보았다.

어둠과 비바람으로 음산한 초저녁이었지만, 나는 내 앞에 있는 벽과 그 가운데 동굴 입구처럼 열려 있는 문을 어렴풋이나마 알아보았다.

나는 새로운 안내자와 함께 문을 지나 안으로 들어갔다. 그녀는 곧 문을 닫고 잠갔다. 그러자 유리창이 많고, 그 가운데 몇 개엔 불빛이 환한 두어 채의 — 건물이 멀리 있었으므로 — 집이 드러났다.

물이 튀는 자갈길을 지나 마침내 우리는 그 건물의 현관에 이르렀다. 그녀는 복도를 지나 불을 피워 놓은 방으로 나를 안내했다. 그녀는 그곳에 나를 혼자 남겨 두고 가 버렸다.

방안에 촛불은 켜 있지 않았으나 희미한 난로 불빛으로 도배한 벽과 카펫을 깐 마루 그리고 커튼과 번들거리는 가구들을 볼 수 있었다.

나는 얼어서 감각이 둔한 손가락을 불에 녹이면서 벽에 걸린 그림의 의미를 생각해 보았다. 그때 문이 열리고 등불을 든 사람이 들어왔다. 바로 뒤에 한 사람이 더 따라왔다.

"이런 어린애를 혼자 보내다니……."

등불을 책상 위에 내려놓으면서 먼저 들어온 키 큰 여자가 말했다.

"몹시 피곤해 보이는데, 고단하지 않니?"

그녀는 내 어깨에 손을 얹으며 말했다.

"네, 조금……."

"그리고 물론 배도 고플 테지. 미스 밀러, 잠들기 전에 뭐 먹을 것 좀 갖다 줘요. 이렇게 부모님을 떠나 학교에 들어온 건 처음이겠지?"

내가 부모가 안 계시다고 말하자, 그녀는 언제 돌아가셨냐고 물었다. 그리고 나이는 몇 살이냐, 글을 읽고 쓸 줄 아느냐, 바느질을 할 수 있느냐고 물었다. 그러면서 그녀는 손가락으로 내 뺨을 가볍게 어루만졌다.

"부디 착한 아이가 되어라."

이렇게 말하고 그녀는 나를 미스 밀러와 함께 내보냈다.

방에 남은 여자는 스물여덟이나 아홉 정도 되어 보였고, 나와 함께 나온 여자는 그보다 서너 살 어려 보였다. 나에게 말을 건넸던 여자의 목소리와 모습과 태도는 내 기억 속에 깊은 인상을 주었다. 미스 밀러는 그녀보다 훨씬 평범하고 고생에 찌든 얼굴이었다. 그러나 혈색은 좋았다. 그녀는 늘 바쁜 일에 쫓기는 사람처럼 걸음걸이와 동작이 분주했다. 후에 그가 조교사라는 것을 알았지만 그때는 정말 그렇게 보였다.

나는 그녀의 안내로 천장 높이가 고르지 않은 커다란 건물 안을 이 방에서 저 방으로, 또 복도에서 복도로 지나갔다. 잠시 후 우리는 음침한 복도를 지나 넓고 길다란 방으로 들어갔다.

그 방에는 아홉 살이나 열 살 정도부터 스무 살쯤 되어 보이는 여자 아이들이 테이블 주위에 둘러앉아 있었다. 그 수는 실제 80명이 못 되었지만 희미한 촛불 아래서 보니 셀 수 없을 정도로 많아 보였다.

그들은 모두 일정한 모양의 이상한 모직 양복을 입고 베로 만든

긴 앞치마를 두르고 있었다. 미스 밀러는 나에게 문 가까이 있는 긴 의자에 앉으라고 손짓을 하고는 자신은 방구석으로 걸어가 이렇게 외쳤다.

"반장, 어서 교과서를 치워요!"

그러자 키가 큰 네 명의 학생이 각자 테이블에서 일어나 돌아가며 책을 걷었다. 다시 밀러 선생이 명령했다.

"반장, 가서 저녁 식사 쟁반을 가져와요!"

키가 큰 학생들이 교실을 나갔다. 잠시 후, 그들은 물주전자와 찻잔이 놓인 쟁반을 들고 들어왔다. 이윽고 식사가 시작되었다. 하지만 나는 흥분과 여행에서 얻은 피로 때문인지 물만 마시고 말았다. 식사가 끝나자, 밀러 선생이 기도문을 외웠다. 그리고 나서 학생들은 두 사람씩 열을 지어 2층으로 올라갔다. 이때 나는 몹시 피곤했기 때문에 침실이 어떻게 생겼는지도 알아볼 틈이 없었다. 그저 그 방도 교실처럼 꽤 길다는 것밖에 생각나지 않았다.

그날 밤, 나는 밀러 선생과 함께 자도록 되어 있었기 때문에 그녀는 내가 옷 벗는 것을 도와 주었다.

나는 길다랗게 열 지어 있는 침대 하나마다 두 사람씩 들어가 자는 것을 보았다. 10분쯤 지나 마지막 한 자루의 촛불마저 꺼지자, 나는 침묵과 어둠 속에서 이내 잠이 들었다.

그날 밤, 나는 너무 피곤해서인지 꿈도 꿀 수 없을 정도로 완전히 지쳐 있었다. 내가 두 번째로 눈을 떴을 때는 종소리가 크게 울리고, 아직 날이 밝지도 않았는데 학생들은 모두 일어나서 옷을 입고 있었다. 방안에는 흐릿한 등불이 한두 개 켜져 있었다. 나는 일어나기 싫었지만 마지못해 일어났다.

날이 몹시 추웠다. 나는 부들부들 떨면서 겨우 옷을 입고 대야가 비기를 기다려 세수를 했다. 방 중앙의 세면대에는 여섯 명에 한 개씩 대야가 배당되어 있었기 때문에 차례를 기다리기가 지루했다.

종이 다시 울리자 학생들은 두 사람씩 열을 지어 아래층으로 내려가 싸늘하고 흐릿한 불이 켜져 있는 교실로 들어갔다. 이곳에서 학생들은 밀러 선생의 인도로 아침 기도를 올렸다.

얼마 후, 멀리서 종소리가 들렸다. 그러자 세 명의 여자가 들어왔다. 그들은 각자 자기 테이블에 가 앉았다. 밀러 선생은 문 가까이에 있는 빈자리에 앉았다. 그녀의 주위에는 나이가 어린 학생들이 모여 있었다. 나도 그들 속에 섞여 맨 끝자리에 가 앉았다.

이윽고 수업이 시작되었다. 짧은 기도문 외우기, 성경 풀이, 또 성경 구절 낭독에 거의 한 시간이 지나 버린 것 같았다. 공부가 끝났을 때는 날이 완전히 밝아 있었다.

그때 네 번째의 긴 종소리가 울렸다. 그러자 학생들은 다시 줄을 지어 다른 방으로 아침을 먹으러 갔다. 그 전날 나는 거의 아무것도 먹지 않았기 때문에 몹시 허기져 있었다. 긴 식전 기도가 끝나자 하인이 선생들에게 차를 날라 왔다.

식사가 시작되자 나는 배가 고파 정신이 희미해질 정도였으므로 음식 맛도 모르고 허겁지겁 한두 술 떠 먹었지만, 공복의 기운이 가시자 곧 구역질 나는 음식을 먹고 있다는 것을 알았다. 죽이 탄 것은 썩은 감자만큼이나 못 먹을 것이었다. 다른 학생들의 숟가락질에도 기운이 없었다. 그럭저럭 아침 식사가 끝났지만 제대로 음식을 먹은 사람은 아무도 없었다.

수업이 다시 시작되려면 15분쯤 있어야 했는데, 그동안 교실은 온통 떠들썩했다. 이때만큼은 큰 소리로 자유롭게 말을 해도 괜찮은 모양이었다.

내용은 처음부터 끝까지 아침 식사 이야기로, 모두들 노골적으로 그것을 비난했다.

몸집이 큰 학생들 한 무리가 저마다 심각하고 실쭉한 표정으로 수군대고 있었다. 그 누군가의 입에서 브로클허스트 선생의 이름이 나왔고, 그러자 아직 그 방에 남아 있던 밀러 선생은 그렇지 않다는 듯이 머리를 가로 저었다. 그러나 그녀도 화가 났는지 모두의 분노를 가라앉히려는 노력은 별로 하지 않았다.

교실 안에 있는 괘종시계가 9시를 쳤다. 밀러 선생은 학생들을 헤치고 나와 교실 한가운데 서서 외쳤다.

"모두들 조용히! 제자리에 앉아요."

5분쯤 지나자 소란한 것이 정돈되었다. 혼잡이 가시고 비교적 조용한 분위기가 되었을 때, 지체 높은 선생들이 각자 자기 자리에 가 앉았다.

나는 선생들을 자세히 뜯어보았지만 마음에 드는 선생은 하나도 없었다. 내가 선생들의 이 얼굴 저 얼굴을 살펴보고 있을 때, 교실 안의 학생들이 일제히 벌떡 일어섰다.

어떻게 된 것일까? 호령은 들리지 않았다. 내가 침착성을 되찾았을 때에는 이미 모든 학생들이 자리에 앉은 후였다. 그러나 모두의 눈이 한곳으로 쏠려 있었기 때문에 내 눈길도 그 방향을 좇았다. 나는 그 때 어젯밤 나를 맞아 준 그분을 보았다. 그녀는 긴 교실 한쪽 끝에 있는 난로 옆에 서서 엄숙한 표정으로 두 줄로 선 학생들을 둘러보고 있었다.

밀러 선생이 그녀에게 무엇인가 물을 것이 있는 듯 가까이 갔다. 이내 다시 자기 자리로 돌아온 밀러 선생이 큰 소리로 말했다.

"제1반 반장! 지구의를 가져와요."

반장이 지구의를 가지러 간 사이에 그 여자는 천천히 교실 위쪽으로 걸어갔다. 나는 그녀의 뒷모습을 바라보면서 감탄 섞인 외경심에 사로잡혔다.

그녀는 키가 크고 몸매가 아름다웠으며, 상냥한 갈색 눈과 그린 듯한 눈썹은 넓은 이마의 하얀빛을 두드러지게 해 주었다.

로드 학교의 주임 선생 — 이분이 주임 선생이었다 — 은 테이블 위에 놓인 한 쌍의 지구의 앞에 앉아서 상급반 학생들을 상대로 지리 수업을 시작했다.

그동안에 하급반 학생들도 각기 다른 선생들에게 불려 가 역사, 문법과 암송, 그리고 산술과 글쓰기 공부를 계속했다.

마침내 괘종시계가 12시를 알렸다. 그러자 주임 선생은 자리에서 일어나 학생들을 향해 이야기를 시작했다.

"여러분에게 할 말이 있습니다."

수업이 끝나자마자 몹시 소란스러워지기 시작했지만, 그녀의 목소리로 인해 다시 조용해졌다.

"아마 여러분은 오늘 아침, 식사를 제대로 못했을 거예요. 모두 배가 고플 줄 압니다. 그래서 저는 여러분에게 빵과 치즈를 주도록 시켰습니다."

그녀는 다른 선생들이 놀란 얼굴로 쳐다보자, "이 일은 내가 책임지고 하는 것입니다." 하고 근엄한 목소리로 말했다. 그러고는 곧 교실 밖으로 나가 버렸다.

잠시 후 치즈 바른 빵이 날라져 왔을 때 모든 학생들의 기쁨은 이루 말할 수 없었다.

빵을 먹고 나자, "교정으로!" 하는 명령이 내려졌다. 저마다 물들인 옥양목 끈이 달려 있는 성긴 밀짚모자를 쓰고 회색 외투를 입었다. 나도 그들과 같은 모양으로 차리고 밖으로 나갔다.

운동장은 꽤 넓었지만 교정 밖을 전혀 내다볼 수 없을 만큼 높은 담으로 둘러싸여 있었다. 발걸음을 멈추고 주위를 살펴보며 나는 몸을 떨었다. 야외 운동을 하기에는 너무 추운 날씨였다. 비가 내리는 것은 아니었으나 조용히 퍼지는 안개로 인해 주위가 컴컴했고, 땅은 어제 내린 비로 질척질척했다. 그러나 건강한 아이들은 운동장을 뛰어다니며 활발하게 운동을 하고 있었다.

아직 나는 누구와도 이야기를 해 보지 않았고, 또 아무도 나를 관심 있게 보는 것 같지 않아 외로운 기분으로 서 있었지만, 이런 기분에는 꽤 익숙해져 있었기 때문에 별로 신경 쓰지 않았다.

나는 베란다 기둥에 기대어 회색 외투를 잔뜩 여민 채 살을 에는 듯한 추위와 배고픔을 잊어버리려고 밖을 내다보며 생각에 잠기기도 했다.

나는 수녀원 비슷한 정원과 교사(校舍)를 바라보았다. 건물은 컸지만 그중 반은 잿빛의 낡은 건물이었다. 현관 위 석판에는 다음과 같은 글이 새겨져 있었다.

로드 학원. 서기 ××년, 이 지역에 사는 브로클허스트 가문의 나오미 브로클허스트에 의하여 재건되다.
너희도 이와 같이 너희의 빛을 사람들 앞에 비추어 그들이 너희의 착한 행실을 보고 하늘에 계신 아버지를 찬양하게 하여라(「마태복음」 5장 16절).

나는 이 글을 되풀이해서 읽었다. 아무리 읽어도 그 뜻을 알 수가 없어서 이 말에 대한 설명을 들어야겠다고 생각했다.

바로 그때 내 뒤에서 기침 소리가 들리기에 머리를 돌려 뒤를 돌아보았더니 한 소녀가 가까운 돌벤치에 앉아 있었다. 그녀는 고개를 숙이고 앉아서 열심히 책을 읽고 있었다. 나는 그녀가 책장을 넘기면서 무심코 고개를 들었을 때 말을 건넸다.

"그 책 재미있니?"

"응, 꽤 재미있어."

"무슨 얘기를 쓴 건데?"

나는 치근치근할 정도로 캐물었다. 그러자 그녀는 나에게 말없이 책을 건네주었다. 나는 그 책을 잠깐 들여다보고서 제목에 비해 이야기는 별로 재미없을 것이라고 생각했다.

나는 그녀에게 책을 돌려주면서 다시 물었다.

"저 문 위, 돌에 새겨져 있는 말이 무슨 뜻인지 가르쳐 줄래? 로드 학원이란 무슨 말이지?"

"바로 이 학교야."

"그런데 왜 학원이라고 하지? 이곳이 학교와는 무엇이 다른데?"

"이곳은 반은 자선 학교야. 혹시 너는 고아 아니니? 아니면 아버지나 어머니 두 분 중 누가 돌아가셨거나."

"두 분 모두 어렸을 때 돌아가셨어."

"그럴 거야. 여기 있는 학생들은 모두 어머니나 아버지 또는 양친이 다 안 계신 애들이야. 그래서 이곳을 고아를 교육시키는 자선 학교라고 부른단다."

"그럼 우리는 돈을 안 내고 있는 거니?"

"아니, 내기는 하지. 우리들이 내든지 아니면 우리를 동정하는 사람들이 일년에 1인당 15파운드씩 내고 있어."

"그런데 어째서 우리들을 자선 학원 학생이라고 하는 거지?"

"일년에 15파운드로는 기숙사비나 수업료가 부족하니까, 부족한 돈은 기부금으로 채우는 거야."

"누가 기부를 하는데?"

"근처나 런던에 사는 인정 많은 신사와 귀부인들이야."

"그런데 나오미 브로클허스트 씨는 누구니?'

"저기 석판에 쓰여진 대로 이 학교에 새 건물을 지은 분이야. 지금은 그분의 아드님이 모든 학교 일을 감독, 지휘하고 계셔."

"왜?"

"왜라니? 그분이 학교의 관리인이고, 회계를 맡아 보고 있으니까 그렇지."

"너는 여기 온 지 얼마나 되었니?"

"2년 되었어."

"너도 고아니?"

"아버지만 계셔."

"여기 있는 게 좋아?"

"너는 묻는 것도 꽤 많구나. 그만하면 됐잖아. 난 이제 책 좀 읽어야겠다."

그녀는 귀찮다는 듯이 말을 끊었다.

그때 마침 점심 식사 시간을 알리는 종소리가 울려 모두 안으로 몰려 들어갔다.

점심 역시 아침과 마찬가지로 형편없었다. 질 나쁜 감자와 상한 고기 부스러기를 넣고 끓인 수프와 밥이 각자에게 나누어졌다.

나는 겨우 몇 숟갈 떠 먹고 나서는 마음속으로, '왜 식사가 한결같이 이 모양일까?' 하고 생각했다.

식사가 끝나자 우리는 곧 교실로 돌아갔고, 다시 시작된 공부는 5시까지 계속되었다.

그날 오후 수업 도중, 베란다에서 나와 이야기를 나누었던 그 소녀가 역사 시간에 스캐처드 선생에게 꾸중을 듣고 교실 한복판에서 벌을 섰다. 나로서는 그런 벌이 가장 부끄러울 것이라고 생각했지만 그녀는 놀랍게도 울지도 않고 얼굴도 붉히지 않은 채 태연하게 서 있었다. 어쩌면 그렇게 침착하게 견딜 수 있는지 이해할 수가 없었다.

오후 5시가 지나자 또 식사를 했다. 작은 잔에 든 커피와 누런 빵 반쪽씩이었다. 나는 허겁지겁 빵을 먹고 커피를 마셨다. 하지만 여전히 배가 고팠다.

식사 후 30분의 쉬는 시간이 있었고, 휴식 시간이 끝나자 다시 수업을 시작했다. 그러고는 물 한 잔에 귀리 과자 한 조각, 기도 그리고 취침……. 이것이 로드 학원에서의 첫날 일과의 전부였다.

6

이튿날도 전날과 변함없는 일과가 시작되었다. 나는 희미한 촛불 아래서 옷을 입었다.

이날 나는 제4반 학생으로 편입되어 정식으로 수업을 받을 수 있었다. 전날은 그저 구경꾼의 입장에서 여러 가지 과정들을 지켜보았지만 이젠 함께 행동하게 된 것이다. 처음에는 익숙하지 않아서인지 공부 시간이 지루하고 힘들기만 했다.

로드에서의 하루 중 가장 유쾌한 시간은 저녁 휴식 시간이었다. 수업이 끝나고 오후 5시에 먹는 빵 부스러기와 커피 한 잔은 배고픔을 완전히 가시게 해 주지는 않았으나 기운을 회복시켜 주기는 했다.

촛불 대신 다소 환하게 피워진 난롯불로 인해 교실 안은 오전보다는 훨씬 따뜻했다. 오렌지빛 노을, 자유로운 잡담, 떠들썩한 소리들이 한데 어우러져 활발하고 자유로운 분위기를 느끼게 했다.

스캐처드 선생이 자기 학생인 번스—나와 베란다에서 얘기하던 소녀—를 때린 날 저녁, 나는 평소와 다름없이 긴 의자와 테이블 그리고 낄낄대는 학생들 사이를 왔다갔다하고 있었다. 친구는 없었으나 그다지 외로운 기분은 아니었다. 나는 창가로 다가가 이따금 덧문을 열고 눈이 몹시 퍼붓는 밖을 내다보곤 했다.

내가 만일 단란한 가정과 부모 곁을 갓 떠나온 처지였다면 이런 때야말로 혼자 떨어져 있다는 것을 절실하게 슬퍼했을 것이다. 하지만 부모도 가정도 잃은 지 오래된 나는 다만 잎 떨어진 나무를 흔들고 가는 바람 소리에 귀를 기울이고 있을 뿐이었다.

나는 난로 옆에서 번스를 발견했다. 그녀는 꿇어앉아서 희미한 난로의 불빛으로 책을 읽고 있었다.

"아직도 아까 읽던 그 책이니?"

나는 그녀 뒤로 다가가서 말했다.

"응, 이제 거의 다 읽었어."

5분쯤 지난 뒤, 그녀는 책을 덮었다.

'이젠 말을 걸어도 되겠지.' 하고 생각한 내가 물었다.

"번스, 네 이름은 뭐니?"

"헬렌."

"어디서 왔니?"

"아주 먼 곳이야. 스코틀랜드 국경."

"다시 돌아갈 거니?"

"그러려고 하지만, 아무래도 장래 일에 대해서는 장담을 못하니까."

"너는 로드를 떠나 버리고 싶지?"

"아, 아니. 왜? 난 공부를 하러 왔는걸. 공부를 끝마치기 전에는 집에 돌아가 봐야 아무 소용도 없어."

"그렇지만 그 스캐처드 선생님이 너한테 너무 심하게 굴잖아."

"심하게 군다고? 천만에! 약간 엄하긴 하지. 내 단점을 싫어하시니까."

"나 같으면 그 선생님을 몹시 미워할 거야. 그리고 반항할 거야."

"그렇게도 못할 테지만, 만일 그런 짓을 하면 브로클허스트 씨가 퇴학시켜 버릴 거야. 그렇게 되면 너희 집 사람들이 몹시 걱정할 텐데. 경솔한 행동을 해서 다른 사람을 걱정시키는 것보다는 그 괴로움을 혼자서 조용히 견디는 게 더 낫단다. 그리고 또 성경에도 악을 선으로 갚으라는 말씀이 있잖니."

"하지만 학생들이 가득한 교실 한복판에서 매를 맞고 벌을 선다는 건 몹시 부끄러운 일이거든. 그리고 넌 다 자란 처녀잖아. 난 너보다 훨씬 어린데도 그런 건 절대로 못 참아."

"그렇지만 어떻게 해도 그것을 피할 수 없을 땐 견디어내는 게 의무야. 참아야만 하는 게 네 운명인데, 그것을 못 참겠다는 건 네 의지가 약한 탓이야."

나는 이런 말을 잘 이해하지 못했기 때문에 이상한 기분으로 그녀의 말을 들었다. 사실 그녀의 말이 옳을지도 모르지만, 나는 더 이상 심각하게 생각하고 싶지 않았다.

잠시 후, 나는 다시 물었다.

"템플 선생님도 너에게 스캐처드 선생님처럼 그렇게 심하게 구니?"

템플 선생님의 이름이 나오자 그녀의 얼굴에 상냥한 미소가 떠올랐다.

"아니. 템플 선생님은 정말 좋은 분이야. 그분은 어떤 사람도, 심지어는 이 학교에서 제일 못된 학생까지도 심하게 다루는 걸 싫어하셔."

그러면서 갑자기 내게 물었다.

"너도 성경책을 읽어 보았겠지만 신약 성경에서 예수가 뭐라고 하셨는지 아니?"

"뭐라고 말씀하셨는데?"

"'네 원수를 사랑하라. 그리고 너희를 저주하는 자를 위하여 기도하고, 너희를 미워하고 구박하는 자에게 선한 일을 행하라.'고 하셨어."

"그렇다면 난 리드 부인을 사랑해야겠네. 그렇지만 난 그렇게는 못하겠어. 또 그녀의 아들 존을 위해 기도도 해야 하고. 그건 더욱 못할 짓이야."

그러자 헬렌 번스가 내 이야기를 들려 달라고 했다. 그래서 나는 가슴에 품었던 억울하고 분한 이야기를 나름대로 털어놓았다.

헬렌은 끝까지 묵묵히 내 이야기를 들어 주었다. 뭐라고 한마디 할 것도 같은데, 아무 말도 안 해서 도리어 내가 물었다.

"너도 리드 부인을 인정이 없고 아주 못된 여자라고 생각하겠지?"

"분명히 그분이 네게 불친절하기는 했어. 하지만 그분은 스캐처드 선생님이 내 성격을 미워하듯이 네 성격을 미워한 거야. 그렇지 않니? 너는 리드 부인이 네게 한 일, 한 말을 어쩌면 그렇게도 자세하게 기억하니? 그런 일을 모두 잊어버리면 오히려 마음이 가볍지 않을까? 나는 죄를 미워하면서도 한편으로는 그 죄를 범한 사람을 진심으로 용서할 수 있어. 그런 마음만 가지고 있으면 복수할 생각에 사로잡히지도 않고 사람을 미워하게 되지도 않아."

헬렌 번스는 말을 마치고 나서 깊은 생각에 잠겼다. 그러나 반장이 와서 소리치는 바람에 곧 생각에서 깨어났다.

"야, 헬렌 번스! 빨리 서랍을 정리하고 바느질감을 치우지 않으면 스캐처드 선생님께 이른다."

그러자 헬렌은 깊게 한숨을 내쉬면서 일어나 망설이지 않고, 더욱이 반장 말엔 대꾸하지도 않은 채 반장이 지시한 대로 했다.

나는 헬렌 번스가 서랍을 정리하는 동안 그녀가 한 말에 대해 곰곰이 생각해 보았다. 그리고 그 말이 옳은 것 같다고 생각했다.

7

로드에서의 첫 학기는 무척 길게 느껴졌다. 새로운 교칙, 낯선 과목으로 인해 그다지 행복한 시간은 아니었다. 나는 그러한 환경에 익숙해지기 위해 많은 고난과 꾸준히 싸워야만 했다.

봄이 되었는데도 여전히 눈이 쌓여 있고, 또 눈이 녹은 후에도 거의 다닐 수 없게 된 길 때문에 우리들은 교회에 가는 일 외에는 학교 밖으로 나다니지 않았다.

나는 아직 브로클허스트 씨가 학교를 방문했는지에 대해서 아무 말도 듣지 못했는데, 사실 그분은 내가 로드에 온 그달에는 거의 이곳을 찾아오지 않았다. 아마도 그의 친구인 부감독 집에 머무르는 기간이 길어져서인 것 같았다.

나로서는 그가 내 앞에 안 나타난다는 것 그 이상으로 다행한 일이 없었다. 왜냐하면 그분이 오는 것을 두려워할 만한 이유가 있었기 때문이다. 그러나 마침내 그는 왔다.

어느 날 오후 — 내가 로드에 온 지 3주일쯤 지났을 때 — 나는 골치 아픈 나눗셈을 하다가 지쳐 멍청히 창밖을 내다보고 있었다. 그때 내 눈에 띈 사람이 있었다. 나는 그 말라빠진 모습을 보고 그가 바로 브로클허스트 씨라는 것을 알 수 있었다. 리드 부인이 내 성질이 나쁘다고 한 것이라든지, 그가 나의 나쁜 성질을 템플 선생님이나 다른 선생님에게 말해야겠다고 장담한 것을 기억하고 있었기 때문에, 나는 그가 나타나자 몹시 당황해했다.

　로드에 온 뒤 내내 나는 그의 장담이 실행될 것을 걱정하면서 지냈다. 내 과거의 생활을 모두에게 알림으로써 나에게 영원한 악인이란 낙인을 찍을 것이 틀림없었기 때문이다. 그런데 드디어 그 사람이 나타난 것이다.

　그는 템플 선생님에게 낮은 목소리로 뭐라고 속삭였다. 나는 그가 반드시 나의 못된 행실에 대해 일러바쳤을 거라고 생각했다. 그래서 나는 템플 선생님의 그 상냥한 눈초리가 언제 멸시의 눈초리로 변하게 될는지 마음을 죄며 기다렸다. 나는 그때 우연히 교실 맨 앞자리에 앉아 있었기 때문에 그의 말을 대부분 엿들을 수 있었다. 이야기의 내용을 알고 난 나는 일단 불안에서 벗어날 수 있었다. 브로클허스트 씨와 템플 선생님은 학교 운영에 관해서 이야기하고 있었다. 브로클허스트 씨와 템플 선생님이 이야기하는 동안에 나는 브로클허스트 씨의 눈에 띄지 않도록 주의했다. 눈에 띄지만 않는다면 무사할 것으로 생각했기 때문이다. 그래서 나는 걸상 깊숙이 앉아 공부를 열심히 하는 척하면서 들키지 않도록 석판을 높이 들어올렸다.

　만일 그 석판이 마루에 떨어져 요란한 소리를 내서 모든 사람의 시선을 집중시킨 사건만 일어나지 않았더라면, 나는 끝내 그의 눈을 피해 무사히 넘어갈 수 있었을 것이다. 나는 이제 다 틀렸다고 생각하고 깨진 석판을 주우려고 허리를 구부리며 최악의 경우에 대비해 정신을 바짝 가다듬었다. 마침내 최악의 순간이 왔다.

　"꽤 조심성이 없는 아이군!"

브로클허스트 씨는 이렇게 말하고 나서 곧, "이번에 새로 온 학생인가 본데." 하고 덧붙여 말했다. 그리고는 내가 채 숨을 돌리기도 전에, "저 학생은 주의를 시키지 않으면 안 되겠군. 석판을 깨뜨린 학생을 이리 나오라고 하시오!" 하고 소리를 질렀다.

갑자기 얼어붙은 듯 몸이 말을 듣지 않았다. 그러자 템플 선생님이 다정스럽게 나를 그의 앞에까지 데려다 주었다. 그리고 내게 귓속말을 했다.

"두려워할 것 없어, 제인. 그건 실수로 그런 것이니까."

그러나 그 상냥한 말은 내 가슴을 날카로운 비수처럼 찔렀다. 순간 나는 '이제 저분도 나를 거짓말쟁이라고 비웃겠지.' 하고 생각했다.

그러자 나의 가슴속에서는 리드 부인, 브로클허스트 씨 그리고 그런 부류의 사람들에 대한 분노가 끓어올랐다. 나는 결코 헬렌 번스 같은 아이는 아니었다.

"저 걸상을 가져와라!"

브로클허스트 씨는 교실 구석에 있는 높은 걸상을 가리키며 말했다. 반장이 걸상을 가져왔다.

"그 위에 저 아이를 올려놔요."

그리하여 나는 그 높은 걸상에 올려졌다. 누가 올려 줬는지 그런 사소한 일은 살필 겨를도 없었다.

브로클허스트 씨는 헛기침을 한 번 하고 나서, 사람들 쪽을 향해서 말했다.

"템플 선생, 여러 선생님들 그리고 학생들! 모두 이 아이를 보고 계시죠? 보시다시피 이애는 아직 어립니다. 언뜻 보기엔 이렇게 다른 아이들과 똑같은 모습을 하고 있습니다. 은혜롭게도 하느님께선 우리 모든 사람들에게 주신 것과 같은 모습을 이 어린애에게도 주셨습니다. 이애의 어디에도 악마의 종이라는 느낌을 갖게 할 만한 구석은 없습니다. 그러나 슬프게도 그것은 사실입니다."

잠시 말이 그친 사이에 나는 얼떨떨한 정신을 바로잡았다. 이미 일은 벌어졌고, 이제는 이 일에 어떻게 당당하게 맞서 나가느냐 하는 문제만이 남아 있었다.

"여러분!"

브로클허스트 씨는 다시 말을 이었다.

"매우 슬프고도 마음 아픈 일입니다. 왜냐하면 나는, 본래는 하느님의 양이었을지도 모르는 이 소녀가 참된 양의 무리에 속하지 않고 분명히 우리들의 방해자라는 것을 밝히지 않으면 안 되기 때문입니다. 여러분은 될 수 있으면 이 아이와 놀지 않도록 주의하세요. 그리고 선생님들, 여러분도 이 아이의 거동을 주의 깊게 살펴보십시오. 왜냐하면 이 소녀는 기독교 국가에 태어났으면서도 악마에게 기도하고 무릎을 꿇는 아이보다도 못한 거짓말쟁이이기 때문입니다."

그런 후 10분가량 말이 끊겼다가 브로클허스트 씨는 다시 말을 이었다.

"나는 이 사실을 이 아이의 은인이 되는 부인에게서 들었습니다만, 경건하고 자애로운 그분은 고아인 이 아이를 맡아서 친딸과 다름없이 키워 주신 그 관용에 이 불행한 아이가 말할 수 없이 사악한 배신으로 보답해 왔기에, 할 수 없이 이 아이의 악덕의 본보기가 자기 아들딸들의 순결한 마음씨를 더럽힐 것이 두려워 떼어 놓지 않을 수 없게 된 것입니다. 그 부인께서는 마치 그 옛날 유태인이 병자들을 물결이 일렁이는 베데스다의 영천(靈泉)에 보냈듯이(「요한복음」 5장. 어느 계절에 천사가 내려와 일렁이게 한 물결 속에 들어가면 병이 낫는다고 했음), 이 아이의 버릇을 고치기 위해서 이곳으로 보내신 겁니다. 그러므로 여러 선생님과 교장 선생님께 부탁의 말씀을 드리는 것은, 부디 이 아이 주변의 물이 흐려지지 않도록 주의하시라는 겁니다."

이렇게 엄숙한 결론을 내리고 브로클허스트 씨는 외투의 맨 윗단추를 끼우며 가족들에게 뭐라고 속삭였다. 그녀들은 일어섰으며 템플 선생님께 고개를 숙여 인사를 한 뒤 위풍당당하고 엄숙한 걸음으로 교실에서 나갔다. 브로클허스트 씨는 출입문에서 다시 한 번 돌아보더니 이렇게 말했다.

"저애를 앞으로 30분만 더 세워 두시오. 그리고 오늘은 온종일 아무도 저애와 말을 못하게 하시오."

그리하여 나는 높은 의자 위에 서 있어야만 했다. 그냥 방 한가운데 서 있는 것조차 부끄럽다던 내가 이제는 그보다 훨씬 더 불명예스러운 자리에 서서 여러 사람의 따가운 눈총을 받아야 했다. 그때의 내 심정은 지금 도저히 말로는 표현할 길이 없다.

그런 내 곁을 한 학생이 스쳐 갔다. 그녀는 지나면서 고개를 들었다. 아아, 그 얼굴, 그 눈, 헬렌 번스였다. 나는 지금도 기억하고 있다.

그녀의 그 부드럽고 용기를 북돋아 주는 눈빛으로 인해 내가 얼마나 마음의 위로를 받았던가를……

8

잠시 후 5시가 되어 수업이 끝나자 모두들 차를 마시러 식당으로 몰려갔다.

그때 나는 용감하게 마룻바닥으로 내려섰다. 사방은 어두웠다. 나는 교실 한구석에 주저앉아 소리를 내어 울었다. 그때까지는 이를 악물고 참았는데, 혼자 남게 되자 서러움이 복받친 것이다. 눈물이 마룻바닥에 떨어졌다.

나는 이곳 로드에서만은 착하고 좋은 애가 되고, 친구를 많이 사귀어 다른 사람에게 존경과 사랑을 받을 수 있도록 노력하겠다고 결심하고 있었다. 이런 결심을 한 나는 이미 꽤 좋아져 있었다.

그날 아침에는 반에서 수석을 했다. 템플 선생님도 칭찬해 주셨고, 다음 두 달도 이 달처럼 좋아진다면 프랑스 어를 가르쳐 주시겠다고 하셨다. 때문에 나는 학생들 사이에서도 적잖이 인기를 얻었고, 내 또래 아이들 중에서도 나를 업신여기는 사람은 없었다. 그런데 나는 여기서 다시 짓밟히고 만 것이다. 다시 일어날 수 있을 것 같지 않았다.

나는 정말이지 죽고 싶어졌다. 이런 생각을 하며 울고 있을 때, 누군가 내 옆으로 다가왔다. 헬렌 번스였다.

나는 기운을 차리고 일어났다. 희미한 난롯불이 그녀를 비추었다. 그녀는 내게 커피와 빵을 가지고 왔지만 나는 아무것도 삼킬 수가 없었다. 울음을 그칠 수가 없었기 때문이다. 나는 마음을 진정시키려고 애썼지만, 이때만은 어쩔 수가 없었다. 겨우 울음을 그친 내가 입을 열 때까지 헬렌은 아무 말도 하지 않았다.

"너는 왜 모든 사람들이 거짓말쟁이로 생각하는 내 옆에 있는 거니?"

"아니, 네가 그렇다고 말하는 걸 들은 사람은 겨우 80명뿐이야. 그렇지만 이 세상에는 수억 수천만의 사람이 살고 있잖아."

"그렇지만 그 많은 사람들과 내가 무슨 상관이 있니? 내가 아는 80명이 나를 업신여기고 미워할 텐데."

"제인, 너는 잘못 생각하고 있어. 아마 이 학교에서 너를 미워하거나 업신여길 사람은 한 사람도 없을 거야. 거의가 너를 가엾게 생각하고 있어."

"브로클허스트 씨가 그렇게 심하게 말하는 걸 들었는데도 나를 가엾게 여길까?"

"브로클허스트 씨가 하느님은 아니니까. 또 위대하고 모든 사람들에게 존경받는 사람도 아니고. 이 학원에서는 아무도 그를 좋아하지 않아. 남을 위한 일이라고는 한 번도 해 본 일이 없었으니까. 그리고 제인……."

그녀는 여기서 잠깐 말을 멈추었다.

"뭐지, 헬렌?"

나는 그녀의 손에 내 손을 얹으면서 물었다.

"설령 온 세상 사람들이 모두 널 미워해도, 너 자신의 양심이 스스로 너를 정당하다고 인정하고 아무 죄가 없다는 것을 주장하는 한 너는 외톨박이가 아니야."

"그야 나도 내가 옳다고 생각하지 않으면 안 된다는 건 알아. 하지만 나 혼자만 그래 봐야 소용이 없어. 남들이 나를 사랑하지 않는다면 차라리 나는 죽는 것이 나아. 헬렌, 외톨박이로 미움을 받아 가며 살아간다는 건 정말 견딜 수 없는 일이야. 난 너와 템플 선생님이나, 그 밖에 내가 정말로 좋아하는 사람에게서 참된 사랑을 얻기 위해서라면 어떤 어려움이라도 이겨낼 수 있어."

"잠깐 제인! 넌 인간의 사랑이란 것을 너무 과장해서 생각하는 것 같아. 너무 감정에 치우쳐 있는 게 아닐까? 인간 모두를 창조하신 하느님께서는 우리들의 연약한 육체 위에 의지가 될 만한 것, 즉 영혼의 세계를 만들어 주셨단다. 그래서 천사들이 우리를 보살펴 주는 거야. 우리가 아무리 사방에서 짓밟히고 조롱당해도 천사들은 우리들의 고통을 지켜봐 주고, 우리가 옳다는 것을 믿어 준단다."

나는 아무 말도 하지 않았다. 헬렌은 나의 마음을 가라앉혀 주었다.

얼마 후, 바람이 구름을 모두 몰아가고 달빛만이 남겨졌을 때, 우리는 그 달빛으로 인해 우리들에게 다가오는 한 사람의 그림자를 보왔다. 템플 선생님이었다.

"제인 에어, 널 데려가려고 일부러 찾아왔다. 내 방으로 가자. 그리고 마침 헬렌 번스도 있으니, 같이 오너라."

우리들은 템플 선생님을 따라 몇 개의 복도를 지나 층계를 올라갔다. 난롯불이 뜨거워서 방안은 포근하고 아늑했다.

"다 끝났지?"

템플 선생님은 내 얼굴을 내려다보며 물었다.

"슬픔을 눈물로 씻어 버렸느냐 말이야."

"쉽게 그럴 수 있을 것 같지 않아요."

"왜?"

"너무 억울한 꾸중을 들었으니까요. 이젠 선생님도, 또 다른 사람들도 모두 나를 형편없이 못된 아이라고 생각하시겠지요?"

"네가 착한 아이인지 못된 아이인지는 앞으로의 네 행동에 달려 있어. 계속 착한 아이가 될 수 있도록 노력해라. 그러면 되는 거야."

"제가 그럴 수 있을까요, 선생님?"

"그럼, 그렇고말고."

템플 선생님은 나를 한 팔로 안아 주며 계속 말했다.

"참, 브로클허스트 씨가 말한 네 은인이란 누굴 말하는 거지?"

"리드 부인이라고 제게는 외숙모님이세요. 외삼촌은 돌아가셨는데, 돌아가시면서 저를 리드 부인에게 부탁하셨지요."

"그렇다면 그 부인이 너를 스스로 맡은 게 아니구나?"

"네. 리드 부인은 그렇게 하지 않을 수 없게 된 것을 못마땅하게 생각했지요. 하지만 외삼촌께서는 돌아가시기 전에 리드 부인에게 언제까지나 저를 맡아 줄 것을 당부하셨단 얘기를 하인들한테서 들었어요."

"자, 그러면 제인, 내가 다 들어 줄 테니까 이야기를 해 봐라. 그렇지만 덧붙이거나 과장하지는 말고."

나는 될 수 있는 한 정확히 말하려고 결심했다. 그리고 말을 조리 있게 하려고 몇 분 동안 생각을 가다듬은 다음, 슬펐던 어린 시절의 이야기를 모두 해 버렸다.

템플 선생님은 한참 동안 아무 말 없이 나를 바라보더니 이렇게 말했다.

"나도 로이드 선생을 좀 안단다. 그분께 내가 편지를 쓰지. 그분의 회답이 네 말과 들어맞으면 너는 모든 누명을 깨끗이 벗게 되는 거야. 제인, 넌 이제 내게 결백해."

템플 선생님은 나에게 키스를 해 주고 나서 번스에게 말했다.

"헬렌, 오늘 저녁엔 몸이 좀 어떠냐? 낮에 기침을 많이 했니?"

"그렇게 심하진 않았어요, 선생님."

템플 선생님은 자리에서 일어나 헬렌의 손목을 잡아 맥을 짚어 보았다.

"너희들 둘은 오늘 내 손님이야. 그러니까 마땅히 손님다운 대접을 받아야지."

우리는 그날 저녁 잔칫상을 받은 것처럼 훌륭한 대접을 받았다.

그로부터 약 일주일 후에 선생님은 로이드 씨에게서 답장을 받았다. 그분의 답장은 내 변명이 옳다는 것을 인정해 준 것 같았다.

템플 선생님은 전교생을 모아 놓고 제인 에어에 대해 조사를 했다고 밝히면서, 이제 제인이 모든 누명을 벗게 된 사실을 발표하게 된 것을 누구보다 기쁘게 생각한다고 말했다.

그러자 다른 선생님들은 내게 악수와 키스를 해 주었으며, 친구들 사이에서는 순식간에 기쁨의 속삭임이 퍼졌다.

9

로드에서의 불편함이나 괴로움은 차츰 사라져 가고 어느덧 봄이 다가왔다. 그러나 봄의 짙은 안개는 로드 학생의 반수 이상을 열병으로 앓아눕게 했다. 로드 학교가 자리잡고 있는 숲 속의 골짜기는 안개로 인해서 일어나는 질병의 온상이었다.

이렇게 병이 로드의 식솔이 되다시피 하고 죽음이 자주 찾아오는 동안, 로드의 담장 안에는 짙은 공포의 그림자가 드리워지게 되었다.

그때 나의 사랑하는 친구 헬렌 번스도 나로서는 알 길이 없는, 보이지도 않는 어떤 병실에서 앓고 있었다. 그녀의 병은 다른 학생들이 앓는 열병이 아니라 폐병이었다. 나는 폐병이란 간호만 열심히 하면 틀림없이 고칠 수 있는, 증세가 가벼운 병인 줄 알고 있었다. 햇살이 따뜻한 날, 헬렌이 템플 선생님을 따라 교정으로 나가는 것을 본 일이 있었기 때문이다. 그래서 나는 다만 교실의 창문을 통해서만 그녀의 모습을 바라다볼 수 있었다.

6월 초순 어느 날, 나는 메어리 앤이라는 친구와 퍽 늦게까지 숲 속에 가 있었다. 우리는 평소와 같이 다른 아이들과 떨어져 산보를 하다가 너무 멀리 가서 그만 길을 잃은 것이었다. 간신히 숲 속의 오두막집에서 길을 물어 학교로 돌아온 것은 달이 떠오른 후였다.

나는 메어리 앤이 자러 간 후에도 화단에서 달을 보고 있었다. 그 때, 현관이 열리는 소리를 들었다. 이윽고 베이츠 선생님과 간호사가 나타났다. 베이츠 선생님이 말을 타고 떠나가자 간호사가 현관문을 닫으려 했다. 나는 그녀에게 달려가서 물었다.

"헬렌은 좀 어때요?"

"아주 위독해."

"베이츠 선생님은 헬렌 때문에 오신 거죠?"

"응."

"베이츠 선생님은 헬렌이 어떻다고 하셨어요?"

"이곳에 오래 있게 되지 않을 거라고 하셨어."

이 말을 듣는 순간 나는 충격과 비애의 격렬한 전율을 느꼈다. 그리고 하나의 소망, 그녀를 꼭 만나야 한다는 생각으로 간호사에게 헬렌이 어느 방에 있는지를 물었다.

"그애는 템플 선생님 방에 있어."

"가서 얘기를 좀 해도 될까요?"

"아니, 그건 안 돼! 밤공기가 이렇게 차가운데 밖에 있으면 너도 티푸스에 걸려. 빨리 들어가 자거라."

그러면서 간호사는 현관문을 닫았다. 나는 교실로 통하는 옆문으로 해서 안으로 숨어 들어갔다. 그때 밀러 선생은 학생들에게 취침 구령을 내리고 있었다.

그로부터 두 시간이 지난 밤 11시까지도 잠을 못 이룬 나는, 사람들이 다 잠들었으리라 생각하고 살금살금 자리에서 일어나 잠옷 위에 윗옷을 걸치고 템플 선생님 방을 찾아 나섰다. 무슨 일이 있어도 헬렌을 만나 그녀가 죽기 전에 껴안고 키스를 해 주고, 마지막이 될지도 모르는 이야기를 주고받아야 한다고 생각했기 때문이다.

템플 선생님의 침대 바로 옆에는 흰 커튼으로 반쯤 가려진 어린이용 침대가 하나 놓여 있었다.

"헬렌, 자니?"

나는 소리 죽여 헬렌을 불렀다.

헬렌은 손을 들어 커튼을 젖혔다.

얼굴이 몹시 야위었지만 평온해 보였다. 전과 별로 다르지 않은 모습을 보고 내 두려움은 이내 사라졌다.

"아니, 너 제인 아니니?"

헬렌이 부드럽게 물었다. 그 순간 나는 헬렌이 어쩌면 죽지 않을지도 모른다고 생각했다. 만일 죽게 될 사람이라면 이렇게 침착하게 말을 하거나 바라보거나 하지는 못할 것 같았기 때문이다.

나는 몸을 굽혀 그녀에게 키스했다.

"제인, 여기는 왜 왔니? 이렇게 밤이 늦었는데……."

"네가 보고 싶어서 왔어. 많이 아프다는 말을 듣고 나니까 잠이 와야지."

"그럼 넌 내게 작별 인사를 하러 왔구나?"

"헬렌, 너 어디 가니? 집에 가?"

"응, 영원한 집으로, 내 마지막 집으로……."

"안 돼, 헬렌!"

나는 목이 메어 더 이상 말을 잇지 못했다.

"제인, 너 맨발이구나. 여기 누워라. 그리고 내 이불을 덮어."

나는 그녀가 시키는 대로 했다. 헬렌이 한 팔을 내게 둘렀고, 나는 그녀에게 바싹 다가가 누웠다. 한동안 침묵이 흐른 뒤 헬렌이 속삭이는 듯한 목소리로 말했다.

"제인, 난 정말 행복해. 그러니까 내가 죽었다는 소리를 들어도 슬퍼하지 마. 언젠가는 모두 죽어야 하는 거니까."

"헬렌, 너는 어디로 가는 거지? 네겐 그곳이 보이니?"

"난 하느님께로 가는 거야. 나는 그렇게 믿어."

"하느님은 어디 계시지? 하느님은 어떤 분이야?"

"너와 나를 창조하신 분이야. 하느님께서는 당신이 만드신 것은 절대로 멸망시키지 않으신단다. 난 그렇게 믿어. 나는 내가 하느님을 사랑하고 있고, 하느님도 나를 사랑하신다는 것을 확신해."

"헬렌, 그렇다면 나도 이다음에 죽으면 너를 다시 만나게 될까?"

"너도 나와 똑같이 행복한 나라로 오게 될 거야. 꼭 그렇게 될 거야."

나는 헬렌을 좀더 힘껏 껴안아 주었다. 나는 그녀를 도저히 놓아 주고 싶지가 않아서 그녀의 목덜미에 나의 얼굴을 파묻고 누웠다. 잠시 후 그녀가 아주 다정하게 말했다.

"어쩌면 이렇게 기분이 좋지? 곧 잠이 들 것 같아. 제인, 가지 말고 내 곁에 있어, 응?"

"그래, 네 곁에 있을게. 아무도 나를 쫓아내진 못해."

"제인, 너 따뜻하니?"

"응."

"제인, 잘 자."

"너도 잘 자, 헬렌."

우리는 서로 꼭 껴안은 채 잠이 들었다.

내가 눈을 떴을 때는 아침이었다. 이상한 흔들림에 눈을 떠 보니, 어떤 사람의 팔에 안겨 있었다. 간호사가 나를 안아 기숙사로 데려가고 있었다.

나는 내 침대에서 빠져나온 것에 대해 꾸중을 듣지 않았다. 모두들 무슨 다른 생각에 정신이 팔려 있는 듯했다. 그래서 나는 여러 가지를 물었으나 아무런 대답도 해 주지 않았다.

이틀 정도가 지난 후에야 나는 그 이유를 알게 되었.

템플 선생님이 새벽녘에 방으로 돌아와 내가 헬렌 번스와 함께 침대에 누워 있는 것을 발견했다고 했다. 나는 잠들어 있었지만 헬렌은 이미 죽어 있었다.

헬렌은 브로클허스트 교회 묘지에 묻혔다. 그녀가 죽은 후 15년 동안 그곳은 잡초가 무성한 흙무덤에 불과했다. 그러나 지금은 그녀의 이름과 함께 '나 다시 태어나리라.'라는 말이 새겨진 잿빛 대리석의 비석이 그녀가 묻혀 있는 곳을 표시하고 있다.

10

기세를 떨치던 티푸스도 차차 수그러져 갔다. 그러나 로드 학교는 그동안 병이 끼친 해독으로 많은 학생들이 죽었다는 사실 때문에 사람들의 관심을 끌게 되었다.

병의 원인을 조사한 결과, 학교가 있는 장소가 건강에 좋지 않다는 것, 어린아이들이 먹는 음식의 양과 질, 요리하는 데 사용되는 찝찔하고 냄새 나는 물, 학생들의 초라한 옷과 시설 등에 대한 것이 밝혀졌다. 그 결과 브로클허스트 씨로서는 명예스럽지 못한 일이었지만 학생들에게는 유리한 방향으로 일이 처리되었다. 그 지방의 인정 많고 부유한 사람이 좀더 나은 환경에 시설이 좋은 교사를 지어 준 것이다. 그리하여 마침내 로드는 좋은 환경의 학교로 다시 태어나게 되었다.

나는 학교가 개선된 후 6년은 학생으로, 2년은 교사로서 학교에 머물러 있었다.

템플 선생님은 계속해서 교장 선생으로 자리를 지키고 있었다. 그분은 나에게 어머니와 가정교사 그리고 나중에는 친구 노릇까지 해 주신 분이었다.

그 즈음 선생님은 결혼을 해서 목사인 남편과 함께 먼 지방으로 이사해 갔다. 그분이 떠나 버린 날부터 나는 로드에 더 이상 머무를 생각이 없어져 버렸다. 그래서 나는 궁리 끝에 신문 광고를 통해 가정교사직을 구하기로 했다.

신문 광고를 냈더니, 얼마 후에 페어팩스라는 부인 이름으로 된 통지서가 날아왔다.

지난주 목요일 《××주 헤럴드》지에 광고를 내신 J. E님이 광고 내용과 같은 학식을 갖추었고, 인물과 능력에 대한 만족할 만한 증명서를 제출하실 수 있으시면, 다음과 같은 일자리가 있습니다. 학생은 여덟 살 미만의 소녀이며, 봉급은 연 30파운드를 드립니다. 증명서·성명·주소, 기타 참고 사항을 다음 주소로 보내 주십시오.

××주 밀코트 근교, 손필드 페어팩스 부인

나는 그 편지를 다시 한 번 살펴보았다. 서체는 나이 지긋한 부인의 것인 듯 예스럽고 글씨도 투박했다. 조건은 만족할 만했다. 그러나 한편으로는 자력으로 자신의 의사에 따라 행동함으로써 자신을 위험 속에 빠뜨리는 모험을 하고 있는 것은 아닐까 하는 한 가닥 불안을 떨쳐 버릴 수가 없었다. 그래서 나는 이 노력의 결과가 고상한 그리고 올바른 격식을 갖춘 것이길 간절히 빌었다. 차차 내 생각은 나이 지긋한 부인의 출현이 내 앞에 닥쳐올 문제를 해칠 요소는 아닌 것 같다는 쪽으로 기울어져 갔다.

나는 그곳으로 떠날 결정을 하고 준비를 했다. 2주일이 순식간에 지나갔다.

떠나는 날, 나는 이것저것 짐을 챙기고 서랍 속에 혹시 남은 것이 없나 뒤져 보았다. 그러고는 이제 더 할 일이 없음을 알고 쉬려고 했지만 그럴 수가 없었다. 나는 너무나 흥분해 있었던 것이다.

그때 하녀가 아래층에서 누가 나를 찾아왔다고 전해 주었다.

나는 '아마 짐꾼들이 왔겠지.'라고 대수롭지 않게 생각하며 누구냐고 묻지도 않고 아래층으로 뛰어 내려갔다. 내가 아래층 부엌으로 가는 문 앞을 막 지나려고 할 때 누군가가 튀어나왔다.

"아, 당신이군요! 어디서든지 알아볼 수 있겠어요."

검은 눈에 검은머리, 명랑해 보이는 아름다운 여인이었다.

"나를 알아보겠어요?"

그 여인은 귀에 익은 목소리로 웃으며 말했다.

"제인 아씨, 나를 아주 잊어버린 건 아니겠죠?"

다음 순간, 나는 정신없이 그녀를 껴안고 키스를 퍼부었다.

"베시, 베시, 베시!"

그 밖엔 아무 말도 할 수가 없었다. 그녀도 반은 웃고 반은 울면서 나를 끌어안았다.

우리는 자리를 방으로 옮겼다. 방에는 체크 무늬 바지를 입은 세 살쯤 되어 보이는 어린아이가 있었다.

"이애가 내 아들이에요."

베시가 말했다.

"베시, 그럼 결혼했군요?"

"그래요, 벌써 5년이나 되었는걸요. 마부인 로버트 리븐과 했어요. 이 아이말고도 딸애가 하나 있는데, 그애 이름은 제인이라고 지었어요."

"그럼, 베시는 게이츠헤드에 안 있어요?"

"문지기 영감이 나갔기 때문에 문지기 집에서 살아요."

"그래요? 모두들 어떻게 지내지요? 그곳 이야기를 자세히 좀 해 줘요, 베시."

"아씨는 그다지 키도 안 크고 살도 찌지 않았군요. 학교에서 잘해 주지 않은 모양이죠? 엘리자 아씨는 아씨보다 훨씬 키가 크고, 조지아나 아씨도 거의 두 배는 더 뚱뚱할 거예요."

"조지아나는 퍽 예뻐졌겠지?"

"그럼요. 얼마나 예쁘다고요. 지난겨울에 마님과 함께 런던에 갔었는데 인기가 대단했대요."

"존은 어떻게 됐지?"

"그분은 마님께서 바라시는 대로 지내지를 못한답니다. 삼촌들이 법학 공부를 하라고 했지만, 그렇게 방탕해서야 성공할 것 같지도 않아요."

"많이 변했어?"

"키가 커졌죠. 잘생겼다고 말하는 사람도 있긴 하지만, 입술이 너무 두꺼워서……."

"리드 부인은?"

"마님이야 보기엔 건강하지만, 마음은 그렇게 편치 않으실 거예요. 존 도련님이 마땅치 않아서요. 돈을 어찌나 낭비하는지……."

"베시는 마님이 보내서 온 거야?"

"아니, 전 오래전부터 아씨를 만나고 싶었어요. 그런데 먼 데로 간다는 소문을 듣고 가기 전에 만나 보려고 부지런히 온 거죠."

"베시, 날 보고 실망했지?"

"아니, 제인 아씨, 그렇지 않아요. 고상한 귀부인처럼 보여요. 사실 아씨는 어렸을 적부터 그다지 미인은 아니었으니까요."

나는 베시의 숨김없는 솔직한 말에 웃음이 나왔다. 그녀 말이 맞다고는 생각했으나 그 의미에 대해선 좀 섭섭한 생각이 들었다. 여자 나이 열여덟이면 누구나 다른 사람의 눈길을 끌고 싶고, 다른 이의 마음을 사로잡고 싶어하는 것이 사실일 것이다. 그 소망을 이루기엔 부족한 용모라는 것을 확인했을 때, 기분이 좋지 않은 것은 어쩔 수 없었다.

"하지만 아씨는 재주가 많지 않아요?"

베시는 나를 위로하려는 듯이 말을 계속했다.

"뭘 하시죠? 피아노?"

"조금."

방에 피아노가 있었다. 베시는 피아노 뚜껑을 열더니 한 곡 쳐 달라고 부탁했다. 내가 왈츠를 연주하자, 그녀는 황홀한 듯 피아노 연주에 열중했다.

"리드 가의 아씨들은 이렇게 잘 치지 못해요!"

그녀는 몹시 기뻐하면서 말했다.

"전 언제나 이렇게 말했답니다. 제인 아씨는 공부로는 아무에게도 지지 않는다고 말이에요. 그림도 그릴 줄 아세요?"

"저 난로 위의 그림, 내가 그린 거야."

그 그림은 물감으로 그린 풍경화였다. 베시는 예쁘다고 감탄을 했다.

베시와 나는 그 후로도 한 시간 이상이나 옛날 이야기를 나눴다. 그러나 그녀와 다시 헤어지지 않을 수 없었다. 베시는 게이츠헤드로 갈 마차를 타러 로드의 산기슭으로 떠났고, 나는 새로운 생활이 기다리는 밀코트 근교의 새 일터로 나를 실어다 줄 마차에 올랐다.

11

마차는 거의 열여섯 시간이나 달렸다. 이윽고 마차가 멈췄을 때, 나는 누구든지 마중 나와 있을 것으로 생각하고 누가 내 이름을 불러주지 않나 주위를 둘러보았으나, 그럴듯한 사람은 눈에 띄지 않았다. 나는 급사에게 혹시 미스 에어를 찾아온 사람이 없었는지 물어보았지만 모르겠다는 대답뿐이었다. 그래서 나는 할 수 없이 방으로 안내해 주길 부탁했고, 갖가지 의혹과 불안에 가슴을 죄며 기다릴 수밖에 없었다. 30분이 넘도록 기다렸으나 아무도 나타나지 않자, 외톨박이인 내 심정은 더욱 불안감에 휩싸였다. 나는 벨을 울렸다.

"이 근처에 손필드란 곳이 있나요?"

벨 소리를 듣고 뛰어온 급사에게 물었다.

"손필드? 글쎄요…… 사무실에 가 알아보지요."

그는 모습을 감추었다가 이내 다시 나타났다.

"댁이 미스 에어이십니까?"

"네."

"저기서 어느 분이 기다리고 계십니다."

나는 급히 짐을 들고 급사를 따라갔다. 여관 건물 옆에 한 남자가 서 있었다. 등불이 켜져 있는 거리에는 말 한 필이 끄는 마차가 서 있었다.

"이게 댁의 짐인가 보군요?"

그 남자는 내 트렁크를 가리키며 퉁명스럽게 물었다.

"그렇습니다."

그 남자가 마차에 짐을 올려놓자, 나는 뒤따라 올라탔다.

나는 그에게 손필드가 여기서 얼마나 되냐고 물었다.

"6마일쯤 됩니다."

길은 질척질척하고 안개가 끼어서 앞이 잘 안 보였다. 교회를 지나자 낮은 언덕 위에 마을을 나타내는 불빛이 보였다.

이윽고 마차는 옆으로 길게 늘인 듯한 집의 정문 앞에 멈춰 섰다.

커튼을 내린 창 하나에만 불이 켜져 있었고, 그 외에는 모두 캄캄했다.

마차가 멎는 소리를 들었는지 하녀가 문을 열고 나왔다. 나는 마차에서 내렸다.

"이리로 들어오세요."

하녀가 말했다. 나는 아늑하고 자그마한 거실로 하녀를 따라 들어갔다. 거실 안에는 활활 타오르는 벽난로와 둥근 테이블 그리고 높다란 구석 안락의자가 놓여 있었다.

몸집이 작고 깔끔해 보이는 노부인이 그 안락의자에 앉아 있었다. 내가 상상한 인상과 거의 들어맞는 페어팩스 부인이었으나, 내가 상상했던 것보다는 덜 엄격할 것 같았고 퍽 온화해 보였다. 그녀는 뜨개질을 하고 있었는데, 그 발치에는 커다란 고양이 한 마리가 느긋한 표정으로 웅크리고 있었다. 아주 이상적인 가정 분위기로서 무엇 하나 부족한 것이 없어 보였다. 신임 가정교사에게 이보다 더한 안정감은 생각할 수 없을 것이다. 사람을 위압하는 어마어마함도 없었으며, 당황케 하는 중압감도 없었다. 내가 들어서자 노부인은 일어서더니 나를 상냥하게 맞아 주었다.

"어서 와요. 오는 데 많이 지루했지요? 존은 너무 느리게 말을 모니까. 자, 추울 텐데 여기 불 옆으로 와요."

"페어팩스 부인이시죠?" 하고 내가 물었다.

"네, 그래요. 어서 앉아요."

부인은 자기가 앉아 있던 의자를 내게 권했다.

"짐은 가져오셨지요?"

"네, 가져왔습니다."

"짐을 방에다 들여놓으라고 해야겠군요."

부인은 이렇게 말하고 종종걸음으로 거실을 나갔다.

나는 속으로 '나를 손님처럼 대해 주는군.' 하고 생각했다.

부인이 다시 돌아왔을 때 나는, "오늘 저녁에 페어팩스 양을 만날 수 있을까요?" 하고 물었다.

"뭐라고 하셨지요? 난 귀가 좀 어두워서……."

부인은 자기 귀를 내 입 가까이에 대며 말했다. 나는 또렷한 목소리로 다시 한 번 물었다.

"페어팩스 양이오? 아, 바렌 양을 말씀하시나 보군요. 바렌이란 선생이 앞으로 가르쳐야 될 아이의 이름이에요."

"그렇습니까? 그럼 부인의 따님이 아니군요?"

"그래요. 난 아이들이 없답니다."

나는 궁금해서 바렌 양과 어떤 관계냐고 물으려고 했으나, 처음부터 너무 이것저것 묻는 것도 실례가 될 것 같아 입을 다물었다. 얼마 안 있으면 어차피 알게 될 일이니까.

부인이 말했다.

"정말 기뻐요. 이제 말동무가 생겼으니 꽤 즐겁게 지낼 수 있을 것 같군요. 리아는, 지금 그 하녀 말이에요, 마음씨가 착한 아이고 마부인 존과 그의 부인도 꽤 점잖은 사람들이지만, 그래도 그들은 하인들이니까 대화하기가 곤란해요. 서로 입장이 다르니까요. 정말 지난겨

제인 에어 89

울에는 심심해서 혼났다우. 저녁마다 쓸쓸하게 혼자 앉아 있으려니 괜히 기분이 울적해지곤 했지요. 그러다가 바로 얼마 전에 아델 바렌과 그의 보모가 왔어요. 어린애란 집안에 활기가 넘치게 해 주지요."

나는 이 부인에게서 친밀감을 느꼈다. 그래서 나는 의자를 그녀 가까이로 당겨 앉고서 자신도 마음에 드는 가족이 되기를 바란다고 말했다.

"하지만 오늘 밤만은 늦도록 앉아 계시게 하지 않겠어요." 하고 부인은 말했다.

"벌써 12시가 넘었고, 또 온종일 여행을 하셨으니까 피곤하실 거예요. 몸을 다 녹였으면 침실로 안내해 드리지요. 내 옆방인데, 아주 작지만 안채에 있는 커다란 방보다는 오히려 마음에 드실 거예요. 큰방은 여기보다 시설도 좋고 가구도 훌륭하지만, 너무 음침하고 한적해서 나 역시 한 번도 잔 일이 없다우."

나는 그녀의 친절한 마음에 감사했다. 왜냐하면 여행으로 지쳐 있었기 때문이었다. 나는 부인이 안내하는 곳으로 따라갔다. 방이 좁긴 했지만 흔히 볼 수 있는 현대식 가구로 갖추어진 것을 보고 마음이 놓였고, 무척 기뻤다.

그날 밤, 나는 오랜만에 아주 편안한 기분으로 깊은 잠에 빠져들었다.

눈을 뜬 것은 날이 훤히 밝은 뒤였다. 밝은 하늘색 커튼 사이로 햇살이 들어와 내가 누워 있는 침실을 작고 아름다운 보금자리로 만들어 주었다. 나는 그 밝은 햇빛을 보며 내게 빛나는 앞날이 약속되어 있다고 생각했다.

　나는 일어나서 조심스럽게 옷을 갈아입었다. 그리고 창문을 활짝 열어젖혀 맑은 공기를 들이마신 다음 용기를 내어 방을 나섰다. 카펫이 깔린 긴 복도를 지나 윤이 나는 참나무 층계를 내려가자 이내 큰 방이 나타났다. 나는 잠깐 발을 멈추고 벽에 걸린 그림 몇 점과 천장에 늘어진 청동제 등잔과 손때가 묻어 새까맣게 된 시계를 바라보았다. 모든 것이 인상적이었다.

　반이 유리로 된 큰방 문은 열려 있었다. 나는 문지방을 넘어섰다. 정말 상쾌한 가을 아침이었다. 막 솟아오른 태양이 갈색으로 변해 가는 숲과 아직 푸른빛을 잃지 않은 들판을 고요히 비추고 있었다. 나는 잔디밭으로 나가서 건물의 앞쪽을 잘 살펴보았다. 3층 건물로, 전체적으로 볼 때 꽤 컸지만 위압감을 느낄 정도는 아니었다. 나는 고요하게 가라앉은 주위 경치를 바라보며 신선하고 상쾌한 아침 공기를 들이마셨다. 어디선가 까마귀떼 우는 소리가 들렸다. 웅장하고 고색 창연한 현관을 바라보면서 페어팩스 부인 혼자 살기에는 이 저택이 너무 크다고 생각하고 있을 때, 마침 부인이 밖으로 나왔다.

　"벌써 나오셨군요? 일찍 일어나시나 보죠?"

　부인이 말했다.

　내가 곁으로 다가가자, 부인은 다정하게 키스와 악수를 했다.

　"그래, 이곳이 마음에 드나요?"

　부인의 묻는 말에 나는 아주 마음에 든다고 대답했다. 그러자 부인은, "정말이에요. 그야말로 아름다운 곳이지요. 하지만 이 집의 질서

가 점점 문란해져 가는 것 같아서 걱정스러워요. 로체스터 씨가 아주 여기 와서 사시든지, 아니면 자주 들르시기라도 했으면 좋겠어요."
하고 말했다.

"로체스터 씨라니요? 그분은 누구신가요?"
나는 큰 소리로 물었다.

"손필드의 주인이지요. 선생은 주인 양반이 로체스터 씨라는 것을 모르셨나 보군요."
부인은 조용한 음성으로 대꾸했다.

나는 물론 이 집의 주인이 로체스터 씨라는 것을 모르고 있었고, 그런 이름은 들어 본 적조차 없었다.

"전 손필드가 부인의 소유인 줄 알았어요."

"내 것이라고요? 당치도 않은 말이에요. 나는 이 집의 관리인에 불과하답니다. 사실 나는 로체스터 씨의 외가 쪽으로 먼 친척이 되긴 하지만, 아니 우리 영감이 그렇게 되지요. 우리 영감은 저 언덕 너머 작은 마을의 목사였어요. 그런데 이 로체스터 씨의 어머니가 우리 영감의 육촌 동생이 된답니다. 하지만 난 그런 친척 관계를 이용할 생각은 없어요. 나는 정말 보통 가정부나 다름없다고 생각하고 있어요. 로체스터 씨는 늘 친절하시고, 나도 그 이상은 바라지 않으니까요."

"그렇다면 제가 가르칠 아이는 어떻게 되는 아이인가요?"

"아, 그애는 로체스터 씨의 수양딸이랍니다. 그래서 나더러 가정교사를 구해 달라고 부탁하신 거지요. 내 생각에 주인 양반은 그 애를 ××주에서 키우실 작정인 것 같아요. 아, 저기 그애가 오는군요."

의혹은 이렇게 해서 풀렸다. 이 친절하고 사교성 있는 자그마한 부인은 나와 마찬가지로 고용인이었다. 그러나 그 얘기를 들었다고 해서 부인이 싫어지지는 않았다. 아니, 좀더 친밀한 느낌이 들었다. 왜냐하면 그녀와 내가 평등한 입장이라 오히려 자유스러웠기 때문이다.

내가 이 뜻밖의 사실에 대해서 다시 곱씹어 생각해 보고 있을 때, 조그마한 소녀가 보모로 보이는 한 여자와 함께 잔디밭을 뛰어왔다. 그애는 처음엔 내가 있는 것을 보지 못한 것 같았다. 7, 8세 정도 되어 보이는 어린 소녀였다. 몸은 야위고 얼굴은 파리했는데, 숱 많은 고수머리가 허리까지 내려와 있었다.

"잘 잤니, 아델? 이리 좀 와 보련. 이분이 너를 가르쳐 주실 분이다."

페어팩스 부인이 이렇게 말하자, 소녀는 가까이 다가왔다.

"이분이 내 선생님이야?"

그애가 나를 가리키며 보모에게 물었다.

"그래요."

나는 이들의 프랑스 말에 깜짝 놀랐다.

"아니, 이분들은 외국인들인가요?"

"보모는 외국 사람이고, 아델은 대륙에서 났지요."

나는 다행스럽게도 프랑스 출신의 부인에게 프랑스 어를 배웠기 때문에 이들의 말을 알아들을 수가 있었다.

나는 아델을 식당으로 데리고 가면서 프랑스 어로 몇 마디 건네 보았다. 그러자 아델은 찬찬히 나를 뜯어보더니 갑자기 재잘거리기 시작했다.

"아! 선생님은 우리 로체스터 아저씨만큼이나 우리말을 잘하시네요. 소피도 좋아할 거예요. 소피는 내 보모예요. 우리 집 사람들은 소피가 말하는 것을 전혀 알아듣지 못하거든요. 소피는 나를 따라 검은 연기를 뿜는 커다란 배를 타고 바다를 건너왔어요. 그런데, 선생님 이름은 뭐예요?"

"나? 나는 제인 에어야."

"에르? 발음이 잘 안 되네요. 그리고 우리는 배를 타고 날이 채 밝기도 전에 큰 도시에 도착했어요. 그곳은 내가 살던 아담하고 조용한 마을과는 딴판이었지요. 로체스터 아저씨가 나를 안아서 마차에 올려 놓아 주었어요. 소피도 그 뒤를 따라 마차를 탔지요. 우리는 마차를 타고 멋진 호텔로 갔어요. 그곳에서 거의 일주일은 있었을 거예요. 소피하고 나는 날마다 나무가 많은 '초록의 공원'이라는 곳을 산책하곤 했지요. 그곳에는 내 또래의 아이들이 참 많았어요. 그리고 예쁜 새도 있고, 연못도 있고……."

"그렇게 빨리 말하는 걸 다 알아들으시겠수?"

옆에서 듣고 있던 페어팩스 부인이 물었다.

나는 내게 프랑스 어를 가르쳐 준 프랑스 인 부인의 빠른 말에 익숙해져 있었기 때문에 아델의 말도 잘 알아들을 수 있었다.

부인이 다시 말했다.

"수고스러우시겠지만 이 아이에게 자기 부모에 대해서 좀 물어봐 주세요. 기억하고 있는지 모르겠지만……."

나는 아델에게 물었다.

"조금 전에 네가 말한 그 아담하고 조용한 마을에서 누구와 함께 살았지?"

"아주 오래전에는 엄마하고 함께 있었어요. 하지만 엄마는 성모 마리아님이 데려가 버리셨어요. 엄마는 항상 내게 춤이나 노래를 가르쳐 주고, 시를 외우라고 했어요. 지금 그 노래를 하나 불러 볼까요?"

식사를 끝낸 뒤라서 나는 노래 부르는 것을 허락했다. 아델은 제가 앉았던 의자에서 내려와 내 무릎 위로 올라왔다. 그리고 고사리 같은 손을 얌전하게 앞으로 모으고, 고수머리를 뒤로 젖힌 채 눈을 천장으로 향하고는 노래를 부르기 시작했다.

그것은 남자에게 버림받은 여자의 노래였는데, 이런 뜻이 담긴 노래를 어린애가 부르니까 참 이상스런 기분이 들었다.

아델은 노래를 끝내고 내 무릎에서 뛰어내리더니 이렇게 말했다.

"선생님, 이번에는 시를 외울까요?"

아델은 자세를 바로잡더니 시를 읊기 시작했다. 그것은 『쥐의 동맹』이라는 동화였다. 실로 그 나이에는 보기 드물 정도의 솜씨로 읊어 내려갔다. 그것은 섬세한 훈련을 받았다는 것을 증명해 주고 있었다.

"엄마가 그 시를 가르쳐 주셨니?"

"네, 엄마가 가르쳐 줬어요. 선생님, 이번에는 춤을 춰 볼까요?"

"아니, 이젠 됐어. 그런데 네 말대로 엄마가 성모 마리아님께 가신 뒤로 너는 누구와 살았지?"

"프레데리크 부인과 살았지요. 그분이 날 돌봐 주셨지만 나와는 아무 관계도 없는 분이에요. 그 집에서는 얼마 안 있었어요. 로체스터 아저씨가 영국에 가서 살지 않겠냐고 하셔서 그러겠다고 했거든요. 난 프레데리크 부인을 알기 훨씬 전부터 로체스터 아저씨를 알고 있었어요. 항상 예쁜 옷이나 장난감을 사다 주셨지요. 하지만 그분은 나를 여기다 데려다 놓고는 다시 돌아가 버리셨어요. 그 후로는 한 번도 그분을 만나지 못했어요."

아침 식사를 끝낸 후, 아델과 나는 서재로 들어갔다. 그 방은 로체스터 씨의 지시를 받아 공부방으로 쓰도록 되어 있었다.

몇 차례 가르쳐 보니 아델은 공부하는 것을 그다지 좋아하는 편은 아니었지만 매우 순진했다. 아델은 무엇이나 규칙적인 일에는 익숙해져 있지 않았기 때문에 처음부터 너무 엄격하게 하는 것은 좋지 않을 것 같았다.

나는 몇 가지 이야기를 해 주고 그것을 외우게 하고는 정오 무렵에 보모에게로 돌려보냈다. 그리고 저녁 식사 시간까지 아델의 교재로 쓸 그림을 서너 장 그리기로 하고 그림 공책과 연필을 가지러 2층으로 올라가다가 페어팩스 부인을 만났다.

"아침 공부가 끝났나 보군요." 하고 부인이 말했다.

부인은 어떤 방의 먼지를 털고 있었다. 나는 그 방안을 들여다보고 감탄해서 소리쳤다.

"방이 정말 아름답군요!"

나는 아직까지 이렇게 아름답게 꾸며진 방을 본 적이 없었다.

"그래요, 아름답지요. 이 방은 식당인데 지금 청소를 하는 중이에요. 로체스터 씨가 여기 오시는 건 정말 드문 일이지만 갑자기 들이닥치는 수도 있거든요. 오시는 걸 알고 갑자기 허둥지둥하는 것을 보면 화를 내시기 때문에 미리 정돈해 두려고요."

"로체스터 씨는 성격이 매우 까다로우신 분인가 보군요."

"아니, 그렇지도 않아요. 하지만 신사다운 취미와 습성을 지니고 있으니까 모든 일이 거기에 맞게 진행되기를 바라시지요."

"모두들 그분을 좋아하나요?"

"그럼요. 로체스터 일가는 이곳에서 옛날부터 존경을 받아 왔지요. 이 지방의 눈에 띄는 모든 땅이 로체스터 씨 소유랍니다."

"그래요? 그럼 땅 문제는 그만두고 사람 됨됨이만을 가지고 볼 때도 그분은 존경받고 계신가요?"

"내겐 그분을 싫어할 이유가 없어요. 다른 소작인들도 그분을 마음씨가 너그러운 지주라고 생각하고 있지요."

"그래도 어딘가 특이한 점은 없으세요? 쉽게 말해서 성격 같은 것 말예요."

"아, 성격은 나무랄 데가 없으시지요. 좀 유난한 면은 있지만."

"어떤 면에서 성격이 유난하신가요?"

"글쎄, 뭐라고 말하기는 어렵지만…… 그분 말씀을 듣고 있노라면 그것을 느끼게 되지요. 농담을 하시는지 진담을 하시는지, 또는 지금 기분이 좋은지 나쁜지 도무지 짐작할 수가 없답니다. 그러나 그런 건 그리 대수로운 일이 아니지요. 그분은 아주 훌륭한 주인이니까요."

이것이 페어팩스 부인에게서 들은 로체스터 씨에 대한 이야기의 전부였다.

12

손필드에서의 조용한 첫날은 앞으로의 순조로운 생활을 내게 약속해 주는 것 같았다. 하루하루가 지남에 따라 나의 기대는 크게 어긋나지 않았다.

페어팩스 부인은 처음에 생각한 바대로 온순하고 친절한 사람이었다. 아델은 제멋대로 자라났기 때문에 이따금 고집을 부리기는 했지만 내가 자유롭고도 옳은 방법으로 교육을 시켰기 때문에 곧 당치 않은 고집을 버리고 말을 잘 듣게 되었다.

날이 갈수록 아델은 공부에도 꽤 흥미를 보였고, 나에 대해서도 별로 눈에 띄게 나타내지는 않았지만 호감을 갖고 있는 것 같았다. 나 또한 아델의 순진성과 명랑한 수다와 내 마음에 들기 위해 애쓰는 것을 보고 차츰 애정이 생겼다.

1월의 어느 날 오후였다.

페어팩스 부인은 아델이 감기에 걸렸으니 공부를 쉬게 하는 게 어떻겠냐고 의논해 왔다. 게다가 아델까지도 그것을 원했기 때문에 나는 허락해 주었다. 날은 몹시 추웠으나 활짝 갠 좋은 날씨였다. 혼자 서재에 앉아 있기가 지루하던 차에 페어팩스 부인이 편지를 써 놓고 보내지 않았다고 하기에 나는 우체국이 있는 헤이 마을까지 가서 그것을 부치고 오겠다고 자청했다. 아델이 페어팩스 부인의 거실 난로 옆에 앉아서 놀고 있는 것을 보고 나는 그애가 가장 좋아하는 인형을 찾아 주고는 집을 나섰다. 싸늘한 바람이 부는 거리엔 사람 하나 보이지 않았다. 나는 몸에서 땀이 흐를 만큼 빨리 걸었다.

어느새 손필드에서 1마일쯤 떨어진 오솔길까지 온 나는 들판으로 내려가는 층계에 걸터앉았다. 몹시 추운 날씨였지만 외투로 몸을 감싸고 웅크리고 있었기 때문에 그다지 추위가 느껴지지는 않았다.

언덕 위로는 달이 막 떠오르고 있었다. 구름의 그림자처럼 희끄무레하던 달이 빛을 더해 가더니 헤이 마을을 비추었다. 마을은 울창한 나무로 반쯤 가려져 있었으나 몇 개의 큰 굴뚝에서는 푸른 연기가 뿜어져 나오고 있었다. 1마일이나 떨어진 이곳에서도 마을에서 들려오는 삶의 소리를 어렴풋이나마 들을 수 있었고 생동하는 입김을 느낄 수 있었다.

어디선가 물 흐르는 소리도 들렸는데, 그 소리는 어느 골짜기 혹은 어느 시내에서 들려오는 것인지 가려낼 수 없었다. 헤이 마을 저편에는 많은 언덕이 있었고, 골짜기를 누비며 흐르는 시내도 많았다. 그리고 가까운 곳에서 들려오는 시냇물 소리와 먼 곳에서 들려오는 계곡의 물소리가 석양의 정적을 깨뜨리고 있었다.

그때 갑자기 거친 소음이 먼 곳에서 들려왔다. 이 소음은 달콤한 물결의 속삭임과 바람 소리를 흩어 놓았다. 그것은 힘차게 울리는 금

속성의 소리였는데, 부드러운 파도 같은 주위의 음향을 지워 버렸다.

마치 그림에서 전경(前景)에 잔뜩 놓여진 육중한 바위와 참나무의 거목이 드러내는 줄기가 하늘과 언덕의 아름다운 빛깔, 햇빛에 포근히 감싸인 수평선이나 색과 색이 어우러져 자아내는 구름 등, 꿈결처럼 아름답고 아늑한 원경(遠景)의 효과를 소멸시키는 것 같았다.

요란한 말발굽 소리는 가까운 둑길에서 들려왔다. 말 한 필이 달려오고 있었다. 길이 꾸불꾸불했기 때문에 아직 모습은 볼 수 없었으나 가까이 다가오는 것을 알 수 있었다.

나는 그때 막 층계에서 일어나려던 참이었으나, 길이 좁기 때문에 말이 먼저 지나가게 하려고 기다리고 있었다.

이윽고 남자를 태운 말과 개 한 마리가 조용히 내 곁을 스쳐 지나갔고, 잠시 후 나는 일어나서 걷기 시작했다. 내가 몇 발자국을 떼어 놓았을 때, 갑자기 뒤에서 미끄러지는 소리와 함께 비명 소리가 들렸다.

"어이쿠! 이게 웬일이람!"

뒤를 돌아다보니, 사람과 말이 쓰러져 있었다. 얼어붙은 둑길에 말이 미끄러진 것이었다. 개는 주인이 쓰러진 것을 보고 미친 듯이 짖어댔다. 그러다가 나를 발견하고는 내게로 뛰어왔다. 나는 개를 따라 남자가 있는 쪽으로 갔다. 그 사람은 말에서 빠져나오려고 허우적거리고 있었다. 그에게 물었다.

"어디 다친 데는 없으세요?"

분명치는 않았지만 그는 뭐라고 투덜투덜 욕을 하고 있는 것 같았다. 그래서인지 내 물음에 대답을 하지 않았다.

나는 다시 물었다.

"좀 도와 드릴까요?"

그러나 그는 간신히 일어서며 중얼거렸다.

"한쪽으로 비켜 서시오."

나는 시키는 대로 했다. 잠시 후에 말이 겨우 일어나자 남자는 다친 곳을 살펴보려는 듯 허리를 굽혀 발목과 무릎을 어루만졌다. 아무래도 몹시 아픈 것 같았다.

그는 다리를 절며 아까 내가 앉아 있던 층계에 가 앉았다.

그의 곁으로 다가가며 내가 말했다.

"많이 다쳐서 도움이 필요하시다면 사람을 불러다 드리겠습니다."

"고맙소. 하지만 그대로 걸을 수 있을 것 같소. 발을 약간 삐었을 뿐이니까요."

그는 일어나서 발을 내디뎌 보다가는 "음." 하고 신음 소리를 냈다.

달이 차차 밝아지자, 그의 모습이 좀더 또렷하게 보였다. 자세히 볼 수는 없었지만 중키에다 가슴이 상당히 넓어 보였다. 그는 서른다섯 살쯤 되어 보이는, 몹시 무뚝뚝한 인상을 가진 남자였다. 그의 짜증 내는 표정과 거친 행동은 오히려 내 마음을 가볍게 해 주었다. 그래서 그가 그만 돌아가 달라고 손짓을 했을 때도 나는 꼼짝 않고 서서 말했다.

"당신이 말에 탈 수 있을 때까지 여기 있겠어요. 이렇게 늦은 시간에 이런 외딴길에서 다친 사람을 모른 체하고 떠날 수는 없잖아요?"

내가 이렇게 말하자 그는 나를 바라보았다. 그때까지 그는 나를 거들떠 보지도 않고 있었다.

"당신이나 어서 집으로 돌아가요. 그런데 당신은 어디서 왔소?"

"바로 이 밑에 살아요. 달이 있으니까 전 좀 늦어도 괜찮아요. 하나도 무섭지 않아요. 혹 원하신다면 헤이까지 심부름을 해 드리겠어요. 지금 저는 편지를 부치려고 헤이까지 가는 길이랍니다."

"이 밑에 산다고요? 설마 저 흉벽이 있는 집은 아니겠죠?"

그는 손필드 저택을 가리키며 말했다. 저택은 달빛이 훤히 비추고 있었고 저녁 노을이 아름다운 서쪽 하늘과 대조를 이루어 마치 한 덩어리의 그림자처럼 보이는 숲을 배경으로 유난히 창백하게 드러나 보였다.

"그래요, 바로 저 집이에요."

"거긴 누구 집이오?"

"로체스터 씨 댁이에요."

"로체스터 씨를 알고 있소?"

"아뇨 아직 본 적은 없어요."

"그럼 그 사람은 저 집에서 살지 않는 모양이군."

"그래요."

"당신은 그 집에서 뭘 하시오?"

"전 가정교사예요."

"아, 가정교사…… 참 그랬었지. 잊고 있었군." 하고 그가 중얼거렸다.

그는 잠시 후 계단에서 일어나 다시 발을 디뎌 보다가는 이내 괴로운 표정을 지으며 말했다.

"사람을 불러다 줄 것까지는 없고 괜찮다면 나를 좀 도와 주시겠소?"

"네, 그러지요."

"말고삐를 내게로 좀 끌어다 주시오. 무섭지는 않겠지요?"

혼자 있는 곳에서 말고삐를 잡는다는 건 무서워서 손도 못 댈 나였지만 그의 부탁을 받자 해 보겠다는 마음이 생겼다. 나는 키 큰 말에게 다가가 고삐를 붙잡으려고 했으나 말은 꼼짝도 하지 않았다. 그래서 그는 할 수 없이 내게 몸을 기댄 채 말 곁으로 갔다.

그는 말에 올라서자 내게 고맙다는 인사를 하고 채찍으로 말을 재촉해서 달려갔다. 개가 그 뒤를 따랐고, 삽시간에 셋은 보이지 않게 되었다.

그 뒷모습을 잠깐 바라보다가 나는 다시 부지런히 걷기 시작했다.

편지를 부치고 돌아와 현관에 들어섰을 때, 나는 아까 헤이 오솔길에서 남자와 같이 있던 개를 발견했다. 이상하게 생각되어 마침 지나가는 하녀에게 물어보았다.

"이 개는 어디서 왔지요?"

"주인 어른이 데리고 오신 거랍니다."

"누구요?"

"로체스터 씨 말씀이에요. 조금 전에 오셨답니다."

"아, 그래요? 페어팩스 부인은 어디 가셨나요?"

"식당에 로체스터 씨와 함께 계세요. 그리고 존은 의사를 부르러 갔어요. 주인 어른께서 오시는 길에 사고를 당하셨대요. 말이 둑길에서 굴러 주인 어른이 발을 다치셨나 봐요."

"말이 넘어지다니, 헤이 오솔길에서요?"

"네, 언덕을 내려오시다가 얼음에 미끄러지신 것 같아요."

13

그날 로체스터 씨는 의사의 지시에 따라 일찍 자리에 든 것 같았다. 다음날도 일찍 일어난 기척은 없었고, 그가 겨우 아래층으로 내려온 것은 사무를 보기 위해서였다. 대리인과 소작인들이 그와의 면담을 위해 기다리고 있었다.

아델과 나는 지금까지 쓰고 있던 서재를 비워 주어야만 했다. 이제부터 그곳은 응접실로 사용될 것이기 때문이었다.

2층의 방 하나에 난롯불을 피우고 그 방으로 책을 옮겨 놓았다. 나는 그날 아침 손필드의 분위기가 전과 같지 않게 활기에 차 있는 것을 느꼈다. 이젠 교회처럼 조용하지 않았다.

나와 아델은 언제나처럼 패어팩스 부인의 방에서 식사를 했다. 오후가 되자, 날씨가 사나워지고 눈이 내리기 시작해 우리는 오후 내내 서재에 있었다.

저녁때 아래층이 조용해지자, 나는 아델에게 공부를 그만두고 아래층으로 내려가도 괜찮다고 허락했다.

혼자가 된 나는 창가로 다가가, 휘몰아치는 눈보라가 주위의 모든 것을 삼켜 버리는 모습을 바라보고 있었다. 그때 페어팩스 부인이 들어와 말했다.

"로체스터 씨가 오늘 저녁엔 선생과 아델과 함께 응접실에서 차를 마시고 싶다고 말씀하셨습니다."

나는 몇 시에 차를 드시냐고 물어보았다.

"6시예요. 이곳에 계실 때는 늘 일찍 주무시고 일찍 일어나시니까요. 어서 옷을 갈아입으시지요."

"옷을 꼭 갈아입어야 하나요?"

"그러는 게 좋을 것 같군요. 저도 로체스터 씨가 이곳에 머무르시는 동안엔 밤이면 옷을 단정히 갈아입곤 한답니다."

의식을 거행하듯 거창한 겉치레를 하는 건 좀 거북하다고 생각했지만 나는 시키는 대로 그녀의 도움을 받아 까만 비단옷으로 갈아입었다. 이 옷은 내가 가지고 있는 옷 중에서 가장 좋은 것이었다. 나는 템플 선생이 헤어지면서 선물로 준, 작은 진주가 박힌 브로치를 달고 아래층으로 내려갔다.

테이블과 벽난로 위에 각기 두 자루씩의 촛불이 켜져 있었다. 로체스터 씨는 긴 의자에 반쯤 누워 아델과 개를 번갈아 쳐다보고 있었다.

"에어 선생을 모셔 왔습니다."

페어팩스 부인의 말에 로체스터 씨는 고개를 끄덕일 뿐 눈은 여전히 개와 아델에게서 떼지 않고 있었다. 그러고는, "자리에 앉도록 하시오." 하고 말했다.

나는 고개를 약간 숙여 보이고 자리에 앉았다.

로체스터 씨는 마치 동상처럼 움직이지도 않았으며 아무 말도 하지 않았다. 분위기가 이렇듯 딱딱해지자 페어팩스 부인이 먼저 입을 열었다. 그녀는 상냥한 목소리로 주인이 하루 종일 일한 데 대해서 칭찬해 주고는 뻰 다리는 얼마나 나았느냐고 걱정해 주었다.

그러나 로체스터 씨는, "아주머니, 차나 좀 갖다 주시오." 하는 말로 그녀의 말을 끊었다.

부인은 벨을 눌러 차가 준비된 쟁반을 가져오게 하고는, 쟁반이 들어오자 익숙한 솜씨로 테이블 위에 찻잔과 스푼 등을 늘어놓았다.

아델과 나는 테이블 옆으로 다가가 앉았으나 그때까지 로체스터 씨는 꼼짝도 하지 않고 있었다.

"에어 선생, 로체스터 씨에게 찻잔을 좀 날라다 주시지 않으려우?"

페어팩스 부인의 말에 따라 나는 로체스터 씨에게 찻잔을 가져다 주었다. 그가 찻잔을 받아들자, 아델은 좋은 기회라고 여긴 듯 재빨리 말을 꺼냈다.

"아저씨, 저 작은 가방 속에 에어 선생님께 드릴 선물도 있죠?"

"누가 선물 얘길 해?"

그는 좀 화난 듯한 목소리로 말했다.

"에어 선생, 선물을 기대하고 계셨소?"

좀 어둡고 화난 듯한 눈으로 그가 내 얼굴을 훑어보았다.

"글쎄요, 전 그런 적이 없어서 잘 모르겠습니다. 흔히 즐거운 것이라고는 합니다만……."

"남들이 그렇게 생각하는 것 같다고? 내가 질문하는 건 당신이 어떻게 생각하고 있는가 하는 것이오."

"선물에는 여러 가지 의미가 포함되어 있을 테니까, 그 대답을 하기 위해서는 생각을 좀 해 봐야 할 것 같군요."

"에어 선생, 당신은 아델같이 순진한 어린애와는 딴판이군요. 그애는 나를 만나자마자 선물을 달라고 성환데, 당신은 슬슬 돌려서 말을 하니 말이오."

"그건 제가 선물을 받을 자격이 없으니까 그렇겠죠. 아델은 지금까지의 습관으로 보아 선물을 기대할 수가 있지만, 저는 선생님과 초면이고, 또 그럴 만한 일도 하지 않았으니까요."

"지나칠 정도로 겸손하군요! 내가 아델을 테스트해 보니, 당신이 이애 때문에 몹시 노력한 것을 알 수 있었소. 아델은 별로 똑똑하지도 영리하지도 못한데 잠깐 사이에 꽤 똑똑해졌더군요."

"아, 선생님께선 이제야말로 제게 선물을 주셨군요. 학생이 똑똑해졌다고 칭찬받는 것이야말로 선생으로선 더할 나위 없는 선물입니다."

로체스터 씨는, "으흠!" 하고는 말없이 차만 마셨다.

찻잔을 담은 쟁반이 나가고 페어팩스 부인이 뜨개질감을 가지고 구석 자리에 가 앉자, 로체스터 씨가 말했다.

"난로 가까이로 오시오."

마침 아델이 내 손을 끌고 예쁜 책이며 선반이나 탁자 위에 있는 장식품 등을 자랑하고 있을 때였으므로 우리는 마치 그것이 반드시 지켜야 할 의무라도 되는 듯 지시한 대로 했다.

아델은 내 무릎 위에 앉고 싶어했지만 개와 함께 놀라는 지시를 받았다.

"이 집에 오신 지 얼마나 됐소?"

"석 달 됐어요."

"여기 오기 전엔 어디 계셨소?"

"××주에 있는 로드 학원에 있었습니다."

"아아, 거기…… 그곳에선 얼마나 계셨소?"

"8년 동안 있었습니다."

"8년이나? 당신은 꽤 인내심이 있는 모양이군요. 그런 곳에선 일년도 못 견디는 줄 알았는데…… 부모님은 어떤 분이오?"

"두 분 다 돌아가셨어요."

"기억이 나오? 두 분에 대해서……."

"아니, 전혀……." .

"내 생각에도 그럴 것 같았소. 그럼 부모님은 안 계신다 하더라도 누구든 친척이 있겠죠?"

나는 고개를 저었다.

"아무도 없어요."

"그럼, 집은?"

"집도 없어요."

"그렇다면 이곳엔 누구 소개로 오게 되었소?"

"제가 신문 광고를 냈어요. 그랬더니 페어팩스 부인이 답을 해 주셨답니다."

"그랬어요."

페어팩스 부인이 옆에서 거들었다.

"저는 이분을 고르게 해 주신 하느님께 감사하고 있답니다. 에어 선생은 제겐 다시없는 소중한 친구고, 아델 아가씨에겐 친절하고도 자상한 선생이십니다."

"당신이 일부러 선생을 추켜세우지 않아도 잘 알아요. 나는 남이 칭찬하는 소리를 들어도 흔들리지 않아. 스스로 판단하지. 선생은 첫 인사로 내 말을 쓰러뜨렸단 말이오."

로체스터 씨가 말을 되받았다.

"뭐라고요, 주인 어른?"

페어팩스 부인이 깜짝 놀라 물었다.

"에어 선생, 도시에서 살아 본 일이 있소?"

로체스터 씨가 다시 물었다.

"아뇨."

"사교장엔 많이 가 보셨소?"

"전혀. 제가 아는 사람들이라곤 로드의 학생과 선생님들 그리고 이곳 손필드의 가족들뿐입니다."

"처음 로드에 갔을 때가 몇 살이었소?"

"열 살이 되었을 때였어요."

"그 후로 그곳에서 8년 동안 있었다면, 당신은 지금 열여덟 살이겠죠?"

나는 그렇다고 고개를 끄덕였다.

"그래, 로드에선 무엇을 배웠소? 피아노는 칠 줄 아시오?"

"조금 칠 줄 압니다."

그는 아무 곡이나 한 곡 쳐 보라고 했다. 나는 시키는 대로 피아노를 쳤다.

"이젠 됐소. 대단치는 않구먼."

나는 피아노 뚜껑을 닫고 되돌아와 앉았다. 로체스터 씨는 말을 계속했다.

"오늘 아침에 아델이 그림 몇 장을 보여 주던데, 그게 모두 당신이 그린 거라면서요? 글쎄, 그게 정말인지 믿어지지는 않지만……."

"그렇다면 전 아무 말씀도 안 드리겠어요. 직접 보시고 판단하세요."

나는 공부방에 가서 화첩을 가져왔다. 로체스터 씨는 찬찬히 그 그림들을 들여다보았다.

"도대체 언제 그림을 그릴 시간이 있었소? 이 그림들을 완성하는 데는 시간도 많이 걸렸을 것이고, 머리도 써야 했을 텐데."

"로드에서 보낸 마지막 방학 때 그렸어요. 달리 할 일도 없었으니까요."

로체스터 씨는 그 그림들을 한참 동안 바라보고 또 바라보았다.

"이 그림들을 그릴 때 선생은 즐거웠소?"

"네, 즐겁고 행복했어요. 그림에 몰두했었지요. 그림을 그린다는 것 자체가 일찍이 경험해 보지 못한 환희를 맛보게 해 주었으니까요."

그가 그림을 치우라고 해서 나는 화첩을 닫고 끈으로 묶었다. 그가 갑자기 시계를 보면서 말했다.

"벌써 9시가 됐군. 미스 에어, 아델을 여태까지 재우지 않았군. 어서 가서 재우시오."

아델은 방을 나가기 전에 그에게 키스를 했다. 그러나 로체스터 씨는 키스를 억지로 받는 듯했다.

"자, 모두들 가서 편히 쉬시오."

로체스터 씨가 문 쪽을 가리키며 말했다. 페어팩스 부인은 뜨개질감을 치웠고, 나는 화첩을 들었다. 우리는 모두 그 방에서 나왔다.

나는 아델을 재우고 난 뒤 페어팩스 부인의 방으로 건너갔다.

"페어팩스 부인, 로체스터 씨가 괴팍한 분이 아니라고 하셨지요?"

"왜요. 괴팍한 데가 있는 것 같아요?"

"네, 전 그렇게 생각해요. 변덕스럽고 무뚝뚝한 분인 것 같아요."

"그래요. 처음 대하는 사람은 모두 그렇게 생각할 거예요. 하지만 나는 곁에서 오랫동안 봐 와서 그런지 그런 생각은 안 들어요. 또 설사 그분 성격이 약간 변덕스러워도 이해를 하셔야죠."

"왜요?"

"누구나 타고난 성질은 어쩔 수 없을 테니까요. 그렇다고 그것이 모두 천성 탓은 아니지만. 그분에겐 다른 걱정거리가 있답니다."

"걱정거리라뇨?"

"첫째로는 가정 불화지요."

"하지만 그분에겐 가정이 없잖아요?"

"지금은 없지만 예전에는 있었어요. 그래요, 형님이 한 분 계셨지요. 그 형님이 몇 년 전에 돌아가셨답니다."

"형님이오?"

"네. 로체스터 씨는 재산을 상속받은 지가 9년밖에 안 됐어요."

"9년이오? 9년이라면 그래도 긴 세월이에요. 로체스터 씨는 형님을 그토록 사랑하셨나요? 지금까지 못 잊을 만큼……."

"아니, 그게 그렇지가 않답니다. 제가 생각하기엔 두 분 사이에 어떤 오해가 있었던 것 같아요. 로체스터 씨의 형인 롤런드 로체스터 씨는 동생을 제대로 대해 주지 않으셨다고 해요. 더구나 부친에게 동생 험담을 늘어놓아서 에드워드 씨를 몹시 못마땅하게 여기시도록 한 모양이에요. 에드워드 씨도 그렇게 마음이 너그러우신 분은 아니니까 가족과 인연을 끊고 벌써 여러 해 동안 방랑 생활을 하고 계시지요. 형님 되시는 분이 유언도 없이 돌아가시자 이 영지의 주인이 되셨지요. 제가 알기로는 새 영주님이 되신 후에도 이 손필드에서 2주일 이상 계속해서 머무른 일이 없어요. 아마 이 오랜 저택을 좋아하지 않으시나 봐요."

"어째서 싫어할까요?"

"아마 우울한 생각이 들어서겠지요."

그러나 그녀의 대답은 정확한 것 같지 않았다. 나는 좀더 확실한 것을 알고 싶었지만, 그녀는 자기가 알고 있는 것은 이것뿐이라고 딱 잘라 말했다. 그녀는 더 이상 이야기에 끌려 들어가는 것을 두려워하는 눈치였기에 나는 더 묻지 않았다.

14

그 후 며칠 동안 나는 로체스터 씨를 만나지 못했다. 아침 나절엔 일 때문에 매우 바쁜 것 같았고, 오후에는 손님들이 방문해 늦도록 머물러 있었다. 그동안엔 아델도 그에게 불려 가는 일이 없었고, 나도 가끔 층계나 복도 등에서 우연히 마주칠 뿐이었다.

어느 날 저녁, 그는 손님들과 만찬을 하다가 내 화첩을 보내 달라고 하인을 보냈다. 그림을 손님들께 보여 주려고 하는 것 같았다.

그날은 비바람이 사납게 몰아쳤기 때문에 손님들은 일찍 저택을 떠났다. 손님들이 모두 돌아가자, 그는 하녀를 불러 나와 아델을 아래층으로 내려오도록 전갈을 보냈다.

나는 옷차림을 점검한 후 아델을 데리고 아래층으로 내려갔다. 아델은 이제 선물을 주려는가 보다고 말했다. 그것은 정말이었다. 선물 상자는 우체국 측의 잘못으로 오늘에야 겨우 도착한 것이었다.

우리가 식당에 들어섰을 때, 식탁 위에 작은 상자가 놓여 있는 것이 눈에 띄었다. 아델은 깡충깡충 뛰며 좋아했다. 아델이 선물 상자를 부지런히 풀고 있는 동안 나는 문 옆에 조용히 서 있었다.

"에어 선생! 거기 있소?"

로체스터 씨가 문 쪽을 보며 물었다.

"자, 이쪽으로 와 앉으시오."

그는 자기 옆 의자를 가리키며 앉기를 권했다.

"난 애들이 떠드는 건 질색이오. 아이들을 상대로 얘기하거나 노는 것을 좋아하지 않아요. 내 곁으로 다가와 앉으시오."

그는 벨을 눌러 페어팩스 부인을 불렀다. 부인은 곧 뜨개질감을 들고 달려왔다.

"어서 오시오, 아주머니. 좀 도와 달라고 부른 거요. 아델에게 선물 이야기로 나를 귀찮게 굴면 안 된다고 했지만 저앤 말이 하고 싶어 죽을 지경일 거요. 그러니 저애의 말동무가 좀 돼 주시오."

실제로 아델은 페어팩스 부인을 보자마자 상자 속에 든 장난감들을 늘어놓고 조잘거리기 시작했다.

로체스터 씨는 내게 얼굴이 잘 보이도록 밝은 곳으로 옮겨 앉으라고 했다. 나는 그늘 쪽에 앉는 것이 더 좋았지만 그의 명령조의 말투가 하도 엄해서 그대로 따르기로 했다.

난로는 뜨겁게 달아 있었다. 그가 한동안 난롯불만 바라보고 있어서 나는 그의 얼굴을 자세히 살펴볼 수 있었다. 그때 갑자기 내 쪽으로 얼굴을 돌린 그는 내 시선이 자기 얼굴에 못 박혀 있음을 알아차렸다.

"당신은 나를 살피고 있군."

그는 말을 이었다.

"나를 미남이라고 생각하시오?"

갑자기 이런 질문을 받은 나는 생각할 틈도 없이 대답을 했다.

"아뇨."

"허, 그래요! 역시 당신은 어딘지 조금 달라. 당신은 누가 당신에게 무얼 물으면 서슴지 않고 대꾸한단 말이야. 듣기 싫다고는 할 수 없지만 딱딱한 대답이야."

"용서하세요. 제가 너무 솔직하게 말씀드렸나요?"

"괜찮소. 더 얘기해 봐요, 내게 어떤 결점이 있는 것 같소? 그래도 내 딴에는 남에게 그다지 뒤지지 않는 얼굴이라고 생각했는데……."

"로체스터 선생님, 처음에 말씀드린 것은 취소하겠어요. 꼭 그렇게 대답하려고 한 건 아니었고 어쩌다 불쑥 튀어나온 말이었어요."

"그렇겠지. 나도 그렇게 생각해요. 하지만 당신은 처음 한 말에 대해 책임을 져야 하오. 자, 어서 말해 보시오. 내 이마는 어떻소?"

그는 이마 위로 흘러내린 머리를 치켜 올리면서 말했다. 그의 이마에서는 지혜로움이 빛나고 있었지만 자비심은 보이지 않았다.

"에어 선생, 무척 당황한 것 같군요. 내가 미남이 아니듯 당신 역시 그다지 아름다운 편은 아니지만 그 당황한 표정은 마음에 드는군요."

그는 의자에서 일어나 대리석 벽난로 선반에 팔을 올렸다. 그러자 그의 모습이 뚜렷이 보였다. 유난히 넓은 가슴이 몸의 다른 부분과 균형이 맞지 않았다.

"오늘 밤은 어쩐지 사람이 그리워지는군. 그래서 당신을 이리로 부른 거요. 지금처럼 당신을 좀더 알기 위해 말을 시킨다는 건 즐거운 일이니까. 어서 말 좀 해 보시오."

나는 대답 대신 웃었다.

그가 재촉했다.

"어서 이야기를 해 보라니까요."

"무슨 말을 할까요?"

"뭐든지 당신이 좋아하는 것으로……."

"될 수 있으면 해 드리고 싶지만, 저로서는 어떤 얘기가 선생님께 흥미가 있을는지 잘 모르니까 얘기를 시작할 수가 없군요. 무엇이든 물어보세요. 성의껏 대답해 드리겠어요."

"그렇다면 먼저 묻겠는데, 내가 당신보다 좀 나이가 많고 또 주인이라는 이유로 당신에게 딱딱하고 때로는 심하게 굴어도 좋다고 생각하시오?"

"그건 좋을 대로 하세요."

"그런 건 답이 아니지. 그런 말은 오히려 짜증만 나게 하는 것이오. 정확히 대답하시오."

"저는 누가 그런 이유로 제게 이래라 저래라 할 권리는 없다고 생각합니다. 선생님이 저보다 우월하다는 것을 주장할 수 있는 것은 자신의 시간과 경험을 얼마나 유효하고 적절하게 썼는지에 달려 있다고 생각해요."

"흠, 대답 잘했소. 그러나 나는 아직까지 그런 이유를 내세워 권리를 주장한 적이 없으니까 그런 문제는 그만두고, 당신은 내 명령조의 말에 화를 내지 말아 주었으면 하는데, 당신 생각은 어떻소?"

"저는 봉급을 받고 있는 고용인이 자기의 명령에 화를 내지나 않을까 하고 생각하는 주인은 좀처럼 없을 거라고 생각하고 있었어요."

"고용인이라니? 내가 당신에게 봉급을 준단 말이지? 아참, 깜박 잊고 있었군. 그렇다면 내가 그런 금전적인 이유로 당신에게 잘난 척 좀 해도 괜찮겠소?"

"아뇨. 다만 선생님께서 봉급 문제를 잊으셨다는 점과, 고용인이 불편한가 편한가 하는 것을 염려하셨다는 데 대해서는 얼마든지 뽐내셔도 괜찮아요."

"그렇다면 형식적으로 꾸민 인사말 같은 것은 안 해도 괜찮겠소?"

"네, 저는 오히려 그런 편이 좋아요. 그렇다고 너무 무례한 것은 싫습니다. 생략하는 것과 무례한 것에는 엄격한 차이가 있으니까요. 아무리 봉급을 위해서라 해도 자유로운 몸으로 태어난 사람이라면 적어도 무례한 것에는 복종하지 않으려 할 거예요."

"그럴까요? 내 생각엔 자유의 몸으로 태어난 거의 모든 사람이 봉급을 위해서라면 어떤 일에든 복종할 것 같은데…… 지금 당신이 한 말은 맞는 것이 아니었지만, 그 내용과 태도가 마음에 드니까 마음으로 박수를 보내지요. 내가 만일 3천 명의 사람들에게 이런 질문을 했더라도 지금 당신이 한 것과 같은 대답은 들을 수 없었을 거요."

그는 다시 말을 이었다.

"나한테도 결점은 많아요. 그건 잘 알고 있는 일이니 구태여 변명 같은 것은 하지 않겠소. 나의 이 점은 하느님께서도 잘 알고 계실 거요. 나는 가슴 깊이 반성해야 할 과거의 생활, 일련의 행위들을 돌이켜 볼 때마다, 남을 향해 퍼붓는 조소와 비난을 자기 자신한테로 돌리는 것이 당연하다고 생각하고 있소. 스물한 살 때 나는 인생 행로를 그르쳤소. 아니, 그보다 오히려 잘못된 방향으로 밀려났소. 그 후 끝내 올바른 방향으로 되돌아오지 못했소. 만일 내 과거가 그렇지만 않았더라면 나는 지금과는 매우 다른 사람이 되었을 거요. 선생 못지않게 선량하고, 현명한, 당신만큼 순결한 사람이 되었을지도 모르지. 난 선생이 가진 평화로운 마음, 깨끗한 양심, 더럽지 않은 과거의 기억이 부럽소. 사실 티끌 하나 없는 깨끗한 기억은 이 세상의 가장 값진 보석이나 다름없소. 아니, 마르지 않는 슬기를 솟게 하는 원천이라고 생각하고 있소. 어때요, 그렇지 않소?"

"그렇다면 열여덟 살 때의 기억은 어땠나요?"

"그때는 성실했지요. 맑은 정신과 넘치는 건강을 가졌었소. 웅덩이에 물이 고이면 썩는 게 당연하지만, 그 당시에는 아무리 더럽고 추잡한 것일지라도 내 마음을 더럽힐 수는 없었소. 그래요, 열여덟 살 때는 바로 지금의 당신과 똑같았소. 그래, 틀림없어요. 신은 나를 선량한 사람으로 만들려고 하셨던 게 틀림없어요. 나는 선량한 사람이 될 수 있었소. 그런데 그렇게 되지 못했다고 솔직히 말하지 않을 수 없소. 다만 내가 굳게 믿는 것은, 내 천성이 나빠서 돈을 낭비하고 방탕한 생활로 인생을 허송했다기보다는 환경이 나를 타락하도록 했다는 점이오. 내가 이런 고백을 한다고 해서 이상하게 생각하시오? 자신은 잘 모르겠지만 당신은 어쩐지 내 마음속의 비밀을 털어놓고 싶게 만드는 사람이오. 당신의 장점은 다른 사람의 이야기를 끝까지 들어주는 데 있다는 것을 잘 기억해 둬요. 그리고 당신에게는 다른 사람의 무분별한 행위에도 심술궂은 멸시가 아닌, 따뜻한 동정심으로 감싸서 그 사람을 감화시키는 신비한 힘이 있소. 동정심을 표시하는 방법도 갖가지지만 당신같이 겸손한 방법이라 해서 감화력이 적은 것은 아니란 말이오."

"선생님은 저의 그런 점을 어떻게 아셨어요? 그런 것을 어떻게 추측할 수 있지요?"

"나는 그런 것을 잘 알고 있소. 그래서 마치 내 일기장에 쓰여 있는 내 생각을 읽듯 분명히 말할 수 있는 거요. 당신은 나에게 역경을 이겨냈어야 했다고 말할 테지. 확실히 그랬어야 했소. 그랬어야 했는데, 보다시피 나는 그 역경을 이겨내지 못했소. 운명이 나를 짓밟았을 때, 나는 냉정하게 그것과 맞부딪쳐서 뚫고 나가려는 생각을 하지 못했소. 나는 자포자기하는 심정으로 허우적거렸기에 결국 타락하고 말았소. 결과는 뻔했소. 세상의 타락자 그리고 악인들이 떼를 지어 나를 향해 욕설을 퍼부어도 변명할 자격이 없는 사람이 되었다오. 그 무렵 내가 좀더 정신을 가다듬지 못했던 게 후회되오. 내 이 심정은 하느님도 알아 주실 거요. 에어 선생, 과오를 범할 듯싶으면 훗날의 후회를 두려워하시오. 후회란 인생을 좀먹는 무서운 독약이오."

"저는 후회하고 잘못을 뉘우치는 것은 자신의 상처를 치료해 주는 것이라고 생각하는데요?"

"후회는 치료가 아니야. 치료가 개선일 수는 있지. 개선이라면 나도 해낼 자신이 있소. 개선을 일으킬 힘은 아직 남아 있으니까. 하지만 이렇게 족쇄를 차고 무거운 죄책감에 짓눌리며 저주받고 있는 몸이 이제야 개선 같은 걸 생각해서 무슨 소용이 있단 말이오. 더구나 나는 행복과는 너무나 거리가 먼, 쾌락을 모르는 인생을 살아왔거든. 이제라도 잃었던 쾌락을 찾아내어 그것을 누릴 권리가 나에게는 남아 있다고 생각하오. 그래요! 어떤 어려움이 있더라도 기어코 내 손에 넣고 말겠어!"

"그렇게 한다면, 결국 더 타락하지 않을까요?"

"아마 그럴 테지. 그러나 감미롭고 신선한 쾌락을 맛볼 수 있다면 어찌 그게 타락이겠소? 꿀벌이 모아 놓은 꿀처럼 감미롭고 신선한 쾌락을 황야에서 얻을 수 있을지 누가 아오?"

"그렇지만 그 감미로운 쾌락 속에는 날카로운 가시가 들어 있을 거예요. 쓴맛도 섞여 있을 게 분명해요."

"당신이 어떻게 그것을 안단 말이오? 아직 그런 것을 맛본 적도 없을 텐데. 너무 무뚝뚝하고 심각한 얼굴은 하지 말아요. 선생은 이 캐미오의 조각 — 벽난로 장식 조각의 머리 부분을 가리키면서 — 처럼 그런 것에 대해서는 무지한 상태요. 당신은 나에게 설교를 할 권리나 자격이 없소. 아직 인생의 초보자일 뿐이니까. 그런데다 인생의 신비나 쾌락 같은 걸 알 턱이 없지 않소?"

"저는 선생님께 설교를 할 생각은 없어요. 다만 하신 말씀을 상기

시켜 드리고 싶을 뿐이지요. 조금 전에 과오는 후회를 동반한다고 말씀하셨지요? 그리고 후회는 인생의 독약이라고 하셨거든요."

"그럼 내가 쾌락을 좇는 것이 과오를 범하는 일이란 말이오? 나는 내 머릿속에 스친 이 생각이 잘못을 부르는 일이라고는 생각지 않소. 이것은 유혹이 아니야. 영감(靈感)이라고 생각해! 대단히 유쾌하고 기분 좋은 영감이란 말이오. 나는 알고 있소. 또 생각이 나는군. 그건 타락의 악마가 아니야. 설사 그것이 악마라 할지라도 천사의 날개옷을 걸치고 있거든. 이런 아름다운 천사가 내 마음속에 들어오겠다고 청한다면 어찌 매정하게 거절한단 말이오? 도리어 반갑게 맞아들여야 하거늘!"

"그런 것을 믿어서는 안 된다고 생각해요. 그 천사는 가짜 천사예요. 타락한 악마가 변신한 것이에요."

"그럼 다시 묻겠는데, 당신은 그것을 어떻게 단언할 수 있지? 도대체 어떤 능력이 있기에 지옥에서 온 천사와 영원한 옥좌에서 온 천사를 가려낼 수 있단 말이오? 어떤 근거로 행복의 안내자와 타락의 유혹자를 식별할 수 있다는 거요?"

"그건 당신의 얼굴로 알 수 있어요. 영감이 떠오른다고 말씀하셨을 때의 얼굴은 몹시 어둡고 괴로워 보였어요. 선생님이 유혹의 속삭임에 귀를 기울이시면 가짜 천사는 틀림없이 선생님을 더 큰 불행 속으로 끌고 들어갈 겁니다."

"천만에. 그 영감은 나에게 이 세상에서 가장 축복받을 신의 소식을 가지고 온 거요. 더 이상 내 일에 간섭을 말아 주오. 당신은 내 양심을 지켜 주는 수호자가 아니야. 오오! 방랑의 천사여! 어서 내 품으로 들어오라!"

그는 이렇게 말하면서 마치 자기에게만 보이는 환영을 상대로 말을 주고받듯 허공을 응시하며, 양팔을 크게 벌려 천사를 끌어안는 시늉을 했다.

그렇게 얼마 동안 이야기를 나누다가 결말 없는 그리고 좀처럼 납득이 가지 않는 논쟁을 계속한다는 건 어리석다는 생각이 들어, 나는 자리에서 일어섰다. 말상대의 성격이 내 통찰력이 미치지 않는 먼 곳에 있다는, 적어도 지금의 내 능력으로는 거기에 미치지 못함을 깨달았을 때 다가오는 불안과 막연한 위험을 느꼈기 때문이다.

"어딜 가려는 거요?"

"아델을 재워야겠어요. 잘 시간이 지났거든요."

"당신은 나를 피하려 드는군. 두려운가? 내가 스핑크스 같은 말만 지껄여서 그런 게 아니오?"

"그래요. 선생님 말은 모두 수수께끼 같아요. 그렇지만 놀라기는 했어도 두려워하지는 않아요."

"아니야! 두려워하고 있어. 당신의 자존심은 실수를 저지를까 봐 두려워하고 있어."

"그런 의미에서는 분명히 두려워하고 있어요. 전 경솔한 말을 할까 봐 겁이 나요."

"경솔한 말을 했다손 치더라도 당신의 말은 모두 조용하고 진지하게 들리니까, 나는 정당하게 받아들일 거요. 그런데 당신은 웃을 줄 모르오? 질문이 마음에 내키지 않으면 대답을 안 해도 돼요. 난 당신이 웃는 걸 아직 본 적이 없어요. 당신 같은 사람은 얼마든지 명랑하게 웃을 수 있을 거라고 생각하는데…… 내가 태어날 때부터 악한 사람이 아니었던 것처럼 당신도 원래는 우울한 사람이 아니었을 거요. 로드에서의 비참했던 생활이 지금도 선생의 마음속 어딘가에 남아 있어, 표정을 굳게 하고 목소리를 어둡게 하며 수족을 결박 지워 얽어 매고 있는 것 같소. 그리고 어떤 남자든, 오빠나 아버지나 남자 주인이나 어느 누구 앞에서든, 명랑하게 웃고 자유롭게 말하고 재빠르게 활동하는 걸 스스로 억눌러 버리거든. 그래도 언젠가는 나를 자연스럽게 대할 날이 틀림없이 있을 거요. 마치 내가 당신 앞에서 꼼짝 못하는 것처럼. 그날이 오면 표정이나 동작이 좀더 쾌활해지고 변화도 생길 거요. 그런데 선생은 지금 꼭 가 봐야겠소?"

"9시가 넘었는걸요."

"아델은 아직 자려 하지 않을 테니까 걱정하지 말고 조금만 더 있다 가요."

그래서 내가 엉거주춤 다시 앉았을 때, 복도를 걸어오는 아델의 가벼운 발소리가 들렸다.

아델은 주름을 잔뜩 잡은 장밋빛 원피스를 입고 있었다. 그리고 발에는 비단 양말에 하얀 구두를 신고 있었다.

"이 옷 예뻐요?"

아델이 뛰어오며 소리쳤다.

"구두하고 양말은 어때요? 나 춤추고 싶어요!"

그러면서 아델은 치마 끝을 잡고 경쾌한 발걸음으로 로체스터 씨 앞으로 갔다. 그러더니 한 바퀴를 돌고는 한쪽 무릎을 꿇고 그에게 말했다.

"아저씨, 아저씨의 친절에 감사드립니다."

그러고는 다시 일어나서, "아저씨, 엄마도 이렇게 했죠?" 하고 물었다.

"그래, 꼭 그대로다!"

로체스터 씨가 대꾸했다.

"그리고 네 엄마는 그런 식으로 내 바지 호주머니에서 금화를 우려 갔단다. 에어 선생, 나는 그때 세상 물정이라곤 전혀 몰랐었소. 그만큼 젊었다는 증거겠지만. 내 청춘은 이미 가 버렸는데, 그것은 내게 프랑스의 작은 꽃 한 송이를 남겨 놓고 갔지요. 어떤 때 나는 이 꽃을 없애 버리고 싶은 생각이 든다오. 하지만 착한 일을 하면 여러 가지 죄가 씻길 수 있다는 천주교의 가르침에 따라 저애를 키우고 있는 거라오. 이 일에 대한 자세한 얘기는 나중에 하기로 하고 오늘은 그만 가서 주무시오."

15

그 후 그 일에 대해서 자세히 이야기를 들을 수 있는 기회가 생겼다. 어느 날 오후, 나는 우연히 정원에서 로체스터 씨를 만났다. 나는 아델과 함께 있었는데, 아델이 개를 데리고 놀고 있는 동안 함께 산책을 하자고 그가 제의해 온 것이다.

　로체스터 씨는 아델이 자기가 전에 열렬히 사랑했던 프랑스 오페라 무용수인 셀린 바랭의 딸이라고 했다. 그리고 그의 열정에 셀린은 더 뜨거운 정열로 응했노라고도 했다. 자신은 못생긴 사나이지만, 그래도 그녀는 그를 우상처럼 생각했다고 했다. 그는 바티칸 궁전에 있는 벨비디어의 아폴로 상의 우아함보다 그의 늠름한 체격이 더 좋다고 말하는 그녀의 말을 그대로 믿었다는 것이다.

　"그래서 말이오, 에어 선생. 프랑스의 요정이 영국의 작은 도깨비를 좋아해 주었다는 데에 그만 하늘에라도 뛰어오를 듯이 마음이 들떠 버렸다오. 나는 그녀에게 호텔을 마련해 주고 하인이며 마차며 캐시미어 옷이며 다이아몬드 그리고 값비싼 레이스 등 끊임없이 선물을 안겨 주었지. 한마디로 말하면 여색에 빠져 버린 사나이들이 흔히 그렇듯이 그런 생활 속에서 타락하기 시작한 거요. 난, 당연히 그렇게 될 운명이었지만, 다른 탕아들이 겪었던 운명을 고스란히 맞이하였소. 어느 날 밤, 셀린과 약속을 하지 않은 채 슬쩍 찾아가 보았더니 그녀는 외출하고 없었소. 그날 밤은 매우 무더운 밤이었소. 난 파리의 거리를 거닐어 피곤하기도 하고 해서 그녀의 침실에 앉아 조금 전까지도 있었을 그녀가 남긴 성스러운 자취를 마음껏 호흡하고 있었소. 아니, 이건 너무 지나친 표현 같소. 그녀의 어디에 성스러운 힘이 있었다고 믿은 적은 없소. 그녀가 남긴 것은 성스러운 향기가 아니라,

사향이나 용연향 같은 냄새였소. 온실 속의 꽃향기와 잔뜩 뿌려 놓은 향수 내음에 숨이 막힐 것 같아 나는 문을 열고 발코니로 나가고 싶어졌소. 달이 밝고 가스등도 빛나고 있었소. 또 조용한 하늘은 끝없이 맑았었지. 발코니에는 의자가 두 개 가지런히 놓여 있었고, 난 거기에 앉아 담배를 꺼냈소. 실례지만, 말이 나왔으니 한 대 피워야겠소."

그는 담배를 물고 연기를 내뿜으며 다시 말을 이었다.

"에어 선생, 그 시절 나는 사탕을 매우 좋아했다오. 그래서 초콜릿 사탕을 깨물고 담배를 피우며 화려한 밤거리를 내려다보고 있었지요. 그때 아름다운 영국제 말 두 필이 이끄는, 지붕 없는 멋진 마차가 호텔 앞에서 멈춰 섰소. 자세히 보니, 그것은 내가 셸린에게 사준 것이었소. 그런데 그녀가 사뿐히 뛰어내리고 난 뒤 어떤 사나이가 따라 내렸소.

질투심을 느껴 본 일이 없지요, 에어 선생? 물론 없겠지. 물어볼 필요도 없소. 사랑을 해 본 일이 없을 테니까. 그 어느 것이든 이제부터 경험하겠지. 당신의 영혼은 잠들어 있어도 그것을 깨워 줄 충격이 이제부터 주어지게 될 거요. 모든 인생은, 당신의 지금 같은 젊은 날들이 모르는 사이에 지나가 버리듯이, 그런 조용한 물결을 타고 흘러가 버리는 것이라고 당신은 생각하고 있을 거요.

이렇게 나의 애인이 낯선 사나이와 함께 들어오는 것을 본 나는 질투로 가슴이 타는 것 같았소. 그러나 나는 발코니에 그대로 앉아 있었소. 셸린과 그 사나이가 틀림없이 방으로 들어올 줄 알았기 때문이오. 열려진 창문으로 손을 넣어 커튼을 잡아당겨 방안이 들여다보일 만큼만 틈을 남겨 놓았소. 두 사람이 들어오자 시녀가 등잔에 불을 붙였기 때문에 난 문틈으로 그들의 모습을 엿볼 수 있었소. 불빛에 드러난 셀린은 내가 선물로 준 보석과 옷으로 몸을 감싸고 있었소. 사나이는 이따금 사교계에서 얼굴을 대하곤 하던, 품행이 좋지 않은 자작이었소. 그 사람이라는 것을 알자 내 질투의 화신은 그 순간 쓰러지고 말았소. 셀린에 대한 내 애정의 불길이 사라져 버렸기 때문이오. 그런 보잘것없는 녀석과 상대하는 여자라면 더 이상 볼 게 없다는 생각이었지. 탁자 위에 내 명함이 한 장 있었는데 그걸 본 두 사람은 내 흉을 보기 시작했소."

그때 아델이 달려왔다.

"아저씨, 존이 그러는데 대리인이 아저씨를 뵙자고 한 대요."

"그래? 얘기를 빨리 끝내야겠군. 그래서 나는 문을 열고 그들 앞으로 나갔소. 그리고 내가 보호하고 있던 셀린을 자유롭게 해 주고는 호텔을 떠나도록 통고했소. 셀린이 몸부림을 치며 용서해 달라고 빌었지만 나는 듣지 않았소. 자작 녀석과는 다음날 블로뉴 숲에서 만나자고 약속했소. 이튿날 아침 나는 그와 결투하는 영광을 누리게 되었는데, 병에 걸린 병아리 같은 녀석의 가느다란 팔에 총알을 한 방 먹였소. 그리고 나는 그것으로 그들과의 모든 인연이 끝난 것으로 생각했소. 그런데 불행하게도 셀린은 그 일이 있기 6개월 전에 아델을 낳았는데 그애가 내 딸이라고 주장했소. 아마 그럴지도 모르오. 그러나 나는 전혀 그런 생각이 안 들었소. 내가 저애의 어머니와 인연을 끊은 지 몇 해 뒤에 그 여자는 저애를 버리고 음악가인지 가수인지 하는 놈하고 이탈리아로 도망가 버렸소. 나는 저애의 아비가 아니니까 어떤 책임도 느끼지 않았지만, 저애가 몹시 비참한 생활을 하고 있다는 말을 듣자 불쌍한 생각이 들었소. 그래서 이곳에 데려다 놓은 거요. 당신은 이제 아델이 프랑스 무용수의 사생아란 걸 알았으니 혹시 저애를 못 가르치겠다고 할는지도 모르겠군. 그렇지 않소?"

"천만에요. 아델에게는 어머니의 잘못에 대한 책임도, 당신의 잘못에 대한 책임도 없어요. 게다가 지금 저애가 어떤 의미에서는 고아라는 것을 알게 되니까 지금까지보다 더 친근한 느낌이 드는데요. 우리 같은 사람을 업신여기는 부잣집 말썽쟁이보다는 친구처럼 생각되는 고아 쪽이 훨씬 좋지 않겠어요?"

"아아, 당신은 이 문제를 그렇게 생각하는군. 자, 이제 그만 들어갑시다."

그러나 나는 아델을 데리고 잠시 더 놀았다. 달리기도 하고 제기차기도 하면서…….

방에 들어가자, 나는 아델의 모자와 외투를 벗겨 주었다. 아델을 무릎에 앉히고 얼마 동안 제멋대로 놀게 내버려두었다. 아델은 어느 정도 응석을 받아 주면 금방 제멋대로 행동했다. 자기 어머니한테서 물려받은 성격인 것 같았다. 그러나 그 나름대로의 장점도 많았다. 나는 그 장점을 어떻게 해서든지 최대한 높게 평가해 주고 싶었다.

나는 그 표정이나 모습에서 로체스터 씨와 닮은 점이 있는가 살펴보았지만 아무 데도 없었다. 그건 슬픈 일이었다. 그애가 만일 로체스터 씨와 약간이라도 닮은 곳이 있다면, 그리고 그것을 로체스터 씨가 인정하기만 한다면, 그의 귀여움을 좀더 받을 수 있을 텐데…….

그날 밤 잠자리에서 나는 로체스터 씨가 한 이야기를 곱씹어 보았다. 프랑스의 무용수에게 불태운 영국 부자의 정열과 남자에 대한 여인의 배신 따위는 사교계에서 흔히 있는 일일 것임에 틀림없었다. 그러나 그가 현재의 만족스러운 기분이나, 이 낡은 저택과 그 환경에 대해 새로이 되살아난 즐거움을 말하려고 할 때 갑자기 그를 덮쳤던 감정에는 확실히 이상한 데가 있었다. 난 이 사실을 이상하게 생각하지 않을 수 없었다. 그래서 깊이 생각해 보았지만 당장은 설명할 수가 없다는 것을 알았으므로, 그 생각을 지워 버리고 나에 대한 주인의 태도를 생각해 보기로 했다. 그가 나에게 보인 신뢰감은 내 깊은 사고에 대한 칭찬으로 생각되었다. 나는 그걸 그대로 받아들이기로 했다. 이 몇 주일 동안 나에 대한 그의 태도는 처음처럼 변덕스럽지 않았다. 내가 그의 기분에 거슬리지는 않는 모양이었다. 차츰 차가운 시선과 거만한 태도를 보여 주는 일이 없게 되었다. 지나다가 만나도 얼굴을 마주치는 것이 즐거운 것 같았다. 언제나 말을 건네주었고, 때로는 미소도 지어 보였다.

그의 느긋하고 차분한 태도는 나를 견디기 힘든 긴장감에서 벗어나게 해 주었다. 진심이 담겨져 있을 뿐만 아니라, 예의 바르고 우정에 가득 찬 솔직함으로 나를 대해 주었고, 그런 것이 매력으로 느껴졌다. 때로는 그가 마치 내 주인이라기보다는 오히려 친척인 것처럼 느껴지기도 했다. 하지만 역시 때때로 거드름을 피울 때가 있었는데,

나는 그것이 그의 습관임을 알고 있었으므로 그런 것에는 신경을 쓰지 않았다. 나는 이런 생활에 새로운 흥미를 갖게 되었으므로 매우 만족스럽고 기쁜 마음에 친척들 생각도 잊어버리고 있었다. 가냘픈 초승달 같은 내 운명도 점점 좋아지는 것 같았다.

이런저런 생각에 잠 못 이루다가 언제인지 모르게 잠든 나는 웅얼웅얼하는 소리에 문득 잠을 깼다. 그 소리는 꼭 내 머리맡에서 들리는 것 같았다. 나는 자리에서 일어나 앉았지만, 그야말로 캄캄한 밤중이라 아무것도 보이지 않았다. 촛불을 켜 둔 채 잘 걸 그랬다는 생각이 들었다. 침대에 앉은 채로 귀를 기울였으나 아무 소리도 들리지 않아 다시 잠을 청하려 했지만 마음이 불안해서 잠이 오지 않았다.

아래층 홀의 시계가 2시를 알렸다. 그 순간 나는 누군가가 내 침실 문을 더듬는 듯한 기분을 느꼈다. 온몸에 소름이 쫙 끼치는 것을 느끼며 떨리는 목소리로 소리쳤다.

"거기 누구세요?"

나는 곧 그것이 파일럿인지도 모른다고 생각했다. 그 개는 부엌문이 열려 있거나 하면, 로체스터 씨의 침실 입구까지 더듬어 오곤 했기 때문이다. 아침에 그곳에서 엎드려 자고 있는 것을 몇 번 본 적이 있었다. 그런 생각이 들자 나는 얼마간 안정을 되찾고 자리에 다시 누웠다. 정적은 신경을 안정시켜 주었고, 온 저택이 차차 그 누구의 침해도 받지 않으며 정적 속에 잠겨들자 잠이 다시 찾아오는 것 같았다. 그러나 나는 그날 밤 잠들 수 없는 운명이었던 모양이다. 꿈이 귓가에까지 가까이 왔는가 했더니, 심장 속까지 얼어붙을 것 같은 일이 일어나자 무서워 달아나 버리는 것이었다.

그것은 악마의 웃음이었다. 낮게, 잇몸 사이로 새어 나오는 듯, 깊은 곳에서 들리는 듯했는데, 내 침실문의 열쇠 구멍에서 들려오는 것 같았다. 내 침대는 베개 쪽이 문 가까이에 있었으므로 처음에는 귀신의 웃음소리 같은 것이 내 침대 옆에 서 있는 것처럼, 아니 그보다 베갯머리에 웅크리고 있는 것처럼 들리기도 했다. 일어나서 살펴보았지만 아무것도 보이지 않았다. 괴상한 소리는 다시 되풀이되었고, 난 그 소리가 방문 밖에서 들려오는 것임을 알았다. 내 최초의 반사 작용은 일어나서 문에 고리를 채우는 일이었다. 그런 다음에는 다시, "누구세요?" 하고 외쳤다.

잠시 후에 3층 계단 쪽을 향해 복도를 스쳐 지나가는 발소리가 들렸다. 이어서 층계를 막은 문이 열렸다 닫히는 소리가 났다. 그러고는 다시 사방이 조용해졌다.

나는 마음속으로, '혹시 그레이스 풀이 아닐까? 그 여자는 악마에게 홀려 있는 걸까?' 하고 생각했다. 나는 무서워서 더는 혼자 있을 수가 없었다. 그래서 페어팩스 부인에게로 가려고 재빨리 옷을 걸쳤다. 그리고 떨리는 손으로 잠갔던 문을 열었다.

방문 바로 바깥 복도의 카펫 위에 촛불이 켜져 있었다. 나는 그것을 보고 깜짝 놀랐다. 그러나 주위가 마치 연기에 잠긴 것처럼 뽀얀 것에 가득 둘러싸여 있음을 알았을 때 내 놀라움은 더욱 커졌다. 나는 이 파란 연기가 어디에서 나오는지 알아보려고 좌우를 둘러보았다. 그때 뭔가 타는 듯한 매캐한 냄새가 퍼져 왔다.

그 냄새는 로체스터 씨의 침실에서 흘러나왔다. 침실문은 약간 열려 있었는데, 그 틈으로 구름 같은 연기가 뭉글뭉글 새어 나오고 있었다.

나는 순간 로체스터 씨의 침실로 뛰어 들어갔다. 불길은 이미 침대 주위로 번져 가고 있었다. 그 속에서 로체스터 씨는 깊이 잠들었는지 꼼짝도 않고 누워 있었다.

나는 그의 몸을 흔들어 깨우며 소리쳤다.

"어서 일어나세요! 어서요!"

그러나 그는 뭐라고 중얼거리면서 돌아누웠다.

불은 어느새 이불로 옮겨 붙고 있었다. 나는 물주전자가 있는 곳으로 뛰어갔다. 물주전자에는 다행스럽게도 물이 가득 담겨 있었다. 나는 그것을 들어다 로체스터 씨에게 끼얹었다. 그러고는 내 방으로 재빨리 돌아와 물주전자를 가져다가 다시 침대에 들이부었다. 신의 가호로 나는 침대를 삼키려던 화염을 끄는 데 겨우 성공했다.

불길이 잦아드는 소리, 물을 끼얹는 순간에 내 손에서 날아가 떨어지는 물주전자 소리와 내가 퍼부은 물벼락 덕분에 로체스터 씨는 겨우 눈을 떴다. 불길이 꺼져 아주 캄캄했지만 그가 일어난 것은 알 수 있었다.

"물난리라도 났나?"

"아뇨 불이 났었어요. 얼른 일어나서 옷 갈아입으세요. 옷이 흠뻑 젖었을 거예요."

"이게 어찌 된 일이지? 당신은 제인 에어가 아니오? 나를 물에 빠져 죽게 만들려고 했나?"

"어서 일어나시기나 하세요. 촛불을 갖다 드릴 테니…… 누군가 무슨 흉계를 꾸민 것 같아요. 누가 왜 이런 짓을 했는지 빨리 알아보세요."

"자, 일어났소. 하지만 뭐 좀 걸칠 걸 찾을 때까지는 촛불을 가져오지 말아요. 마른 옷이 어디 있을 텐데…… 참 가운이 있었지. 어서 촛불을 가져와요."

나는 복도에 켜져 있는 촛불을 들고 왔다. 로체스터 씨는 그것으로 침대를 비춰 보았다. 온통 새까맣게 그을려 있었고, 시트와 카펫은 물에 흠뻑 젖어 있었다.

"이건 또 웬일이지? 누가 한 짓이야?"

로체스터 씨가 물었다.

그래서 나는 대강 그날 밤 일어난 일에 대해 얘기해 주었다.

내가 말하는 동안 그의 얼굴은 점차 근심스러운 표정으로 일그러졌다. 내가 이야기를 끝냈을 때에도 그는 아무 말도 하려고 들지 않았다.

"가서 페어팩스 부인을 불러올까요?"

"누구요? 페어팩스 부인? 왜 불러온다는 거지? 필요 없소. 귀찮게 하지 말고 그대로 자게 내버려두는 게 좋아요."

"그러면 리어라도 불러올까요? 존과 존의 부인도……"

"아니, 다 필요 없소. 그냥 이대로 있으면 되오. 내가 잠깐 3층에 갔다 올 테니 당신은 여기 꼼짝 말고 있어요. 아무도 부르지 말고……."

　그의 조심스러운 발소리가 복도를 지나 멀어져 갔다. 이윽고 그가 층계의 문을 열고 나가자, 나는 어둠 속에 홀로 남게 되었다. 혹시 무슨 소리가 들리지나 않을까 하고 귀를 기울여 보았으나 아무 소리도 들리지 않았다. 얼마 동안 그렇게 앉아 있으려니까 피로하고 추워서 견딜 수가 없었다. 내가 막 일어나 내 침실로 돌아가려고 할 때, 복도의 희미한 빛이 다가오고 이어 발소리가 들렸다. 나는 제발 발소리의 주인공이 로체스터 씨이기를 바랐다. 그는 창백하고 몹시 침울한 표정으로 돌아왔다.

　"내가 생각한 대로였어."
　"누가 그랬어요?"
　그는 잠자코 마룻바닥만 내려다보고 서 있었다. 잠시 후, 그는 꺼림칙한 말투로 물었다.
　"당신이 방문을 열었을 때 혹시 무엇을 보았는지 물어본다는 걸 잊고 있었소. 무엇을 보았소?"
　"마룻바닥에 있는 초밖에 보지 못했어요."
　"기분 나쁜 웃음소리도 들었다고 했잖아. 전에도 비슷한 웃음소리를 들은 일이 있소?"
　"예, 들은 일이 있어요. 재봉일을 한다는 그레이스 풀이라는 여자가 그렇게 웃더군요."
　"그래, 바로 그 그레이스 풀이야. 그 여잔 정말 이상해. 다행히 이 사건을 알고 있는 사람은 당신과 나 둘뿐이오. 당신은 말이 많은 여자가 아니니까 이번 일에 대해서는 아무 말도 하지 말아 주시오. 그리고 이렇게 침대가 젖은 데 대해서는 내가 잘 설명할 테니까, 당신은 이제 그만 돌아가서 자요. 나는 서재 의자에서 잘 테니까."

나는 침대로 돌아오기는 했지만 좀처럼 잠을 이룰 수가 없었다. 잠을 자기는커녕 새벽이 올 때까지 여러 가지 생각을 하느라고 머리가 빠개질 듯했다. 날이 밝자 흥분해 있던 나는 이내 자리에서 일어났다.

16

이렇게 이상한 사건이 일어난 다음날, 나는 로체스터 씨를 만나고 싶었지만 한편으로는 만나는 것이 두렵기도 했다.

아침 나절이 그럭저럭 별다른 일 없이 지나갔다. 나는 다른 날과 다름없이 아델의 공부를 돌봐 주었다.

아침을 먹으러 가면서 로체스터 씨의 방을 들여다보니, 모든 것이 전처럼 제대로 정돈되어 있었다. 다만 침대 위의 시트와 커튼만이 걷혀 있을 뿐이었다.

리어가 연기에 새까맣게 그을린 유리를 걸레로 닦고 있었다. 나는 어젯밤의 일에 대해서 어떻게 말들을 하나 그녀에게 물어보려고 방으로 들어갔다.

그런데 가까이 가 보니, 방에는 또 한 사람이 있었다. 그는 다름 아닌 그레이스 풀이었다. 틀림없이 그녀가 침대 옆 의자에 앉아서 새 커튼의 고리를 달고 있었다. 나는 그녀의 태연한 얼굴에 놀랐다. 그녀의 얼굴에서는 살인을 하려 했던 사람에게서 볼 수 있는 창백하고 당황한 듯한 표정은 찾아볼 수가 없었다. 내가 어리둥절해서 쳐다보자, 그녀가 얼굴을 들었다.

"선생님, 안녕히 주무셨어요?"

그녀는 사무적인 말투로 이렇게 말하고 나서 다시 자기 일에 열중했다.

나는 그 여자를 시험해 보고 싶은 생각이 들었다.

"그레이스도 잘 잤어요? 좀전에 하인들이 모여서 웅성거리던데, 무슨 일이 일어났나요?"

"주인 어른께서 어젯밤에 잠자리에서 책을 읽다가 촛불을 켜 놓은 채로 잠이 드셨다는군요. 그래서 불이 커튼에 옮겨 붙었는데, 다행히 침대나 이불에 옮겨 붙기 전에 깨어나셔서 주전자에 든 물로 불을 끄셨대요."

나는 그녀를 똑바로 쳐다보며 물었다.

"정말 이상하군. 그래, 로체스터 씨는 아무도 안 부르셨대요? 누구, 그분이 일어난 걸 본 사람은 없나요?"

"아시다시피 하인들은 멀리 떨어진 곳에서 잤으니까 알 리가 없지요. 페어팩스 부인 방과 선생님 방이 주인 어른 방에서 가장 가까운데, 페어팩스 부인은 아무 소리도 못 들었대요. 선생님께선 어떠세요?"

나는 리어에게 들리지 않도록 작은 소리로 속삭였다.

"무슨 소리를 듣긴 했어요. 아주 기분 나쁜 웃음소리를……."

"설마 주인 어른께서 그렇게 급한 처지에 웃으셨을 리는 없고, 아마 선생님께서 잘못 들으셨나 보죠."

나는 그녀의 뻔뻔한 태도에 화가 나서, "잘못 들다니오?" 하고 날카롭게 소리쳤다.

그녀는 무엇을 캐내려는 듯한 눈초리로 나를 쳐다보며, "그래, 주인님께 그런 웃음소리를 들었다고 말씀하셨나요?" 하고 물었다.

"아니, 오늘 아침엔 그런 말씀 드릴 틈이 없었어요."

그때 요리사가 들어와서 말했다.

"풀 부인, 식사가 준비됐는데, 내려오시겠소?"

"아니, 내 몫인 흑맥즈 한 병에 푸딩 한 조각만 쟁반에 담아다 줘요."

요리사는 페어팩스 부인이 나를 기다리고 있다고 알려 주었다. 그래서 그 방을 나왔다.

나는 식사하는 도중에도 그레이스 풀이란 사람에 대한 생각을 하느라 페어팩스 부인이 지난밤의 화재 사건에 대해서 이것저것 이야기하는데도 거의 듣지 않았다.

'무슨 이유로 주인은 나에게 비밀을 지키라는 걸까?'

정말 이상한 일이었다. 왜 주인은 그 여자가 불을 질렀다는 것을 확실히 알면서도 처벌하려 들지 않는 것일까? 문득 그레이스 풀이 젊었을 때 주인이 그녀를 좋아했었는지도 모른다는 생각이 들었다. 그러나 그 여자의 볼품없는 몸집과 보기 흉한 얼굴이 떠오르자, 절대로 그럴 리가 없다는 생각이 들었다. 그러나 '그렇지만…….' 하고 내 마음속에서 비밀의 목소리가 속삭였다.

'그렇게 말하는 너, 제인 에어도 그다지 아름답지는 않아. 하지만 로체스터 씨는 너를 호의에 찬 눈으로 보고 있어. 너를 좋아하는 것 같아.'

그 후 나는 공부방에서 아델에게 그림 그리는 법을 가르치느라고 손에 연필을 쥐고 있었다.

"왜 그래요, 선생님? 선생님 뺨은 사과같이 빨갛고, 손은 나뭇잎처럼 떨려요!"

깜짝 놀란 아델이 나를 쳐다보며 소리쳤다.

"응, 허리를 구부리고 있으니까, 얼굴이 달아올라서 그래."

아델은 계속 그림을 그리다가 서녘이 붉게 물들자 소피와 놀려고 아이들 방으로 가 버렸다. 홀로 남은 나는 로체스터 씨가 보고 싶어 마음이 아팠다.

나는 로체스터 씨가 나를 부르러 사람을 보내지 않을까, 하고 온 신경을 아래층에 쏟고 있었다.

잠시 후에 층계를 올라오는 발소리가 들렸지만, 그것은 페어팩스 부인이 차 준비를 해 놓았다고 알리는 것이었다. 내가 아래층으로 내려가자 페어팩스 부인이 말했다.

"차 생각이 나실 줄 알았어요. 그런데 혹시 어디가 편찮은 건 아니에요? 어째 얼굴이 열에 들뜬 것 같군요."

"아뇨. 그렇지 않아요. 걱정하지 마세요."

"그럼 뭘 좀 많이 들어요."

부인은 주전자에서 물이 끓는 동안 창밖을 내다보면서 말했다.

"별은 안 보이지만, 이만하면 여행하기에는 좋은 날씨야."

"누가 여행을 가셨나요?"

"로체스터 씨가 리즈로 떠나셨다오. 무슨 굉장한 파티가 있는 모양이에요."

"오늘 밤에 돌아오실 건가요?"

"아마 안 오실 거예요. 어쩌면 일주일 이상 머무르실지도 몰라요."

"리즈엔 귀부인들이 많은가요?"

"정말 우아하고 아름다운 분들이 많아요. 이쉬톤 부인과 세 분의 따님을 비롯해서 잉그램 남작 부인의 따님인 블랑쉬 잉그램과 메어리 잉그램 등 많이 계시지요."

밤이 되어 혼자 있게 되자 나는 페어팩스 부인이 말한 귀부인들에 대해서 생각해 보았다. 그러자 로체스터 씨가 나를 좋아한다는 것에 대해 자신이 없어졌다.

'너 같은 여자가……' 하고 나는 자신에게 중얼거렸다. '로체스터 씨의 총애를 받는다고 해서 네가 그를 기쁘게 해 줄 수 있는 능력을 가졌다고 생각하니? 네가 어떤 형태로든 그에게 중요한 존재가 될 수 있단 말이니?'

나는 내 감정을 억누르며 자신에게 타일렀다. 로체스터 씨에 대해 지나친 기대는 갖지 말자고…….

17

그럭저럭 일주일이 흘렀으나 로체스터 씨는 돌아오지 않았다. 열흘이 지나도 그로부터는 소식조차 없었다. 그러나 나는 전에 했던 결심대로 어떤 기대도 하지 않고 침착하게 하루하루를 보냈다. 그러나 이따금 손필드를 떠나야 한다는 막연한 생각이 떠올라 구직 광고 문안을 써 놓고는 새 근무처에 대한 상상을 하기도 했다.

로체스터 씨로부터 2주일 동안이나 소식이 없던 어느 날, 페어팩스 부인 앞으로 편지가 한 통 배달되었다. 그것은 로체스터 씨로부터 온 편지였다.

"이제 주인 어른이 언제쯤 오실지 알 수가 있겠군요."

마침 아침 식사 중이어서 페어팩스 부인이 편지를 읽고 있는 동안에 나는 커피를 마시고 있었다. 페어팩스 부인이 편지를 읽으며 말했다.

"정말 요즘엔 좀 한가했는데, 이제 무척 바빠지겠군."

나는 그 이유를 묻지 않은 채 태연하게 이렇게 물었다.

"로체스터 씨는 언제쯤 돌아오신대요?"

"아마 사흘 안에는 돌아오실 거예요. 이번에는 혼자 오시는 게 아니고 리즈에 계신 훌륭한 손님들과 함께 오신다는군요. 그래서 집 안을 깨끗이 치워 놓으라고 하셨어요."

그 후의 사흘 동안은 정말 분주했다. 그동안 나는 다른 생각을 할 여지가 없었다.

그러던 어느 날, 나는 우연히 리어가 그레이스 풀에 대해서 장사꾼 여인과 이야기하는 것을 듣게 되었다.

"아마 저 여자가 이 집에서 봉급을 제일 많이 받을걸?"

장사꾼 여인이 물었다.

"그럼요. 내 봉급이 불만스러운 건 아니지만, 나도 그만큼만 받았으면 좋겠어요. 나는 풀 부인의 5분의 1도 안 돼요."

"일 솜씨도 좋겠지?"

장사꾼 여인이 물었다.

"자기 할 일은 잘 알고 있죠. 사실 저 사람이 하는 일을 다른 사람이 할 수는 없을 거예요. 저이만큼 봉급을 준대도 말이에요."

리어는 의미가 담긴 말투로 이렇게 대답했다.

"그야 그렇지! 그런데 암만해도 이상한 것은 주인 어른이……."

이때 리어가 뒤를 돌아보았다. 그리고 내가 듣고 있는 것을 눈치채고는 팔꿈치를 툭 침으로써 거기서 이야기는 끝이 났다.

그들의 이야기를 통해 나는 막연히 어떤 것을 느낄 수 있었다. 이 손필드에는 틀림없이 어떤 비밀이 숨겨져 있다는 것을.

드디어 로체스터 씨가 온다는 목요일이 되었다.

집 안은 구석구석 깨끗이 정리되고, 여기저기엔 외국산 화초를 꽂은 화병이 놓였다. 오후가 되자 페어팩스 부인은 자기가 가진 옷 중에서 가장 멋진 검은 실크 드레스에 장갑을 끼고 금시계까지 찼다. 그녀가 할 일은 손님들을 맞아들이고 부인들을 각자 자기 방으로 안

내하는 것이기 때문이었다.

나는 아델에게 옷을 갈아입혀 주었다. 아델이 손님들 앞에 나서게 될 것이라는 생각은 들지 않았지만, 그애를 기쁘게 해 주고 싶었다. 그래서 소피에게 짧고 장식이 많은 모슬린 양복을 찾아오라고 일렀다. 그러나 나로서는 이 공부방에서 나가야 할 일이 없을 테니까 옷을 바꿔 입을 필요가 없었다.

한가롭고 화창한 봄 날씨였다. 나는 창문을 열어 놓은 채 공부방에 있었다.

"어째 늦어지시는군요. 벌써 6시가 지났는데…… 혹시나 싶어서 존을 문간에 서 있으라고 했지요."

페어팩스 부인이 들어오며 말했다.

부인은 창밖으로 몸을 내밀고, "존! 아직도 안 오시나?" 하고 외쳤다.

"모두들 오시는군요. 10분 후면 도착하실 것 같습니다."

나와 아델은 그 소리에 창가에 붙어서서 밖을 내다보았다.

맨 앞에는 말을 탄 사람 넷이 달려오고, 그 뒤로 두 대의 지붕 없는 마차가 따랐다.

말을 탄 사람 중 세 번째가 로체스터 씨였다. 그리고 그의 옆에는 한 여자가 뒤따르고 있었다. 그 여자는 보랏빛 승마복을 입고 산들바람에 베일을 나부끼며 달리고 있었다.

"아! 잉그램 아씨군요."

페어팩스 부인은 이렇게 외치며 급히 아래층으로 뛰어 내려갔다.

아델은 자기도 아래로 내려가게 해 달라고 졸랐으나, 나는 아델을 무릎 위에 앉히고 부르기 전에는 절대로 숙녀들이 있는 곳에 가지 말 것과, 만일 이 말을 어기면 로체스터 씨가 불같이 화를 낼 것이라고 타일렀다.

내 말을 듣자 아델은 눈물을 흘렸지만 내가 눈을 조금 흘기자 이내 눈물을 닦았다.

잠시 후, 아래층에서 유쾌하게 떠드는 소리가 들려왔다. 아델은 그 떠들썩한 소리에 가만히 귀를 기울이고 앉아 있었다.

"아델, 배고프지?"

"네, 밥 먹은 지 꽤 오래된걸요."

"그러면 숙녀들이 내실에 계실 동안에 아래층으로 내려가서 먹을 것 좀 가져다 줄게."

나는 사람들과 마주치지 않게 조심하며 부엌으로 갔다. 부엌은 온통 난리였다. 지지고 볶는 연기로 눈이 매워 뜰 수가 없을 정도였다. 나는 그 혼잡한 속을 뚫고 닭고기와 과일이 든 파이와 빵을 가지고 급히 그곳을 빠져나왔다.

공부방으로 가려면 숙녀들의 방 앞을 지나지 않으면 안 되었기 때문에 자칫하면 음식을 들고 숙녀들과 마주칠 염려가 있었다. 나는 할 수 없이 복도 끝에 가만히 서 있었다.

그들은 번쩍번쩍 빛나는 긴 드레스를 입고 아름다운 목소리로 서로 이야기를 주고받으며 층계를 내려갔다.

아델은 공부방의 문틈으로 그들을 내다보고 있었다.

"정말 예쁜 부인들이죠, 선생님? 나도 저분들과 같이 있어 봤으면 좋겠어요. 선생님, 혹시 로체스터 아저씨가 우리들을 부르시지 않을까요?"

"로체스터 씨께선 다른 일로 몹시 바쁘셔서 그럴 틈이 없을 거야. 자, 딴생각 말고 저녁이나 먹자."

몹시 배가 고팠던 아델은 닭고기와 파이는 그대로 두고 우선 빵부터 정신없이 먹어 치웠다. 식사를 마친 후, 나는 아델에게 싫증이 날 때까지 옛날이야기를 해주고는 아델의 기분을 풀어 주기 위해 복도로 데리고 나왔다. 우리는 난간에 걸터앉아 객실에서 들려오는 피아노 연주를 들었다.

잠시 후 홀의 큰 괘종시계가 11시를 알렸다.

아델은 내 어깨에 머리를 기댄 채 잠이 들었다. 나는 아델을 안아다가 침대에 뉘었다.

다음날도 날씨가 맑았다. 그날 손님들은 근처 어디론가 소풍을 다녀왔다. 나는 그들이 돌아오는 것을 볼 수 있었는데, 로체스터 씨는 잉그램 양과 나란히 말을 달리고 있었다.

나는 그들을 가리키면서 페어팩스 부인에게 말했다.

"로체스터 씨께선 저분이 마음에 드시나 보죠?"

"그런 것 같군요."

"어떻게 생기신 분인지 얼굴을 좀더 똑똑히 볼 수 있으면 좋겠어요."

"아마 오늘 저녁엔 볼 수 있을 거예요. 로체스터 씨가 저녁엔 아델과 선생님을 응접실로 내려오게 하라고 말씀하셨으니까요."

"저는 별로 내키지 않는데요. 부인께서도 거기 계시게 되나요?"

"아뇨. 저는 주인 어른께 미리 말씀드렸어요. 내려가지 않겠다고요."

응접실로 내려갈 시간이 다가오자, 나는 떨리는 가슴을 진정할 수가 없었다. 아델도 귀부인들을 만나게 되었다는 말을 듣고는 기뻐서 어쩔 줄 모르고 안절부절못했다.

아델은 준비가 끝나자, 얌전한 얼굴로 의자에 앉아 내가 준비를 마치기를 기다리고 있었다. 나는 템플 선생의 결혼식 때 입으려고 샀던 은회색 드레스를 입고 진주 브로치를 달았다. 그리고 아델의 손을 잡고 아래층으로 내려갔다.

아델은 귀부인들에게 정중히 인사를 했다.

"여러분, 안녕하세요?"

그러자 잉그램 양이 교만한 표정으로 아델을 내려다보며 소리쳤다.

"어머나, 어쩜 작은 꼭두각시 같아!"

곁에 있던 린 경(卿) 부인이 아델을 내려다보며 소리쳤다.

"이 아이가 로체스터 씨가 말씀하시던 프랑스 태생의 양녀군요."

그러자 다른 부인들도 말했다.

"참으로 예쁜 애군요!"

"정말이에요."

그녀들은 자기들 곁으로 아델을 불렀다.

나는 창의 커튼으로 그늘이 진 곳에 조용히 앉아서 뜨개질을 했지만, 내 눈은 로체스터 씨를 찾고 있었다. 로체스터 씨는 난로 옆에 혼자 쓸쓸히 서 있었다. 잉그램 양은 혼자 테이블 앞에 서서 우아한 자세로 앨범을 보고 있었는데 누군가가 자기에게 말을 걸어 주기를 기다리고 있는 듯했다. 그러나 그리 오래 기다리지 않아도 되었다. 그녀는 스스로 상대를 골랐다.

"로체스터 씨, 저는 당신이 어린애들을 별로 안 좋아하는 줄 알고 있는데요?"

"네, 별로 좋아하지 않습니다."

"그런데 왜 저런 꼭두각시 인형 같은 애를 맡으셨나요? 어디서 얻어 오셨어요?"

"아니, 얻어 온 게 아니라 누가 내게 버리고 갔답니다."

"그렇다면 학교에라도 보내시지 않고……."

"그럴 만한 여유가 있나요? 학교란 건 돈이 꽤 많이 드니까요."

"어머, 저애를 위해 가정교사까지 두시면서. 방금 저애와 같이 있던 여자를 봤어요. 아니, 그 여자는 벌써 가 버렸나? 제 생각엔 그 편이 더 돈이 들 것 같은데요."

그 순간, 나는 더욱더 커튼 그늘 속으로 파고들었다. 혹시 방안의 시선이 온통 내게 쏠리지나 않을까 해서…….

그러나 아무도 내가 그곳에 있는 것을 눈치 채지 못한 것 같았다.

"그런 일에 대해선 생각해 본 일이 별로 없습니다."

로체스터 씨는 잉그램 양을 똑바로 쳐다보며 쌀쌀맞게 대답했다.

"남자 분들은 경제에 대해서는 거의 신경을 쓰지 않으니까 그럴 수도 있겠군요. 그러나 그런 일이라면 제 어머니의 의견을 들어 보세요. 우리들은 어렸을 때, 아마 가정교사를 거의 한 다스는 두었을 거예요. 그러나 한마디로 모두 성가신 사람들이었지요. 안 그래요, 어머니?"

"지금 뭐라고 했니, 애야?"

잉그램 남작 부인이 못 알아듣고 이렇게 묻자, 잉그램 양은 그 말을 다시 한 번 되풀이했다.

"그 얘긴 하지도 마라. 나는 가정교사라는 말만 들어도 신경질이 나니까. 그들의 무능력과 변덕에 질리고 말았어. 이제 그런 사람들과는 상관이 없다는 게 얼마나 좋은지 몰라."

그러자 덴트 부인이 그녀의 귀에다 대고 뭐라고 귓속말을 했다. 아마 내가 이 방에 있다는 것을 알려 준 모양이었다.

그러자 잉그램 남작 부인은 목소리를 높여서 말했다.

"그렇다면 더욱 잘됐네요! 내가 지금 한 말이 그 사람에게 충고가 되었으면 좋겠는데……."

그러고는 이번에는 음성을 낮추어, 그러나 내게도 들릴 만한 소리로 말했다.

"나도 이미 알고 있었어요. 난 어느 정도 관상을 볼 줄 아는데, 저 사람은 그런 유의 사람이 가지는 나쁜 점을 모조리 갖고 있군요."

"부인, 그게 어떤 거죠?"

로체스터 씨가 큰 소리로 물었다.

"나중에 말씀드리죠."

부인은 고개를 흔들며 대답했다.

"하지만 전 워낙 호기심이 강해서 참을 수가 없군요."

"그렇다면 블랑쉬에게 물어보세요. 그애가 더 가까운 데 있으니까요."

"어머, 어머니는 왜 그런 얘기를 저한테 하라고 하세요? 그런 부류에 관해서 말할 수 있는 것은 '귀찮은 존재'라는 것뿐이죠."

잉그램 양은 새하얀 드레스를 입고 있었는데, 그것을 마치 여왕처럼 펼쳐 의젓하고도 우아한, 자랑하는 듯한 자태를 취한 채 피아노 앞에 앉았다. 그녀가 연주를 시작하자 나는, '지금이야말로 살짝 빠져나갈 때다.'라고 생각했다.

그러나 주위에 울려 퍼지는 로체스터 씨의 노랫소리가 나를 도로 그 자리에 붙들어 앉혔다. 언젠가 페어팩스 부인으로부터 로체스터 씨가 노래를 잘한다는 말을 들었는데, 정말 맞는 말이었다.

나는 그의 노래가 끝나자 옆문으로 해서 방을 빠져나왔다. 좁다란 복도를 지날 때 비로소 나는 샌들의 끈이 풀어져 있다는 것을 알고, 고쳐 신으려고 층계 아래에 있는 매트 위에 무릎을 꿇었다. 이때 식당문 여는 소리와 함께 한 신사가 나타났다. 나는 얼른 일어서려다가 그와 얼굴이 마주쳤다. 로체스터 씨였다.

"안녕하셨소?"

그가 큰 소리로 물었다.

"네, 덕분에 별일 없었어요."

그가 다시 물었다.

"응접실에 있을 때 왜 내게 말을 걸지 않았소?"

나는 도리어 그에게 같은 질문을 하고 싶었다. 그러나 그렇게 버릇없이 말할 수 없어서 다만, "너무 바쁘신 것 같아서요." 하고 대꾸했을 뿐이었다.

"그동안 뭘 하고 지내셨소?"

"뭐 별로 한 일은 없었어요. 그저 변함없이 아델을 가르쳤지요."

"그런데 어째 당신의 얼굴빛이 좋지 않은 것 같군. 무슨 일이라도 있소?"

"아무렇지도 않아요."

"자칫했으면 나를 물에 빠뜨려 죽게 할 뻔했던 그날 밤에 감기라도 든 게 아니오?"

"아뇨, 그렇지 않아요."

"다시 응접실로 들어가요. 도망치긴 아직 너무 이른 시각이니까."

"좀 피곤해서요."

그는 잠깐 내 얼굴을 들여다보았다.

"그러고 보니 왠지 기가 죽어 있는 얼굴이군. 무슨 일 때문인지 말을 해 봐요."

"아니, 염려하실 것 없어요. 전 아무렇지도 않으니까요."

"아니, 확실히 그렇소. 몹시 우울해 보여요. 왜 그런지 이유를 알고 싶지만 오늘 밤은 용서해 주겠소. 그러나 에어 선생, 당신은 내 응접실에 손님이 계실 동안에는 저녁마다 얼굴을 내밀어 주었으면 하는데, 승낙해 주시오. 내가 원하는 바는 바로 그것이오. 자, 그럼 가 보시오. 잘 자요, 나의……."
 그는 말을 끝내지 않고 입을 굳게 다물고는 얼른 내 곁을 떠났다.

18

 손필드에서의 생활은 즐겁기도 하고 또 분주하기도 했다. 처음 3개월 동안에 비하면 무척 달라진 분위기였다. 아침부터 밤까지 온종일 웅성거리는 활기찬 생활 덕분에 슬픈 생각과 우울한 영상은 거의 사라지게 되었다. 며칠 동안 비가 내렸지만 그것이 손님들의 즐거움을 빼앗아 가지는 못했다. 그런 날에는 뜰에서 대화를 나눌 수가 없었으므로 실내에서 오락을 하며 더 활기차고 다채롭게 지냈다.
 좀 특별한 놀이를 하자는 제안이 나온 첫날 밤, 나는 그들이 무엇을 할까 무척 궁금했다. 그들은 '셔라드 놀이'라는 것을 하기로 했는데 나는 그것이 어떤 놀이인지 알 수 없었다. 하녀들이 불려 들어와 식당의 테이블이 방으로 치워지고, 램프를 옮겨 놓고 아치 통로 맞은 편의 의자들이 반원형으로 놓여졌다.
 이윽고 놀이가 시작되었다. 그것은 무언극을 연출해서 그것이 무슨 말을 나타내는가 알아맞히는 놀이였는데, 세 번의 무언극 중에는 로체스터 씨와 잉그램 양의 결혼식 연극도 있었다. 놀이가 끝나자 한참 만에 그들은 옷을 갈아입고 다시 식당으로 왔다. 로체스터 씨는 잉그램 양과 함께 들어왔다. 그녀는 로체스터 씨의 연기를 매우 칭찬했다.

"먹칠이 다 지워졌습니까?"

로체스터 씨가 그녀 쪽으로 얼굴을 돌리며 물었다.

"다 지워졌어요. 유감인데요! 그 악한의 먹칠보다 당신 얼굴에 더 잘 어울리는 것도 없을 텐데……."

"그럼 노상강도를 좋아하십니까?"

"영국의 노상강도를 이탈리아의 산적 다음으로 좋아하죠. 산적보다도 좋은 것은 지중해의 해적이고요."

"내가 누구건 간에 당신은 내 아내란 걸 잊지 말아 주시오. 우리는 한 시간 전에 여기 계시는 증인들 앞에서 결혼했으니까."

그녀는 깔깔대며 얼굴을 붉혔다.

"자, 덴트, 당신들 차례요."

로체스터 씨가 말했다.

그러나 막이 오르건 내리건 나에게는 흥미가 없었다. 이제 나의 관심은 관객 쪽에 빼앗겨 버리고 말았다. 아까까지도 아치만을 응시하던 나의 눈이 반원형의 의자로 끌려가는 것을 자제할 수가 없었다.

나는 로체스터 씨를 이미 사랑하게 되었다고 말한 바 있다. 그가 나를 돌보지 않게 되었다고 해서, 내가 그의 앞에서 이렇게 몇 시간 있어도 한 번도 내가 있는 쪽을 쳐다보지 않는다고 해서, 또 로체스터 씨의 관심이 훌륭한 귀부인에게 쏠려 있는 것을 내가 보았다고 해서, 그를 사랑하지 않았던 이전 상태로 돌아갈 수는 없었다. 그리고 머지않아 이 아가씨와 그가 결혼할 것이라는 것을 내가 확신한다고 해도 역시 그를 사랑하지 않았던 이전의 상태로 돌아갈 수는 없었다.

이러한 경우에는, 절망에 빠지는 일은 있을지언정 도저히 사랑을 버리거나 포기할 수는 없었다. 나의 주제에 분수에 넘치게 잉그램 양과 같은 아가씨를 질투하는 것은 아무 소용도 없다는 것을 나도 알고 있다. 그러나 나는 질투를 느끼지 않았다. 만일 느꼈다고 하더라도 내가 겪은 고통은 그런 말로는 도저히 설명할 수 없는 성질의 것이었다. 잉그램 양은 내가 질투심을 일으킬 만한 가치도 없는 여인이고, 또 나의 질투심을 자극시키기에는 너무도 부족했던 것이다.

그녀의 외모는 근사해 보이나 마음은 그렇지가 않았다. 아름다운 용모와 우수한 많은 재능을 갖고 있지만, 태어날 때부터 그녀의 두뇌는 텅 비고 마음은 메말라 있었던 것이다. 그녀에게선 부드러움과 성실함을 찾으려야 찾을 수가 없었다. 그녀는 가끔 아델이 곁에 가기라도 하면 왈칵 떼밀어 버리곤 했다. 때로는 방을 나가라고 호통을 치며, 쌀쌀맞고 호되게 다루기까지 했다.

그녀의 이런 성질을 나말고도 주의해서 보고 있는 사람이 있었다. 미래의 신랑 로체스터 씨가 미래의 아내에게 감시의 눈을 게을리하지 않았던 것이다. 그의 총명함과 신중함, 또한 애인의 단점을 똑똑히 다 알고 있다는 사실은 나의 마음을 끊임없이 갈등과 번민으로 가득 차게 했다.

그가 그녀와 결혼하려는 것은 가문을 위해서 정략적으로, 즉 그녀의 신분이나 주위 환경이 그에게 알맞기 때문이라고 생각했다. 그는 그녀에게 사랑을 모두 바치고 있지는 않았고, 그의 주옥 같은 사랑을 차지하기에는 그녀가 형편없이 부족하다고 느꼈다. 나에게는 바로 이 점이 항상 문제였으며, 여기까지 생각하면 내 신경은 더 복잡해지고 괴로움은 더해 갔다. 그녀는 그의 마음을 사로잡을 수가 없었다.

내가 주인과 그의 미래의 신부에 관해서 생각하고 있는 동안, 다른 손님들은 제각기 자기네들의 흥미와 오락에 몰두하고 있었다. 그들은 피아노를 치기도 하고 노래를 하기도 하면서 서로 대화를 나누고 있었다.

그러나 그들은 때때로 마치 약속이나 한 듯이 놀이를 중단한 채 로체스터 씨와 잉그램 양을 바라보기도 했다. 로체스터 씨가 한 시간만 방에 얼굴을 나타내지 않아도 활기를 띠고 있던 손님들의 표정에는 눈에 띌 만큼 권태가 내리덮였다. 그러다가도 그가 모습을 나타내면 영락없이 그들은 다시 활기를 띠고 이야기를 했다.

사람들에게 활기를 불러일으키는 그의 힘이 절실하게 필요했던 것은 어느 날 로체스터 씨가 밀코트로 볼일을 보러 가서 늦게까지 돌아올 가망이 없던 때였다. 오후에는 비가 와서, 헤이 마을의 빈터에 최근 천막을 쳐 놓은 집시촌을 보러 가기로 했던 소풍도 연기되었다. 그래서 신사 몇 분은 아가씨들과 당구실에서 당구를 치고 있었다. 잉그램 남작 부인과 린 경 부인은 카드놀이로 지루한 기분을 덜고 있었다. 블랑쉬 잉그램 양은 덴트 부인과 이쉬튼 부인이 자신들의 이야기에 자꾸 끌어 넣으려는 것을 물리치고는 로체스터 씨가 없는 지루한 시간에 소설이나 읽으려는 듯 서재에서 책 한 권을 꺼내서는 거만하게 소파에 몸을 내던졌다.

사방은 조용했다. 단지 2층에서 당구를 치는 사람들의 즐거워하는 소리만 가끔 들릴 뿐이었다.

황혼이 짙어 갔다. 시계는 벌써 저녁 식사 시간을 알렸다. 바로 그 때 응접실 창턱에 걸터앉아 있던 아델이 갑자기 소리쳤다.

"로체스터 아저씨가 돌아오셨네!"

내가 돌아보았을 때 잉그램 양은 쏜살같이 소파에서 창가로 달려 내려왔다. 다른 사람들도 각기 하던 일을 멈추고 얼굴을 쳐들었다. 아델이 외친 것과 때를 같이해 자갈에 스치는 바퀴 소리와 그것을 걷어차는 말발굽 소리가 비에 젖은 자갈길에서 들려왔기 때문이다. 마차 한 대가 가까이 다가오고 있었다.

"저런 모양으로 오시다니 도대체 어떻게 된 일일까?"

잉그램 양이 말했다. 그녀는 마차에만 정신이 팔려 처음에는 창 옆에 있는 나를 알아보지 못했으나, 내가 있다는 걸 깨닫자 다른 창으로 옮겨갔다.

역마차가 멎고 여행복을 입은 신사가 내렸는데, 그는 로체스터 씨가 아니었다. 키가 큰 멋진 풍채의 낯선 남자였다.

"화가 나서 못 견디겠어!"

잉그램 양이 소리쳤다.

"요 귀찮은 원숭이 새끼 같으니! 누가 거짓말하라고 너를 창턱에 앉혀 준 줄 아니?"

그녀는 아델에게 소리치며 마치 내가 거짓말을 하라고 시키기라도 한 듯 성난 눈초리로 나를 쏘아보았다.

이윽고 그 신사가 안으로 들어와 잉그램 남작 부인이 여기에 있는 사람들 중 제일 연장자라는 것을 알고는 그녀에게 인사했다.

"죄송합니다. 공교롭게도 주인이 안 계신 사이에 온 것 같군요." 하고 그가 말을 꺼냈다.

"친구인 로체스터 씨가 없군요. 그러나 제가 먼 길을 찾아왔으니 그와의 교분을 생각해서라도 돌아올 때까지 기다리게 해 주셨으면 합니다."

그의 태도는 공손했지만, 어쩐지 불쾌했다.

내가 다시 그 신사를 본 것은 만찬이 끝난 다음이었다. 그때 그는 아주 마음을 푹 놓은 것같이 보였다. 그러나 나는 그의 인상이 처음 만났을 때보다 더 싫게 느껴졌다. 그는 미남이었으나 결단력이 없어 보이고 갈색의 공허한 눈에도 위엄이 없었다.

그는 로체스터 씨를 옛 친구라고 했으나, 그들의 우정은 틀림없이 기묘한 관계일 것이라고 생각했다.

두서너 명의 신사가 그의 옆에 있었는데 때때로 그 사람들이 하는 이야기가 내가 있는 구석진 자리까지도 들려왔다. 그러나 내 가까이 있는 루이저 이쉬튼 양과 메어리 잉그램 양의 대화 때문에 들려오는 내용이 토막토막 잘려 무슨 이야기인지 알아들을 수가 없었다.

그런데 마침 천만다행으로, 연기되었던 소풍에 관해서 결정지을 일이 있다고 그녀들이 방 저쪽으로 가자 나는 난롯가에 있는 사람들에게 주의를 집중시킬 수 있었다. 곧 이 신사가 메이슨 씨라는 것, 그가 영국에 온 지 얼마 되지 않았다는 것, 어느 열대 나라의 사람이란 것 등을 알 수 있었다. 그가 말한 자메이카니, 킹스턴이니, 스페니시 타운이니 하는 지방 이름으로 미루어 보아 그가 서인도 제도에 살고 있다는 것도 알 수 있었다.

그리고 나는 곧 이 신사가 로체스터 씨와 그곳에서 처음 알게 되었다는 것을 듣고 적지 않게 놀랐다. 페어팩스 부인에게 들어 로체스터 씨가 여행가라는 것을 알고 있었지만 나는 유럽 대륙만 여행했을 것으로 줄곧 생각하고 있었다.

이런 것에 골몰하고 있을 때 거의 생각지도 않던 사건이 내 생각을 중단시키고 말았다.

문이 열리고 하인이 들어와서는 지방 장관과 덴트 대령이 있는 곳으로 가더니 뭐라고 쑤군쑤군 이야기했다. 그러자 대령이 큰 소리로 말했다.

"여러분은 오늘 집시촌을 구경하러 가자고들 하셨는데, 여기 있는 샘의 말에 의하면 지금 하인 대기실에 할멈이 하나 와서 여러분의 운수를 점치고 싶으니 '양반님' 앞으로 안내해 달라고 고집을 피우고 있답니다. 여러분, 그 할멈을 만나 보시겠소?"

"당장 쫓아 보내세요!"

잉그램 남작 부인이 외쳤다.

"그렇지만 저로선 쫓아 보낼 도리가 없습니다, 마님."

하인이 말했다.

"얼굴이 어떤데?"

이쉬튼 자매가 동시에 물었다.

"아주 기막히게 못생긴 노파랍니다, 아가씨. 질그릇과 조금도 다름없는 새까만 얼굴을 하고 있어요."

"그럼, 진짜 무당이로군그래! 자, 이리로 부릅시다."

프레데릭 씨가 외쳤다.

그러자 지금까지 피아노 의자에 앉은 채 엎드려 갖가지 악보를 고르고 있던 잉그램 양이 돌아앉으며 거만한 투로 말했다.

"난 내 운명을 점쳐 보고 싶어요. 그러니까 샘, 그 할멈을 이리 보내 주세요. 멋진 오락이 될 테니!"

하인은 그래도 망설이고 있었다.

"너무 험상궂게 생겨서……."

"가라니까!"

잉그램 양이 소리를 꽥 지르자 샘은 나가 버렸다.

잠시 후에 샘이 다시 들어왔다.

"이젠 또 안 오겠답니다. 할멈은 속물들 앞에 나타나는 것은 자기가 할 짓이 아니라고 합니다. 다른 방으로 안내해 달라고 하면서 점을 쳐 보고 싶으신 분은 한 분씩 와서 보라고 합니다."

샘은 다시 사라졌고 사람들은 신비스러운 마음에 가슴을 조이고 있었다.

"준비가 다 됐습니다. 어떤 분이 제일 먼저 오실지 알고 싶답니다."

다시 돌아온 샘이 말했다.

"부인네들이 가 보기 전에 내가 그 할멈을 먼저 만나 보는 게 좋을 것 같군."

덴트 대령이 말했다.

"샘, 남자 어른이 가신다고 전해 줘."

샘이 나가더니 다시 돌아왔다.

"할멈 말이, 남자 어른의 점은 안 치니 구태여 오실 것 없다고 하는데요. 그리고 부인네들 중에서도 젊고 독신인 분이 아니면 아무도 안 된답니다."

"내가 먼저 가겠어요."

잉그램 양이 엄숙한 표정을 지으며 일어섰다.

몇 분의 시간이 몹시 더디게 지나갔다. 서재의 문이 열리기까지 15분이 걸렸다. 잉그램 양은 아치를 지나 손님들이 있는 곳으로 돌아왔다.

"그래 어때요?"

프레데릭 씨가 물었다.

"뭐라고 해요, 언니?"

메어리도 물었다.

"자, 자, 여러분! 제발 그렇게 너무 야단들 떨지 말아요. 무엇이나 신기해하고 쉽게 믿는 여러분은 흥분도 잘하는군요. 이 일을 중대하게 여기고 있는 걸 보니, 여러분은 이 집에 악마와 친척인 진짜 무당이 와 있는 것처럼 생각하고 계신가 보군요. 그 뜨내기 할멈은 케케묵은 수법으로 손금을 보고 보통의 점쟁이들처럼 지껄이더군요. 내

호기심도 그걸로 만족했어요."

잉그램 양은 책을 들고 의자에 몸을 기댔다. 나는 근 반 시간 동안이나 잉그램 양을 지켜보고 있었지만 그동안 그녀는 단 한 페이지도 넘기지 않았다.

침울한 얼굴로 침묵을 지키고 있는 것으로 보아, 그녀는 아무렇지도 않은 것처럼 하고 있었지만 마음속으로는 점쟁이가 한 말에 지나치게 신경을 쓰고 있는 듯했다.

한편 메어리 양, 에이미 양, 루이저 양이 혼자서는 갈 수 없다고 하여 샘이 정강이가 딱딱해질 만큼 오르락내리락한 결과 세 아가씨가 함께 들어와도 좋다는 허락을 받아내게 되었다. 그들은 서재로 들어간 지 20여 분이 지난 후에야 돌아왔다.

"분명히 저 점쟁이는 수상해!"

세 사람은 이구동성으로 외쳤다.

"우리들 일을 그토록 속속들이 알고 있다니……."

그들은 신사들이 재빨리 갖다 놓은 의자에 앉아서 부인들과 신사들에게 이야기를 했다.

이 야단법석 속에서 눈앞에 벌어지고 있는 광경에 나의 눈과 귀가 완전히 도취되고 있을 때, 내 옆에서 기침 소리가 들렸다. 돌아보니 샘이었다.

"저, 아가씨, 집시 할멈이 아직 독신 되시는 젊은 분이 한 사람 있는데 오지 않았다고 합니다. 모두 점을 치지 않으면 돌아가지 않겠다고 하는데, 제 생각 같아서는 틀림없이 아가씨 이야기를 하는 것 같

제인 에어 159

아서요…… 할멈에게 뭐라고 할까요?"

"아, 가야지요!"

나는 재빨리 대답했다. 자극된 호기심을 만족시킬 이 예기치 않았던 기회가 기뻤다. 나는 아무의 눈에도 띄지 않게 살짝 방을 빠져나와 가만히 뒤로 문을 닫았다.

19

내가 들어갔을 때, 서재는 고요했고 할멈은 난롯가 안락의자에 앉아 있었다.

나는 난로 앞에 깔려 있는 카펫 위에 서서 손을 녹였다.

"그래, 점을 쳐 보고 싶다고?"

그 할멈은 내 얼굴을 똑바로 바라보면서 거칠게 말했다.

"할머니, 운세 같은 건 아무래도 좋아요. 할머니 좋으실 대로 점쳐 주세요. 그러나 미리 말씀드리지만, 전 점 따윈 믿지 않아요."

"뻔뻔한 당신 같은 사람이 할 만한 얘기군. 그렇게 말할 줄 알았다니까. 들어올 때 발소리를 듣고 말이야."

"그래요? 굉장히 예민한 귀로군요."

"그렇지. 게다가 눈치도 빠르고 두뇌도 영리하고."

"모두 할머니 장사에는 필요하지요?"

"그래. 특히나 당신 같은 손님을 점칠 때 말이야. 그런데 왜 당신은 떨지 않소?"

"춥지 않은걸요, 뭐."

"당신은 춥고, 병들어 있고, 더구나 바보야."

"그걸 증명해 보세요."

"간단히 몇 마디로 말해 주지. 당신은 추운 거요. 그건 외로워서 그런 거야. 당신은 마음에 간직하고 있는 불같은 정열을 밖으로 내보이고 있지 않아. 그래서 병들어 가고 있고. 왜냐하면 인간에게 부여된 가장 우수하고 가장 고상하고 가장 즐거운 감정이 언제나 당신에게서 멀리 떨어진 곳에 있으니까."

"당신은 누구에게나 그렇게 말하죠? 커다란 저택의 고용인으로서 독신인 사람이라는 것을 알기만 하면."

"대부분의 사람들에게 그렇게 말할는지는 몰라도 그것이 모두에게나 맞는 말일까?"

"저와 같은 경우에는."

"당신은 특수한 처지에 처해 있는 사람이오. 행복은 바로 옆에 있어. 그렇지. 손 닿는 곳에 있다니까. 행복해질 재료는 다 갖추었어. 그러나 그걸 결합시키는 힘이 부족하지. 운명의 신이 그 재료들을 모두 흩어 놓았지. 그걸 한번 긁어 모아 보구려. 굉장한 행복이 찾아올 테니."

"전 수수께낀 몰라요. 평생 한 번도 수수께끼를 풀어 본 적이 없는걸요."

"좀더 잘 알고 싶거든 손바닥을 봅시다."

나는 노파가 시키는 대로 했다. 노파는 내 손바닥에 얼굴을 갖다 댔다. 그리고 손을 만지지는 않고 뚫어지게 들여다보기만 했다.

"너무 복잡하군. 도무지 난 이런 손금은 모르겠는데. 거의 금도 없군그래. 게다가 손바닥에 뭣이 있단 말인가? 아무 운명도 나타나 있지 않군."

할멈은 말을 이었다.

"당신의 운수는 아직 모르겠소. 운명의 신은 적당한 행복을 당신에게 할당해 놓았소. 당신이 손을 뻗어서 그걸 잡기만 하면 돼. 그렇지만 당신이 그걸 잡으려고 하느냐 안 하느냐를 내가 점치려고 하는 거야. 다시 한 번 카펫 위에 꿇어앉아요."

나는 그녀가 시키는 대로 꿇어앉았다. 할멈은 내가 있는 쪽으로 허리를 구부리지 않은 채 다만 의자에 기대앉아 물끄러미 나를 바라보았다. 그러고는 중얼대기 시작했다.

"행운을 방해하는 것은 이마밖에 없다. 너의 이마는 이렇게 예언하고 있어. '자존심과 환경이 그렇게 하라 하면 나는 독신으로 살 수가 있다. 행복을 사기 위해 영혼을 팔 필요는 없다. 나에게는 타고난 마음의 보물이 있어서 만일 외적인 즐거움이 일체 억제되거나 제공되고 내가 치를 수 없는 엄청난 값을 요구할 경우에도 그 보물은 나를 계속 살게 한다.'

네 말이 옳도다, 이마여! 너의 선언은 존중될지어다. 나는 여러 가지 계획을 세웠도다. 그것을 세우기 위해서, 나는 양심의 소리와 이성의 충고에 귀를 기울였다. 나에게 주어진 행복의 술잔 속에 조그만 치욕의 앙금이나 회한의 쓰라린 맛이 포함되었다고 하면, 내 청춘은 퇴색되고 꽃다운 계절은 얼마나 빨리 지나갈 것인가를 나는 알 수 있다. 나는 희생도 비애도 파멸도 바라지 않는다. 그것은 내 취미에 어울리지 않으니까.

지금 나는 이 순간을 영원이라는 곳까지 뻗어 나가게 하고 싶은 심정이었지만 감히 그럴 용기가 없다. 이제까지 나는 나 자신을 철저하게 자제해 왔다. 나는 결심한 대로 행동해 왔지만 그 이상은 힘에 부친 고통이 되리라. 일어나시오, 에어 선생! 그리고 가시오. '이제 연극은 끝났도다!'(셰익스피어 작 『헨리 4세』의 대사를 흉내낸 말)"

나는 지금 어디에 있는 것일까? 생시인가, 꿈인가, 지금까지 꿈을 꾸고 있는 것인가? 할멈의 목소리가 갑자기 변해 있었다. 말투나 몸짓이나 할 것 없이 모든 것이 거울에 비친 자신의 얼굴처럼, 자기 입에서 나오는 말처럼 나에게는 귀에 익고 눈에 젖은 것이었다.

나는 일어섰다. 그러나 나가지는 않았다. 나는 벽난로의 불을 일구어 다시 한 번 할멈을 보았다. 그러나 그녀는 모자를 눌러 쓰고 끈을 다시 매면서 손짓으로 나가라고 신호를 보내왔다. 불꽃이 그녀가 내민 손을 비추었다.

나는 말끔히 제정신으로 돌아와 그 할멈의 정체를 알아내려고 마음먹었는데 그때 눈에 띈 것이 그녀의 손이었다. 그것은 노인의 메마른 손이 아니라 젊은 내 손과 똑같았다. 둥그스름하고 부드러운 손에는 반질반질 윤기가 돌고 새끼손가락에는 굵은 반지가 번쩍이고 있었다. 허리를 굽혀 보니 그것은 지금까지 여러 번 본 적이 있는 보석이었다. 다시금 나는 할멈의 얼굴을 보았다.

그녀는 이제 감추려는 기색이 없었다. 아니, 모자를 벗고 끈을 풀어 그 얼굴을 내게 보이는 것이 아닌가?

"자, 제인, 날 알겠소?"

귀에 익은 목소리였다.

"제발, 그 붉은 망토를 벗어 버리세요. 그리고……."

"그런데 끈이 엉켰어. 좀 도와 주구려."

"끊어 버리세요."

"아, 그럼 가거라, 너 빚진 물건이여!"

붉은 망토 속에서 나온 사람은 로체스터 씨였다.

"어머나, 왜 이런 이상한 짓을 하시는 거예요?"

"감쪽같이 해냈지, 그렇지? 당신은 어떻게 생각하오?"

"아가씨들에겐 그럴듯하게 하셨죠."

"그렇지만 당신에겐 그렇지 못했단 말이지?"

"그래요."

"그럼, 내가 어떤 역을 했단 말이오?"

"좀처럼 설명할 수 없네요. 요컨대 저를 꾀려고만 하셨죠? 이것은 정당하다고 생각할 수 없어요."

"용서해 주겠소, 제인?"

"잘 생각해 보기 전에는 말씀드릴 수 없어요. 잘 생각해 봐서 제가 그다지 어리석은 짓을 하지 않았다면 용서해 드리도록 해 보겠어요.

하지만 정말 옳은 일은 아니었어요."

"아아! 당신은 정말로 잘못한 것이 없었어. 참으로 조심스럽고 예민했어. 자, 뭘 그처럼 고민하고 있는 거요? 그 심각한 미소는 뭘 의미하는 거요?"

"놀라움과 기쁨 때문이에요. 이젠 가도 괜찮겠지요?"

"아니, 잠깐만 기다려요. 저기 응접실에 있는 사람들은 뭣들을 하고 있는지 좀 말해 주구려."

"아마 집시 얘기를 하겠죠. 전 여기 오래 있지 않는 게 좋을 것 같아요. 벌써 11시가 다 되어 갈 거예요. 아참! 로체스터 선생님, 오늘 아침 떠나신 뒤에 손님이 한 분 오신 걸 아세요?"

"손님이라고? 모르오. 도대체 누구요? 내겐 올 손님이 아무도 없는데. 그래, 그 사람은 돌아갔소?"

"아뇨, 그분은 주인님과는 옛부터 잘 아는 사이라고 하시며, 돌아오실 때까지 여기서 묵게 해 달라고 하셨어요."

"그런 소릴 했어? 이름은 말합디까?"

"이름은 메이슨이라고 하셨어요. 서인도 제도 자메이카의 스페니시타운에서 왔다고 하신 것 같았어요."

"메이슨, 서인도 제도! 메이슨, 서인도 제도!"

로체스터 씨는 부들부들 떨리는 손으로 내 손목을 꼭 붙들고는 세 번이나 같은 말을 되풀이했다. 그러는 동안 그의 얼굴은 점점 창백해져 갔다. 그는 자기가 무슨 짓을 하고 있는지도 모르고 있는 듯했다.

"어디 몸이 불편하세요?"

"제인! 충격이야! 충격을 받았어, 제인!"

그는 비틀거렸다.

"아! 제게 기대세요!"

"제인! 언젠가 전에도 그 어깨를 빌려 주었지! 다시 한 번 빌려 주겠소?"

"예, 예, 이 팔도요."

그는 의자에 걸터앉더니 나를 옆에 앉혔다. 그러고는 이 세상에 다시없는 고민으로 가득 찬 눈길로 나를 바라보았다.

"내 친구여, 나는 당신과 단둘이서만 조용하고 조그만 섬에 가서 살고 싶소. 그리하여 괴로움과 위험과 불쾌한 추억들을 모두 떨쳐 버리고 싶소."

"제가 도울 수 있을까요? 선생님을 위해서라면 제 생명까지도 바치겠어요."

"제인, 혹시 도움이 필요하게 된다면 당신의 힘을 빌리겠소. 이건 약속하오."

"고맙습니다. 어떻게 하면 좋을지 말씀해 주세요. 모자라는 힘이지만 열심히 해 보겠어요."

"자, 제인, 부탁이 있소. 식당에서 포도주를 한 잔 가져다 주구려. 지금쯤 모두들 만찬을 들고 있을 테니. 그리고 메이슨이 손님들과 함께 있는지, 무엇을 하고 있는지 알려 주시오."

나는 식당으로 갔다. 로체스터 씨가 말한 대로 모두들 저녁을 먹고 있는 중이었다. 모두들 신이 나서 웃어대며 주고받는 말소리가 사방에 가득 차 있었다.

메이슨 씨는 덴트 대령과 이야기를 하며 난롯가에 있었는데, 다른 사람들과 마찬가지로 즐거워 보였다. 나는 포도주를 술잔에 따라 서재로 돌아왔다.

로체스터 씨의 얼굴은 극도로 창백한 빛이 사라지고 평소의 단호하고 엄격한 표정으로 돌아와 있었다. 그는 내 손에서 술잔을 받아들었다.

"당신과 나의 건강을 위하여, 나에게 정성껏 봉사하는 요정에게!"

그는 이렇게 한마디 하고는 포도주를 마시더니 잔을 내게 돌려주었다.

"제인, 모두들 무얼 하고 있소?"

"웃으면서 얘기를 나누고 계셨어요."

"그럼, 메이슨은?"

"그분도 마찬가지셨어요."

"그럼, 응접실로 어서 돌아가요. 그리고 메이슨 있는 데로 몰래 가서 로체스터 씨가 방금 돌아왔는데 만나고 싶어한다고 살짝 얘기해 줘요. 그를 이곳으로 안내해 준 뒤 자리를 비켜 줘요."

나는 로체스터 씨의 명령을 받고 그의 서재에서 물러 나왔다.

응접실로 돌아온 나는 메이슨 씨를 찾아가 그에게 주인의 말을 전한 다음, 메이슨 씨를 앞장세워 서재로 안내했다. 그리고 나는 2층으로 올라왔다.

한참 후, 내가 침대에 들고 상당한 시간이 지났을 때에야 비로소 응접실의 손님들이 각자 자기 방으로 몰려가는 소리가 들렸다. 그 가운데에는 로체스터 씨의, "여기야, 메이슨! 여기가 자네 방이네." 하는 목소리도 끼어 있었다.

그의 목소리는 쾌활했다. 그의 명랑한 말소리에 나는 안심을 하고 이내 잠이 들었다.

20

나는 매일 하던 침대 커튼 치는 것도 잊어버리고, 유리창의 덧문 내리는 것도 잊은 채 잠들어 버렸다. 그래서 밝은 보름달이 내 방의 창문 저쪽 하늘에 솟아 올라와 커튼이 가리지 않은 창 너머로 내 얼굴을 비춰 주었다.

나는 눈이 부셔서 그만 잠을 깼다. 한밤중에 잠이 깬 나는 눈을 크게 뜨고 달을 쳐다보았다. 그것은 아름다웠고 너무나 장엄했다. 나는 반쯤 몸을 일으키고는 팔을 뻗어 커튼을 치려고 했다.

그 순간 밤의 정적과 고요를, 그 안식을 두 갈래로 찢는 듯한 무시무시하고 날카로운 소리가 손필드 저택의 끝까지 울려 퍼졌다.

"사람 살려! 사람 살려! 사람 살려!"

급히 외치는 비명이 연달아 들려왔다.

"아무도 없소?"

그리고 곧 이어, "로체스터! 로체스터! 로체스터! 제발 부탁이야, 좀 도와 줘." 하는 비통한 소리가 나고, 어느 침실문이 열리는 소리가 들려왔다.

나는 공포에 떨면서도 눈에 띄는 아무 옷이나 몸에 걸치고 밖으로 뛰어나왔다. 잠자고 있던 다른 사람들도 모두 공포에 질려 부들부들 떨면서 복도로 나왔다.

"도대체 로체스터는 어디 있소?"

덴트 대령이 외쳤다.

"여기 있소! 여기!"

복도 끝에 있는 문이 열리며 로체스터 씨가 손에 촛불을 들고 나타났다. 귀부인 중의 한 사람이 그에게로 곧장 달려가 그의 팔을 붙들었다. 그녀는 잉그램 양이었다.

"무슨 끔찍한 일이라도 생겼나요?"

"다 끝났소. 다 끝났어! 저건 『헛소동(셰익스피어의 희극)』의 연습이었소. 여러분, 비켜 서시오."

이렇게 말하는 로체스터 씨는 무섭게 보였다.

"여자 하인 한 사람이 꿈속에서 가위에 눌리곤 하는 버릇이 있소. 그것뿐이오. 이젠 각자 자기 방으로 돌아가시오. 신사분들은 부인들에게 모범을 보이시오. 그리고 부인, 이 추운 복도에 오래 계시면 틀림없이 감기 드십니다."

로체스터 씨가 이렇게 말하자 모두들 각자의 침실로 돌아갔다. 나도 나왔을 때와 마찬가지로 아무도 모르게 살며시 방으로 돌아왔다.

그러나 잠자리에는 들지 않았다. 다시 조심조심 옷을 주워 입었다. 조금 전 외마디 비명 다음에 들린 말소리를 들은 것은 아마도 나뿐일 것이다. 그것은 바로 내 방 위쪽에서 난 소리였기 때문이다.

그리고 내가 확실히 짐작할 수 있는 것은, 온 저택 안을 공포의 분위기로 몰아넣은 것은 로체스터 씨의 말대로 하녀의 꿈이 아니라는 것이다. 그가 한 설명은 손님들을 안심시키기 위해서 짐짓 꾸며낸 것에 지나지 않았다. 그래서 만일의 경우에 대비해 나는 옷을 입었던 것이다.

나는 오랫동안 창가에 앉아서 조용한 뜰과 은빛 들판을 바라보면서 뭐가 될지는 몰라도 어떤 사태를 기다리고 있었다. 그 기괴한 부르짖음, 쿵쾅거리며 맞잡고 싸우던 소리, 그리고 커다란 비명 속에서 무슨 일인가 벌어지고 있음에 틀림없다고 나는 확신했다.

그러나 아무 일도 일어나지 않았다. 소곤거리는 말소리와 인기척이 하나하나 사라지고 한 시간쯤 지난 손필드 저택은 다시 사막처럼 고요해졌다. 저택의 권위를 되찾은 것 같았다. 그러는 동안에 달은 기울어 마침내 지려 하고 있었다. 추위와 어둠 속에 마냥 앉아 있기도 거북하여 옷을 입은 채 침대에 누울까 하고 생각하다가 창가를 떠나 카펫 위를 소리없이 걸어 보았다. 몸을 굽혀 구두를 벗으려는데 나직이 문을 두드리는 소리가 났다.

"누구세요?"

"깨어 있소?"

예상했던 음성, 주인 로체스터 씨의 목소리가 들렸다.

"옷을 입고, 가만히 나와요. 부탁이 있소. 이리 나오시오. 서두르지 말고 조용히 오시오."

나는 소리없이 그의 뒤를 따라서 어느 자그마한 문 앞에 섰다.

"당신 방에 탈지면이 있소?"

그가 낮은 소리로 물었다.

"네, 있어요."

"각성제는? 휘발성 각성제 말이오."

"있어요."

"그럼 가서 그 두 가지를 다 가져오시오."

나는 되돌아와서 세면대에서 탈지면을 꺼내고 서랍에서 각성제를 찾아 3층으로 다시 올라갔다.

그는 구멍에 열쇠를 꽂고 문을 열었다. 방에 들어선 로체스터 씨는 촛불을 놓으면서, "잠깐만 기다려요." 하고 안으로 들어갔다.

잠시 후, "이리로, 제인!" 하는 소리가 들렸다. 나는 커다란 침대 저쪽으로 갔다. 거기에는 한 남자가 웃옷을 벗은 채 의자 위에 앉아 있었다. 셔츠의 한쪽과 팔이 거의 피에 젖은 그는 손님인 메이슨 씨였다.

로체스터 씨는 내 손에서 탈지면을 받아 물에 적셔서 메이슨의 얼굴을 닦았다. 그러고는 내게 약병을 달래서 메이슨 씨의 콧구멍에 갖다 댔다. 그러자 메이슨 씨가 눈을 뜨며 신음 소리를 냈다.

"상처가 심한가?"

메이슨 씨가 분명치 않은 소리로 물었다.

"아니야, 그렇지 않아. 가벼운 찰과상이니 상심하지 말게. 제인, 이 방에서 이 신사와 함께 한두 시간가량 있어 줘야겠소. 내가 가서 의사를 불러올 테니. 내가 한 것처럼 피가 흐르면 탈지면으로 닦아 주시오. 그리고 당신은 어떤 일이 있더라도 저 남자에게 말을 걸어선 안 되오. 그리고 리처드, 자네도 말을 하면 안 되네. 그 결과에 대해선 난 책임질 수 없으니까."

로체스터 씨는 잠시 후 방을 나가더니 밖에서 문을 잠갔다. 이렇게 해서 나는 3층에 있는 수수께끼의 작은 방에 갇히게 되었다.

'언제쯤 돌아오실까?'

지루한 밤이 계속되었다. 날도 새지 않고 로체스터 씨도 오지 않아 나는 불안하고 초조해졌다. 나는 메이슨 씨의 입술에 물을 적셔 주기도 하고, 정신을 차리도록 약병을 코에다 대 주기도 했다.

촛불은 점점 작아져서 마침내 꺼지고 말았다. 촛불이 꺼지자, 커튼 가에 몇 줄기 회색 광선이 비치는 것을 보았다. 날이 새고 있는 것이었다.

그 후 5분쯤 뒤, 그러니까 로체스터 씨가 나가고 두 시간 정도 경과했을 무렵, 열쇠 소리가 들렸다.

그리고 곧 로체스터 씨가 들어왔다. 그가 모셔 온 외과 의사도 따라 들어왔다.

"자, 카터, 민첩하게 해 주게."

그는 외과 의사에게 말했다.

"30분 이내에 상처를 치료하고, 붕대를 감고, 환자를 아래층으로

운반해 주어야겠네."

로체스터 씨는 두꺼운 커튼을 올려 바깥 빛이 들어오게 했다. 이미 외과 의사는 메이슨을 치료하고 있었다.

"여보게, 좀 어떤가?"

로체스터의 물음에 메이슨 씨가 힘없이 대꾸했다.

"죽을 것 같아."

"그럴 리가 있나? 용기를 내라고. 두 주일만 지나면 곧 회복될 거야. 카터, 위험하지 않다고 말해 주시오."

"내 양심을 걸고 보증합니다. 좀더 빨리 왔더라면 좋았을걸. 그랬으면 이렇게 피를 흘리지 않아도 되었을 텐데. 아니, 그런데 이건 어찌 된 일입니까? 어깨 살점은 잘려진 게 아니고 찢겨졌어요. 여기 이빨 자국이 있어요."

"그 여자가 이빨로 물어뜯었어. 로체스터가 칼을 빼앗자, 그 여자가 암호랑이처럼 덤벼들었어."

"자네는 당하고만 있었네. 그냥 껴안고 덮쳤어야 했는데."

로체스터 씨가 말했다.

"하지만 그 상황에서 어떻게 손을 쓸 수가 있단 말인가? 오, 무서운 일이었어. 처음엔 아주 얌전했는데, 정말 뜻밖이었어."

"그러게 내가 미리 경고했잖아. 자! 카터, 빨리빨리! 해가 곧 뜰 텐데. 이 친구를 빨리 떠나 보내야지."

"예, 곧 됩니다."

외과 의사 카터가 서둘러 치료를 끝내자, 로체스터 씨는 곧 메이슨 씨를 떠나 보낼 채비를 차렸다. 모든 준비가 끝나자 어느새 5시 30분이 되었다. 바야흐로 해가 솟으려던 참이었다.

뒤뜰은 고요했지만 대문은 활짝 열려 있었고 거기에는 마차가 준비되어 있었다. 나는 조심조심 사방을 두리번거리며 귀를 기울였다. 주위는 모두 잠들어 있었다.

이윽고 로체스터 씨 일행이 왔다. 메이슨 씨는 로체스터 씨와 외과 의사의 부축을 받고 있었는데, 꽤 잘 걷는 것 같았다. 두 사람은 메이슨 씨를 도와 마차에 올랐다. 곧 이어 카터가 뒤따라 탔다.

"잘 돌봐 주게."

로체스터 씨는 뒤에 탄 외과 의사에게 부탁을 했다. 이윽고 마차가 조심스럽게 떠났다.

"어쨌든 모든 것이 이걸로 끝났으면 좋겠는데."

육중한 대문을 닫고 빗장을 지르며 로체스터 씨가 말했다.

이제 내 일은 다 끝났다는 생각이 들어 방으로 돌아가려 했을 때, "제인!" 하고 부르는 소리가 났다.

"잠깐 동안만이라도 신선한 공기를 마십시다."

로체스터 씨가 말을 이었다.

"저 집은 꼭 동굴 같아. 그렇게 생각하지 않소?"

"제겐 훌륭한 저택으로 보입니다."

"무경험이라는 마력이 그대의 눈을 가리고 있기 때문이오. 자, 여기야말로 보다시피 뭐든 참되고 감미롭고 깨끗한 것뿐이오."

그는 우리가 서 있는, 나뭇잎이 무성한 울타리를 보면서 말했다.

"제인, 해가 뜬 아침을 좋아하오? 저 높고 엷은 구름이 떠 있는 하늘의 고요하고 향긋한 분위기를 좋아하오?"

"좋아해요. 정말 좋아해요."

"당신은 괴상한 하룻밤을 지냈지, 제인?"

"그래요."

"간밤 내내 한숨도 못 자고 지쳐서 안색이 나빠졌군. 당신을 메이슨 곁에 남겨 두고 갔을 때, 겁이 나지 않았소?"

"저 구석방에서 누가 나오지 않을까 하고 무서웠어요."

"그렇지만 문은 잠가 두었는걸. 귀여운 새끼 양을 아무렇게나 늑대의 소굴 가까운 곳에 남겨 놓고 가 버렸다면 경솔한 목동이었을 테지."

"그레이스 풀은 앞으로도 여기에서 살게 되나요?"

"암, 그렇고말고! 당신은 그까짓 것 때문에 신경 쓸 필요가 없소."

"저 여자가 여기에 있는 동안은 선생님의 생명이 아무래도 안전하지 않을 것 같아서요."

"절대 걱정하지 말아요. 어련히 내 몸을 내가 주의하려고."

"어젯밤 걱정하셨던 위험한 일이 이젠 다 사라져 버렸나요?"

"거기에 대해선 메이슨이 영국을 떠나지 않는 한 나로선 단정할 수 없소. 설사 떠나고 난 다음이라도 단언은 못해. 살아 있다는 것이 내게 있어선 언제 터질지 모르는 폭탄을 안고 있는 것과 마찬가지니까."

"메이슨 씨더러 조심하라고 하세요. 그리고 선생님께서 걱정하고 있다는 것을 알리시고 위험을 모면하는 방법도 가르쳐 드리세요."

"내가 그걸 할 수 있다면, 이 바보 아가씨야, 위험이 어디 있겠어? 위험 따위는 당장에 없어지겠지. 내가 메이슨을 안 후 난 그에게, '이걸 하게.' 하고 말하기만 하면 그대로 이루어지곤 했어. 그러나 이번엔 명령할 수가 없어. 그건, 내가 악을 끼칠 수 있다는 것을 그에게 끝까지 알리지 말아야 하기 때문이야. 뭐가 뭔지 모르겠다는 눈치군. 더욱더 뭐가 뭔지 모르게 해 주지. 당신은 내 친구지?"

"저는 당신께 도움이 되고 싶어요. 올바른 일이라면 뭐든지 하겠어요."

"맞았소, 당신은 그렇게 할 거요. 당신이 올바르지 않다고 생각하는 일을 내가 해 달라고 부탁했다면 그처럼 가벼운 걸음걸이로 뛰어다니지 않았을 것이고, 재빨리 일을 해치우지도 않았을 거요. 그리고 생기 있는 시선과 활기찬 표정으로 나를 대하지도 않았을 거요. 하지만 충실하고 친절한 친구이기는 해도 당신이 느닷없이 나를 찌를지도 모르니까 내 약점을 당신에게 가르쳐 줄 것까지는 없지 않소?"

"당신이 저를 두려워하지 않는 것처럼 메이슨 씨의 일도 두려워하지 않는다면 이제 당신은 안전하신 게 아니겠어요?"

"아무쪼록 그래야지. 여기 앉을 곳이 있군. 제인, 여기 앉아요."

로체스터 씨는 통나무 의자에 걸터앉아 내가 앉을 자리를 마련해 주었다. 그러나 나는 그냥 옆에 서 있었다.

"어서 여기 앉아요. 이 벤치는 두 사람이 넉넉하게 앉을 수 있어. 당신은 내 옆에 앉는 것을 주저하지 않겠지, 제인?"

나는 대답 대신 벤치에 걸터앉았다. 그러자 로체스터 씨가 말을 꺼냈다.

"자, 나의 친구, 상상력을 동원해야 해요. 가령 말이오, 당신이 지금 제멋대로 자라난 소년이라고 가정해 보시오. 머나먼 외국 땅에 있다고 생각하고, 거기서 커다란 실수를 범했다고 상상하는 거요. 어떤 성질의 것인지, 어떤 동기에서인지 그건 아무래도 좋고, 다만 실수의 결과가 일평생 당신을 따라다니고, 그 오점은 죽을 때까지 지워지지 않는다고 합시다. 당신이 범한 실수의 결과가 머지않아 당신에게 도저히 견딜 수 없는 것이 되어, 당신은 구원을 얻을 만한 방법을 강구하오. 당신은 유랑 속에서 안식을 구하고, 관능적인 쾌락 속에서 행복을 구하려고 이곳저곳을 방랑한단 말이지. 그렇게 당신에게 가해진 몇 해의 귀양살이 끝에 시들어 버린 영혼과 마음을 안고 당신은 고향에 돌아오게 되오. 당신에게 새 친구가 생기고, 그래서 당신은 이때까지보다 더 고상한 희망과 깨끗한 감정이 넘치는 시절이 돌아왔다고 느끼게 되오. 당신은 새로운 생활을 시작하기 바라며, 당신의 남은 여생을 불멸의 존재에 적합할 만한 방법으로 보내고 싶다고 원하고 있소. 그렇다면 당신은 이 소원을 달성하기 위해 관습이라고 하는 장애물을 뛰어넘어도 괜찮소? 보잘것없는 관습적인 장애를 말이오."

그는 말을 마치고 대답을 기다렸지만 나는 어떠한 말로도 대꾸할 수가 없었다. 아아, 현명하고 슬기로운 해답을 가르쳐 줄 착한 요정이라도 곁에 있었으면! 그러나 그것은 터무니없는 기대였다. 서풍이 내 주위의 담쟁이 덩굴 앞에서 속삭이고 있었지만, 그 입김을 말로 대신 빌려 줄 상냥한 요정은 나타나지 않았다.

다시 로체스터 씨가 물었다.

"방황을 거듭하고 죄가 많기는 하지만 지금은 안식을 구하여 뉘우치고 있고, 세상의 말을 무시하고 다정한 새 사람을 영원히 자기 곁에 붙들어 놓고 그에 의하여 마음의 평화와 갱생을 얻기를 바라고 있는데 말이오."

"떠돌아다니는 분의 안주라든지 죄 많은 사람의 갱생이라는 것은 절대 인간의 힘에 의해서는 안 된다고 생각해요. 만일 선생님께서 아시는 분이 고통을 당하고 죄를 범한다면, 회개하여 고쳐 나갈 힘과 괴로움을 없앨 위안을, 같은 인간보다는 자기보다 좀더 높은 데 계시는 분에게 구하도록 충고해 주세요."

내가 대답했다.

"귀여운 친구 제인, 당신은 내가 잉그램 양에게 호의를 품고 있다는 것을 벌써 눈치챘지? 만일 그 사람과 결혼한다면, 그녀가 나를 갱생해 주리라 생각하지 않소?"

그는 내게 대답할 기회도 주지 않고, 말을 마치자 벤치에서 벌떡 일어나 길 저편 끝까지 걸어갔다. 그러고는 다시 돌아오더니, "제인, 언제 또다시 나와 함께 밤샘을 해 주겠소? 나는 당신에게라면 내 애인 이야기도 할 수 있어. 당신은 그 사람을 벌써 알고 있으니까. 그 같은 사람은 좀 드물지, 제인?" 하고 물었다.

"네, 그래요."

"건강하고 정말 큰 여자요, 제인. 체구가 크고, 거무스름하고, 살이

찌고…… 저런, 덴트하고 린이 마구간에 있군! 당신은 저쪽 문으로 해서 숲을 지나 집 안으로 들어가시오!"

그리하여 나는 한쪽 길을 돌아서 숲을 지나 집으로 돌아왔다. 그때 로체스터 씨는 또 다른 길로 해서 언제 돌아왔는지 뒤뜰에서 즐겁게 이야기를 나누고 있었다.

"메이슨은 오늘 아침, 여기를 떠나 버렸네. 난 4시에 일어나서 전송했네그려."

21

그 다음날 오후, 나는 페어팩스 부인 방에서 누가 나를 기다린다는 전갈을 받고 아래층으로 내려갔다. 나를 기다린 사람은 검은 상복을 입고 검은 크레이프를 감은 모자를 쓴, 어느 신사의 몸종처럼 보이는 남자였다.

"아마 기억을 못하시겠지만, 저는 레븐이라고 합니다. 8, 9년 전에 아가씨께서 게이츠헤드에 계셨을 때 리드 부인의 마부 노릇을 했던 사람입니다."

내가 바에 들어서자마자, 그 사람은 의자에서 일어나며 말했다.

"아아, 로버트! 안녕하세요? 기억하고말고요. 그런데 베시는? 베시와 결혼하셨다죠?"

"네, 그랬습니다. 감사합니다. 집사람은 잘 있어요. 그런데 존 도련님이 런던의 하숙집에서 그만 돌아가셨답니다. 어제로 일주일째 되었죠."

"존 도련님이?"

"네. 존 도련님이 돌아가셨다는 소식을 듣고 마님께선 기절하셨지요. 그런데 어제 아침 마님께서, '제인을 데려와. 제인에게 사람을 보내. 제인에게 할 말이 있어.'라고 말씀하셔서 제가 어제 게이츠헤드를 떠나왔습니다. 그래서 만일 아씨께서 준비만 되시면 내일 아침 일찍 모시고 갈까 합니다."

"좋아요, 준비하죠. 로버트, 아무래도 내가 가 봐야겠어요."

나는 그를 하인들 방으로 안내해 주고 로체스터 씨를 찾으러 갔다. 로체스터 씨는 아래층 어디에도 없었다.

페어팩스 부인이, 로체스터 씨는 잉그램 양과 함께 당구장에서 당구를 치고 계실 거라고 해서 나는 당구장으로 급히 달려갔다.

내가 잉그램 양 옆에 있는 로체스터 씨에게로 다가가자 그녀는 거만한 눈길로 내 쪽을 쳐다보았다. 그리고 내가, "로체스터 선생님." 하고 나지막한 목소리로 부르자 마치 썩 물러가지 못하겠느냐는 듯한 눈초리로 나를 쏘아보았다. 나는 이때의 그녀의 모습을 잊을 수가 없다.

"저 사람이 당신에게 볼일이 있다고요?"

그녀는 로체스터 씨에게 물었다. 로체스터 씨는 돌아서서 잉그램 양이 가리키는 '저 사람'을 보았다. 그는 알 수 없다는 표정을 짓더니 큐를 내던지고는 내 뒤를 따라 방을 나왔다.

"무슨 일이오, 제인?"

"한 1, 2주일 동안 휴가를 주셨으면 합니다."

"무엇 때문에?"

나는 로체스터 씨가 묻는 말에 경위를 설명하고는 휴가를 받았다. 그리고 다음날 아침, 나는 그가 채 일어나기도 전에 손필드를 떠났다.

5월 1일 오후, 게이츠헤드에 도착한 나는 저택 안으로 들어가기 전에 먼저 저택 문지기의 집에 발을 들여놓았다. 아주 깨끗하고 아담한 집이었다. 베시는 난로 앞에 앉아서 아이에게 젖을 먹이고 있다가 나를 반갑게 맞아 주었다.

그녀가 아이를 내려놓고 분주하게 왔다갔다하는 것을 바라보고 있노라니까, 옛 생각들이 불현듯 머릿속에 떠올랐다.

차 준비가 다 되어 내가 테이블 가까이로 다가가자, 그녀는 내가 어렸을 때 했던 것처럼 그 자리에 앉아 있으라고 했다. 그리고 차 대접은 난롯가에서 받아야 한다고 이르고는, 몰래 집어 온 맛있는 음식을 아이들 방 의자에 올려놓고 나에게 먹여 주던 옛날처럼 찻잔과 토스트 접시를 얹은 둥글고 작은 상을 놓았다. 나는 웃으면서 그 옛날처럼 그녀가 시키는 대로 따랐다.

그녀는 내가 손필드 저택에서 행복한지, 또 마님은 어떤 분인지 알고 싶어했다. 내가 남자 주인밖에 없는 집이라고 대답하자 그가 훌륭한 신사인지, 그 사람이 내 마음에 드는지 물어 왔다. 나는 주인어 미

남자는 아니지만 진짜 신사로서, 나에게 친절하게 대해 주므로 만족한다고 말했다. 그리고 요즈음 그 댁에 묵고 있는 멋쟁이 손님들에 대한 이야기도 해 주자, 베시는 세세한 것까지 흥미있어했다. 그녀는 그런 이야기를 좋아했다.

이런 이야기를 주고받는 동안, 금방 한 시간이 지나갔다. 베시는 내게 모자를 씌워 주고 옷을 입혀 주었다. 나는 그녀를 따라 문지기 집을 나와 저택으로 향했다. 지금 걸어 올라가는 좁은 길은 9년 전 그녀와 함께 내려왔던 길이다. 어둡고 안개가 짙은 정월의 으스스한 아침, 나는 절망적이며 비참한 심정으로 세상에서 추방되고 하느님께도 버림받은 듯한 느낌으로, 멀고 낯선 목적지 로드에서 새로운 삶의 터전을 얻으려고 이 원망에 사무친 지붕 밑을 빠져나갔던 것이다. 그 지붕이 이제 내 눈앞에서 다시 나타나고 있었다.

나는 곧장 식당으로 들어섰다. 거기에 있는 가구 하나하나는 내가 처음 브로클허스트 씨에게 소개되던 아침, 그대로였다. 그가 서 있던 난로 앞의 카펫은 지금도 역시 난로 앞에 깔려 있었다.

내가 들어서자 젊은 귀부인 두 사람, 엘리자와 조지아나가 나를 맞으려고 의자에서 일어났다.

"오랜만인데?"

조지아나의 목소리는 여전히 쌀쌀맞고 무뚝뚝했으며, 차디찬 눈초리 등은 마음속으로 생각하고 있는 것을 유감없이 상대방에게 드러내고 있었다.

"리드 부인께선 좀 어떠세요?"

내가 서슴지 않고 당돌하게 묻자, 생각지도 않았던 버릇없는 짓이라고 생각한 듯 그녀는 나를 모르는 체하는 편이 좋겠다고 마음먹은 것 같았다.

"리드 부인이라고? 엄마 말이군. 엄마는 너무 허약해지셔서 오늘 밤 뵙게 될는지 모르겠어."

"2층에 올라가서 내가 왔다는 것만 좀 알려 드렸으면 좋겠는데."

조지아나는 깜짝 놀라는 표정이었다.

"리드 부인이 나를 각별히 만나고 싶어하시는 걸로 알고 있는데." 하고 말을 꺼냈다. 그리고 이어서, "그래서 만나고 싶어하시는 소망을 들어 드리기 위해 시간을 지체하고 싶진 않아요."라고 말한 후에 태연히 모자와 장갑을 벗었다. 그리고 베시를 만나 여쭤 보게 한 다음 그 밖의 조처를 취하기로 했다.

저쪽에서 거만하게 나오면 움츠러들던 것이 지금까지의 내 습관이었다. 일년 전의 나였더라면 아마 도착한 다음날 당장 이 집을 떠날 결심을 했을 것이다. 그러나 지금은 그런 짓을 하는 것은 어리석다고 생각했다.

나는 리드 부인의 딸들의 거만한 태도나 어리석음을 못 본 체하고 무관심한 태도로 이 집 가정부에게 방을 하나 정해 줄 것과 이 집에서 1, 2주일 머무를 것이라고 지시했다. 그러고는 베시의 안내도 받지 않고 앞질러 리드 부인의 방문을 열었다. 나는 침대 옆으로 다가가서 커튼을 젖히고 높이 쌓아 올린 베개 위로 허리를 굽혔다.

내 앞에는 내가 너무나 잘 기억하고 있는 얼굴이 있었다. 지난날 나는 심한 분노와 증오를 간직한 채 이 여인과 작별했었다. 이제 나는 이 부인의 문병을 와서 지난날 그녀가 저질렀던 일체의 부정을 용서하고, 모든 과거를 까맣게 잊어버린 채 화해를 하고 다정한 마음으로 그의 손을 잡아 보겠노라는 간절한 소망으로 불타고 있었다.

부인의 얼굴을 바라보고 있자니 과거의 공포와 슬픔이 뒤범벅이 되어 생생하게 되살아났지만, 그래도 나는 허리를 구부린 채 그녀에게 키스를 했다.

리드 부인은 침대에 누운 채로 살며시 눈을 뜨더니, "아니, 언제 왔니? 꼭 한 번 보고 싶었는데······." 하고 말했다.

그 후 부인은 나에게 많은 이야기를 해 주었다. 어렸을 때 나를 미워했던 일, 그리고 3년 전에 온 내 삼촌의 편지······. 그 편지의 답장에 내가 죽었다고 써 보냈다는 것과, 자신의 남편이 죽을 때 나를 잘 양육하라고 부탁했다는 것 등등······.

고통을 당하고 있는 가엾은 여인! 습관이 되어 있는 악한 마음씨를 이제 와서 고치려고 노력해도 이미 때는 늦어 버렸다. 그녀는 죽어 가면서도 나를 미워하고 있었다.

그녀는 나에게 편지 이야기를 해 준 날 밤 자정에 숨을 거두었는데, 그녀가 눈을 감을 땐 그 자리에 나도 없었고 딸들도 없었다.

한때는 건강하고 활동적이던 리드 부인의 시신은 나에겐 기이하고 음울하게만 보였다. 리드 부인의 시신이 입관될 때 우리들 중 누구 한 사람도 눈물 한 방울 흘리지 않았다.

22

로체스터 씨는 내게 단지 일주일의 휴가를 주었을 뿐인데 게이츠헤드에서 이럭저럭 벌써 한 달이 지나가 버렸다.

그동안 페어팩스 부인으로부터 온 편지에 의하면, 손님들은 다 떠나 버렸고, 로체스터 씨가 3주일 전에 런던에 가셨는데 2주일 내로 돌아오실 예정이라고 했다. 페어팩스 부인은 로체스터 씨가 새 마차를 사 오겠다고 하는 것으로 보아 아마 결혼 준비차 런던에 간 것 같다고 했다.

나는 페어팩스 부인에게 돌아갈 정확한 날짜를 알려 주지 않았다. 밀코트까지 마중 나오는 것을 바라지 않았기 때문이었다. 저택까지 가는 길을 혼자서 조용히 걷고 싶었던 것이다.

저택이 점점 가까워짐에 따라 나의 마음은 들뜨게 되었다.

'페어팩스 부인은 다정하게 웃으며 나를 맞아 줄 거야. 그리고 아델도 나를 보면 손뼉을 치며 좋아하겠지. 그러나 네가 기대하고 있는 것은 그 두 사람이 아닌 다른 사람이고, 그 사람은 네 생각 따위는 하고 있지도 않다는 것을 너도 잘 알고 있잖아.'

그러나 젊음처럼 고집스런 것이 또 있을까? 무경험처럼 맹목스런 것이 또 있을까? 그러한 것이 비록 로체스터 씨가 나를 보아주든 말든, 다시 그의 얼굴을 볼 수 있는 은혜를 입는 것만으로도 기쁜 일이라고 생각하게 했다.

'자, 빨리 가자, 빨리! 같이 있을 수 있는 한 그분과 함께 있는 게 좋아. 며칠 동안, 아니 기껏해야 2, 3주일 동안이지만, 그 시간이 지나면 그분과도 영원히 이별이다!'

그래서 나는 새로 생긴 고민을 무시해 버리고 달리기 시작했다.

나는 집으로 가는 좁은 돌계단에서 로체스터 씨가 수첩과 연필을 가지고 뭔가를 적고 있는 것을 발견했다. 그런데 그를 본 순간 나의 긴장했던 온 신경은 확 풀리고 말았다.

"여어!"

그는 나를 보자 이렇게 소리치고는 수첩과 연필을 걷어치웠다. 그리고 나서, "돌아오셨군그래! 자, 이리 와요." 하고 다정한 목소리로 말했다.

나는 태연하게 그의 옆으로 가려고 했으나 얼굴 근육이 건방지게도 내 의지를 거역하고, 감추려 했던 감정을 드러내려고 덤비고 있었다. 그러나 다행히도 모자의 베일을 늘어뜨리고 있었기 때문에 당황해하지 않고 침착한 태도를 취할 수 있었다.

"그래, 제인 에어, 밀코트에서부터 걸어왔소? 그렇지. 당신에게 어울리는 장난이야. 그런데 도대체 당신은 지난 한 달 동안 뭘 했소?"

"외숙모님 댁에 있었어요. 그분은 돌아가셨어요."

나는 힘없이 대답했다. 그러자 로체스터 씨는 나를 물끄러미 쳐다보며 말했다.

"꼭 한 달 동안이나 내게서 떠나 있으면서 나를 까마득하게 잊고 있었지. 그렇지?"

다시 그를 만나게 되면 무척 기쁠 것이라는 것을 나는 잘 알고 있었다. 그가 머지않아 곧 나의 주인이 아닌 남이 된다는 불안이나, 그분에게 있어서 나는 아무것도 아니라는 자각 때문에 가슴이 갈기갈기 찢길 듯 아팠지만, 그러나 로체스터 씨에겐 언제나 행복을 느끼게 해 줄 수 있는 힘이 있었다.

그의 나중 말은 나에게 달고 향기로운 것이었다. 그 말은 내가 자기를 잊고 있었는지의 여부가 그에게 중요한 뜻을 지닌다는 것을 슬며시 드러내고 있었기 때문이다.

로체스터 씨는 때때로 내가 입 밖에도 내지 않은 마음속의 생각을, 나로선 이해할 수 없는 날카로운 눈으로 알아차리곤 했다. 그는 독특한 미소를 지으며 나를 쳐다보고 있었다. 그의 웃는 얼굴은 정말로 부드러운 감정이 담긴 햇살 같았다.

"집에 돌아가서 그 걸음에 지친 조그마한 다리를 쉬도록 하시오."

그날 밤, 나는 미래의 일은 생각하지 않으리라고 눈을 꼭 감아 버렸다. 머지않아 다가올 이별과 점점 가까워지는 슬픔을 경고하는 끊임없는 마음의 소리에 귀를 막았다.

손필드 저택으로 돌아와 평안이 깃든 2주일이 계속되었다. 주인의 결혼에 관해서는 아무 말도 나오지 않았고, 결혼식 준비도 하는 것 같지 않았다. 내가 기운을 잃고 침울한 기분에 잠겨 있을 때는 오히려 그가 나의 기분을 맞춰 주었는데, 이처럼 나에게 친절하게 대해 준 적도 지금까지 없었다. 그리고, 아! 그때만큼 내가 그를 그토록 애타게 사랑해 본 적도 없었다.

23

 찬란한 한여름의 태양이 온 영국을 두루 비치던 성 요한제 날 저녁, 반나절 동안 산딸기를 따먹느라고 지친 아델은 해가 지자 곧 잠에 빠졌다. 나는 아델이 잠드는 것을 지켜보다가 정원으로 나왔다. 하루 스물네 시간 중에서 제일 기분 좋은 시간이었다. 동녘 하늘은 점점 맑고 짙푸른 빛깔의 매력을 드러내고, 막 떠오르는 외로운 별 하나가 나타났다. 머지않아 거기에서는 둥근 달이 방긋 웃으며 떠오르겠지만, 아직 지평선에 나타나지는 않았다.
 나는 한참 동안 정원을 거닐었다. 그런데 코에 익은 기묘한 냄새—담배 냄새—가 어느 창가에서 풍겨 왔다. 서재의 창문이 손바닥만큼 열려 있었다. 그쪽에서 내가 내다보일 것이라는 생각이 들자, 나는 과수원으로 들어갔다. 울타리 위쪽에 있는 화단과 과수원 사이를 얼마간 걷고 있노라니까, 또다시 뭔가를 느끼게 하는 그윽한 향기가 맡아졌다. 이 새로운 향기는 관목에서 나는 것도 풀에서 나는 것도 아니었다. 그것은 내가 익히 알고 있는 로체스터 씨의 담배 냄새였다. 그림자도 보이지 않고 가까이 다가오는 소리도 들리지 않는데, 향기는 점점 더 짙어졌다.
 나는 관목 숲으로 통하는 쪽문을 향해 걷다가, 로체스터 씨가 들어오는 것을 보았다. 나는 담쟁이 덩굴이 무성한 구석진 숲으로 몸을 숨겼다. 이때 커다란 나방 한 마리가 내 옆으로 날아가더니 로체스터 씨 발 근처에 있는 풀 위에 앉았다. 그는 그것을 좀더 자세히 보려고 허리를 굽혔다.

그사이에 나는 들키지 않고 살짝 지나가려고 조약돌투성이의 자갈길을 피해 잔디밭 가장자리를 건너질렀다. 내가 그의 그림자를 지나쳐 가자, 그가 내 쪽을 돌아보지도 않은 채 가만히 말했다.

"제인, 이리 와."

나는 아무 소리도 내지 않았고, 또 그의 뒤쪽에 눈이 있는 것도 아니었다. 처음엔 깜짝 놀랐지만 그의 곁으로 가만히 다가갔다. 그러는 사이에 나방은 날아가 버렸다.

로체스터 씨와 내가 월계수의 산책로로 들어가 낮은 울타리와 침엽수가 있는 쪽으로 천천히 걷기 시작했을 때, 그가 말했다.

"손필드의 여름은 참 좋지?"

"네, 그래요."

"당신은 어느 정도 이 집에 정이 들었을 거요. 자연의 아름다움을 보는 눈도 있고 천성적으로 풍부한 상상력을 갖고 있으니까."

"전 정말로 정이 들었어요."

"그들과 헤어지면 섭섭하겠지?"

"네."

"안됐군! 그러나 이런 일은 인생에서 흔히 벌어지는 일이지. 기분 좋은 안식처에 자리를 잡고 정을 붙일 만하게 되면, 휴식 시간이 끝났으니 일어나 나가라는 명령이 내려진단 말이오."

"그럼, 제가 꼭 가야만 하나요? 손필드 저택을 기어이 떠나야만 하나요?"

"그래야 할 것 같소, 제인. 안됐지만 정말 떠나야만 될 것 같소."

이것은 내게 너무나 큰 충격이었다. 그러나 이 충격에 져서는 안 될 것 같았다.

"좋아요. 떠나라는 분부만 내리시면 언제든 떠나겠어요."

"그 명령은 지금 당장 내리는 것이오. 나는 오늘 밤에 그 명령을 내려야만 할 것 같소."

"그럼, 결혼하려고 하시는군요?"

"맞소. 당신의 그 예민한 머리가 알아맞혔군."

"곧 하시게 되나요?"

"곧 하게 될 거요. 난 한 달 후에는 신랑이 되고 싶으니까. 그동안 난 나대로 당신의 일자리와 거처할 곳을 찾아보도록 하겠소."

"고맙습니다. 선생님께 염치가 없습니다."

"아니, 그렇게 미안해할 것 없소. 사실 나는 벌써 장모 될 분을 통해서 적당하다고 생각되는 일자리를 알아 놓았소. 아일랜드의 코너트 주에 있는 비터너트 저택의 다이아시아스 오갈 부인에게 다섯 따님이 있는데 그들의 교육을 맡는 거요. 당신은 아일랜드를 좋아하게 될 거요. 모두 친절한 사람들이라고 하더군."

"먼 곳이군요. 게다가 바다가 가로놓였으니······."

"무엇 사이에 말이오, 제인?"

"영국과 손필드 사이에 그리고 선생님과 저 사이에."

거의 무의식중에 이렇게 말하고 나도 모르게 눈물을 흘렸다. 하지만 소리를 내지는 않았고 흐느낌도 참았다.

오갈 부인과 비터너트 저택에 대한 생각은 내 가슴을 섬뜩하게 했다. 게다가 지금 나란히 걷고 있는 로체스터 씨와 나 사이에 가로놓일 광막한 바다, 다시 말하면 내가 사랑하지 않을 수 없는 사람과 나 사이를 갈라놓을 저 큰 바다—재산, 계급, 인습—를 생각하니 내 가슴은 더욱 서늘해지는 듯했다.

"때때로 나는 당신에게 이상한 기분을 느끼오. 마치 내 왼쪽 갈비뼈 밑에 달려 있는 끈과 조그만 당신 몸의 오른쪽 갈비뼈 밑에도 달린 똑같은 끈이 풀리지 않게 꽉 얽혀 있는 듯한 기분이 든단 말이오. 그러니 만일에 저 거센 파도의 바다가 우리들 사이에 놓이게 된다면, 우리를 연결하는 끈은 끊어질 것 같거든. 그렇게 되면 내 가슴이 상해서 피가 나지 않을까 하는 걱정이 든단 말이야. 당신은 나를 잊어버릴 테지만……."

"절대로 그럴 리가 없어요. 잘 아시면서."

나는 더 이상 말을 계속할 수가 없었다. 참고 견디어 왔던 것이 복받쳤기 때문이다. 나는 몸부림치며 흐느껴 울었다.

"전 손필드를 사랑해요. 전 손필드를 떠나는 게 슬퍼요. 제가 선생님으로부터 영원히 떨어져 나가야만 한다고 생각하니까 공포와 비애를 느껴요. 기필코 떠나야 한다는 것은 잘 알고 있어요. 그러나 그것은 필연적으로 죽음을 맞이하는 것과 같아요."

"그런 필연이 도대체 어디 있소?"

"어디 있냐고요? 선생님은 바로 제 눈앞에서 보란 듯이 잉그램 양이라는 아가씨와 곧 결혼하여 신부로 데려오실 텐데요."

"그래. 그럴 작정이야."

"그러니까 전 떠나야 해요."

"아니, 당신은 여기 있어야 해. 내가 그걸 맹세하지."

"선생님은 제가 떠나지 않으면 안 된다고 말씀하셨어요. 선생님과 아무 상관도 없는 사람이 되어서 제가 여기 이대로 남아 있을 수 있다고 생각하세요? 전 아무 감정도 없는 기계라고 생각하세요? 자기 입 속에 넣은 빵조각 빼앗기고, 생명수를 마시려고 하다가 그것마저 엎질러지는 것을 보고도 그대로 참고 있을 것 같으세요? 제가 가난하고, 미천하고, 얼굴이 못생긴 보잘것없는 여자라고 해서 감정도 없다고 생각하세요? 저도 선생님과 똑같은 감정을 갖고 있어요. 혼도 갖고 있어요. 하느님께서 제게 아름다움과 풍부한 재산을 베풀어 주셨다면, 제가 지금 선생님과 작별하는 기분과 똑같이 선생님도 저와 헤어지는 것을 괴로워하시도록 해 드렸을 거예요."

"제인, 진정하오. 너무 흥분하지 말고. 마치 절망에 빠져 자기 깃털을 잡아뜯는 사납고 미친 새 같군."

"전 새가 아니에요. 저는 의지를 가진 자유로운 인간이에요. 제 의지가 선생님과 이별하려는 거예요."

"그럼, 당신의 의지가 당신의 운명을 결정지을 것이오. 나는 당신에게 내 손과 마음과 재산의 일부를 주겠소."

"연극을 하시네요. 그런 것에는 웃음밖에 나오지 않아요."

"나는 당신에게 일생을 내 옆에서 있어 주기를 바라는 거요. 나의 분신이 되어, 이 지상에서 가장 좋은 친구가 되어 주길 바라오. 나와 동등한 것, 나와 똑같은 것이 여기 있기 때문이야. 제인, 나와 결혼해 주시오."

이렇게 말하면서 그는 나를 끌어당겼다.

나는 그의 포옹으로부터 빠져나오려 했다. 도저히 그의 말이 믿어지지가 않았다.

"날 의심하오, 제인?"

"물론이에요."

"내 말을 신용 못하겠소?"

"조금도 못 믿겠어요."

"당신 눈에는 내가 거짓말쟁이로 보이오?"

그는 격한 어조로 물었다. 그리고 다시 물었다.

"의심이 많은 아가씨로군. 내 말을 믿게 해 주리다. 나는 잉그램 양에게 사랑이 없소. 그 여자가 내게 사랑을 갖고 있는 것 같소? 전혀 없소. 내 재산이 많지 않다는 소문을 듣고 그 여자와 그녀의 모친은 나를 냉대했소. 나는 그녀와 결혼하지 않을 것이오. 또 할 수도 없을 거요. 신비스러운 당신을, 거의 이 세상 사람으로는 보이지 않는 당신을 나의 육신의 일부분처럼 사랑하오. 가난하고 이름도 없고 조그마하고 예쁘지도 않은 당신에게 나를 남편으로 맞아 줄 것을 진심으로 간청하는 거요."

"뭐라고요, 저를요?"

나는 나도 모르게 소리쳤다. 그러나 나는 어느새 그의 진지한 태도, 특히 격식을 차리지 않는 말투로 인해 그를 믿기 시작했다.

"정말이세요, 선생님? 이 세상에서 선생님 외엔 한 사람의 친구도 없는, 선생님께서 주신 돈 외엔 한 푼도 갖고 있지 않는 제게요?"

"제인, 어서 내 청혼을 받아 줘요. '에드워드.' 이렇게 내 이름을 부르고, '에드워드, 나는 당신과 결혼하겠어요.'라고 말해 주시오."

"진심이세요? 정말 저를 사랑하세요? 참으로 제가 선생님의 아내가 되길 원하세요? 그렇다면 전 선생님과 결혼하겠어요."

만일에 내가 그를 사랑하지 않았다면, 기뻐서 날뛰는 그의 말투나 얼굴 표정을 야비하다고 생각했을 테지만, 나는 그의 곁에 앉아서 이별의 악몽에서 깨어나 내게 넘쳐흐를 정도로 주어진 최고의 행복만을 생각하고 있었다.

그는 몇 번이나, "제인, 행복하오?" 하고 물었고, 그럴 때마다 나는 그렇다고 대답했다.

그런데 그날 밤은 웬일이었을까? 달이 아직 지지도 않았는데 우리는 온통 암흑 속에 파묻히고 말았다. 나는 바로 주인 곁에 있었으나 그의 얼굴을 알아보지 못할 정도였다.

내가 바라보고 있던 구름 사이에서 검푸르고 눈부신 섬광이 번쩍이고, 연달아 '우르릉 쾅쾅' 하는 소리, 다음엔 가까이에서 울리는 천둥 소리가 났다. 나는 로체스터 씨의 어깨를 방패 삼아 번쩍이는 번갯불을 피하려고 했다.

비가 퍼붓기 시작했다. 그는 나를 길 쪽으로 황급히 끌어올려 정원을 지나 현관으로 들어가게 했지만 문턱을 넘기도 전에 몸이 흠뻑 젖어 버렸다. 홀에서 그가 내 숄을 걸어 뒤죽박죽이 된 머리의 물기를 닦아 주고 있을 때, 페어팩스 부인이 방문을 열고 나왔다. 처음에는 나도 로체스터 씨도 그녀가 나온 것을 알아차리지 못했다. 시계는 12시를 치고 있었다.

"젖은 것을 빨리 벗어요. 가기 전에 인사를 해야지. 잘 자요, 내 사랑." 하고 그가 말했다.

내가 그와 헤어져 돌아섰을 때, 거기엔 페어팩스 부인이 심각하고 어이없다는 표정을 짓고 서 있었다. 나는 그녀에게 미소를 보내고는 그대로 2층으로 달려 올라갔다.

24

나는 자리에서 일어나 옷을 갈아입으며 어젯밤 일을 돌이켜 보고, 꿈이 아니었나 생각해 보았다. 다시 한 번 로체스터 씨를 만나, 그의 사랑과 맹세의 말을 들을 때까지는 실제로 그것이 있었던 일이라고 믿을 수 없다는 생각이 들었다.

머리를 빗으면서 거울에 비친 내 얼굴을 보고 못생겼다고 느끼지는 않았다. 얼굴에는 희망이 가득 차 있었고 생기가 넘쳐 흘렀으며 두 눈은 기쁨의 샘을 바라보고 있어, 그로부터 빛을 얻어낸 것 같았다. 내 얼굴 생김새가 주인의 마음에 들까 근심이 되어 여태까지는 그를 처다보는 데도 매우 신경을 써 가며 되도록 고개를 들지 않으려 했었지만, 이제는 얼굴을 들어도 내 용모 때문에 그의 사랑이 식는 일은 없을 거라는 확신이 생겼다. 나는 옷장에서 수수하지만 산뜻하고 가벼운 여름 옷을 꺼내 입었다. 이때처럼 행복을 느끼면서 옷을 입은 적은 없었으므로, 이만큼 나에게 잘 어울리는 옷도 없는 것 같은 생각이 들었다.

폭풍우가 가신 뒤 눈부신 6월의 아침이 찾아온 것을 보고도, 열어젖힌 유리창에서 시원하고 향기로운 산들바람이 불어오는 것을 느끼고도 나는 별로 놀라지 않았다. 내가 이렇게 즐거울 때는 자연도 즐거워지고 있음에 틀림없기 때문이었다.

슬픈 표정을 한 페어팩스 부인이 창밖으로 얼굴을 내밀고는 정중한 목소리로, "에어 선생님, 아침 드세요."라고 말했다. 나는 깜짝 놀랐다. 식탁에 앉아서도 그녀는 줄곧 말 한마디 하지 않고 아주 냉정한 표정이었지만, 그렇다고 어제의 일을 얘기해 줄 수는 없었다. 나는 주인이 그녀에게 설명할 때까지 기다려야 했고, 그녀도 그때까지 기다려야 했다. 식사를 적당히 마치고 나는 급히 2층으로 올라갔다. 그때 공부방에서 나오던 아델과 마주쳤다.

"어디로 가는 거니? 수업 시간인데."

"로체스터 아저씨가 아이들 방으로 가라고 말씀하셨어요."

"그분은 지금 어디 계시지?"

"여기요."

아델은 자기가 나온 방을 가리켰다. 내가 그 방에 들어갔을 때, 그는 서 있었다.

"이리 와서 아침 인사를 해요."

그가 말했다.

나는 즐거운 마음으로 그의 앞으로 다가갔다. 내가 받은 것은 차가운 인사나 악수가 아니었다. 그것은 뜨거운 포옹과 키스였다. 이토록 진심으로 사랑을 받고, 애무를 받는 것이 나로서는 당연한 것같이 생각되어 무척 즐거웠다.

"제인, 당신은 활짝 핀 꽃처럼 아름답소. 오늘 아침에는 정말 예쁘군. 이것이 내 창백하고 조그만 요정인가? 이것이 내 겨자씨(셰익스피어 극 『한여름밤의 꿈』에서 요정이 겨자씨로 변장함)인가? 보조개를 가진 볼, 장밋빛 입술, 카펫처럼 부드러운 갈색 머리카락, 갈색 눈, 이 자그맣고 명랑한 아가씨의 이름은?"(독자여, 나는 녹색 눈이다. 그의 착각을 너그럽게 보아 주시기를. 그로서는 내 눈이 새롭게 물들어 보였으리라.)

"네! 제인 에어예요."

"곧 제인 로체스터가 되는 거요. 이제 4주일만 지나면 말이오. 그 이상은 하루도 지체할 수가 없소."

"정말 이상하군요. 제게 새 이름, 제인 로체스터가 생기다니. 그런데 여쭤 보고 싶은 게 있어요. 잉그램 양과 결혼할 거라고 믿게 만들기 위해 왜 그렇게 애를 쓰셨죠?"

"좋아, 내가 잉그램 양에게 구혼한 것은, 내가 당신을 미칠 듯이 사랑하는 것처럼 당신도 나를 열렬히 사랑하도록 만들려는 생각 때

제인 에어 197

문이었소. 그 목적을 달성하기 위해 내가 끌어들일 수 있는 최선의 방법은 질투라는 것이었소."

"그 연기는 참 훌륭하셨어요! 그러나 당신은 속이 정말 좁으신 분이군요. 제 새끼손가락 끝만큼도 되지 않아요. 그런 연극은 한심할 정도로 부끄럽고 불명예스러운 일이에요. 잉그램 양의 감정이 어떨지는 조금도 생각을 안 하신 거죠?"

"그녀의 모든 신경은 다만 한 가지, 교만으로 가득 차 있었소. 콧대를 꺾을 필요가 있었지. 그런데 당신은 질투를 했던가, 제인?"

"염려 마세요, 로체스터 씨. 그런 것을 아셔도 당신에겐 아무런 흥밋거리가 되지 않을 거예요. 다시 한 번 당신의 진심을 말해 주세요. 잉그램 양이 당신의 그 마음에도 없는 태도 때문에 고통을 느끼지 않는다고 짐작하세요? 멸시받고 걷어채였다고 생각하지 않겠어요?"

"그럴 리는 없지! 그녀가 나를 걷어찬 거요. 나에게 재산이 없다는 것을 안 뒤로는 금세 정열이 식어 버렸소. 아니, 아주 꺼져 버린 거요."

"당신은 이상한 호기심을 가진 책략자시군요, 로체스터 씨. 당신의 신념이 어느 면에서는 조금 이상하다고 생각해요."

"나의 신념은 훈련을 받은 적이 한 번도 없다오. 제인, 주위에 신경을 쓰지 않아 조금 비꼬였는지도 모르지."

"다시 말하지만 농담이 아니에요. 저는 조금 전까지 제 자신이 겪던 쓰라린 고통을 다른 사람이 당하고 있지 않나 하는 두려움도 없이, 저에게 보장된 엄청난 행복을 받아들여도 좋을는지요?"

"좋고말고. 나의 착하고 귀여운 아가씨, 나에 대해서 당신처럼 순수한 사랑을 쏟아 준 여성은 이 세상에 단 한 사람도 없었소."

나는 내 어깨에 얹힌 그의 손에 입술을 갖다 댔다. 나는 그를 너무나 사랑했다. 나로서는 뭐라고 말해야 할지 모를 만큼, 말로는 도저히 어찌할 수 없을 정도로.

"다른 청은 또 없소? 내겐 당신의 요구를 받고, 그 요구를 들어 주는 것이 가장 큰 기쁨이오."

"페어팩스 부인에게 당신의 뜻을 전해 주세요. 부인은 어제 홀에서 제가 당신과 함께 있는 것을 보고 충격을 받으셨나 봐요. 제가 그분을 다시 만나기 전에 미리 설명해 드리세요. 저렇게 선량한 부인에게 오해를 받는다는 것은 무척 괴로운 일이에요."

"알았소. 그럼 당신 방으로 돌아가서 모자를 쓰고 내려와요. 오늘 아침에는 당신도 밀코트에 같이 가 주어야겠소. 당신이 준비를 하는 동안에, 내가 저 노부인을 이해시키도록 하지. 제인, 그녀는 당신이 사랑 때문에 세상의 모든 것을 버리고도 후회하지 않는다는 것을 짐작이나 했을까?"

나는 옷을 갈아입고 로체스터 씨가 페어팩스 부인의 방에서 나오는 소리가 들리자 급히 그곳으로 갔다. 부인은 아침의 일과인 성서를 읽고 있는 중이었다. 성서가 그녀 앞에 펼쳐져 있었고 그 위에 안경이 놓여 있었다. 로체스터 씨의 통고 때문에 중지되었던 그녀의 아침 일과는 이제 잊혀진 듯했다. 맞은편의 아무 장식도 없는 벽을 향한 그녀의 눈은 뜻하지 않은 이야기 탓으로 흐트러진 마음의 불안을 나타내고 있었다. 나를 보자 그녀는 정신을 차리고 짐짓 애써 웃으며 몇 마디 축하의 말을 건넸다. 그러나 미소는 금방 사라지고 말끝을 맺지 못했다. 그녀는 안경을 접어서 집어넣고 성서를 덮은 다음에 의자를 식탁에서 뒤쪽으로 밀어붙였다.

"난 깜짝 놀랐어요. 글쎄 뭐라고 말을 해야 좋을지 모르겠어요. 에어 선생님, 설마 꿈을 꾸고 있는 건 아니겠죠? 로체스터 씨가 당신에게 청혼했다는 게 정말인가요? 이런 말을 묻는다고 저를 비웃지는 말아 주세요. 조금 전에 그분이 여기에 오셔서, 한 달 후에는 당신이 자기의 아내가 된다고 이야기한 것 같아서 말이에요."

"저에게도 같은 말씀을 하셨답니다."

"그분이 그랬다고요? 그래, 당신은 그분 말을 믿으십니까? 그리고 그 청혼을 승낙하셨나요?"

"네, 벌써!"

그녀는 당황하여 멍하니 나를 바라보았다.

"정말, 생각지도 않은 일이에요. 저분은 자존심이 강한 분입니다. 로체스터 댁의 모든 분이 그랬습니다. 저분의 아버님은 돈이라면 맥을 못 추는 분이셨어요. 저분 또한 매우 신중한 분이라고 알려져 있지요. 정말 저 양반이 당신과 결혼할 작정일까요?"

"네, 그분이 그렇게 말씀하셨어요."

그녀는 내 온몸을 훑어보았다. 나는 그녀의 시선에서, 그녀가 이 수수께끼를 풀 만한 강한 매력을 내 몸 어느 구석에서도 찾아볼 수 없다고 느낀 것을 읽을 수 있었다.

"나는 도저히 이해를 못하겠어요! 하지만 당신 입으로 그렇게 말씀을 하시니 정말이겠죠. 나는 어떻게 될지 모르겠어요. 정말 모르겠어요. 이런 경우에는 흔히 재산이나 지위가 걸맞은 편이 좋은데, 더군다나 당신들의 나이는 스무 살이나 차이 나고, 그분은 당신의 아버지라 해도 좋을 정도지요."

"천만에, 그렇지는 않아요, 페어팩스 부인! 절대로 우리 아버지 같지는 않아요! 둘이 같이 있는 것을 보면 누구라도 그렇게 생각하지 않을 겁니다. 로체스터 씨는 25세의 젊은이같이 보이고, 또 실제로도 그렇게 젊은 분이에요."

"그분이 당신과 결혼하시겠다는 건 진정 사랑 때문일까요?"

나는 그녀의 냉담함과 뿌리 깊은 의심에 화가 나서 눈물이 났다.

"당신을 슬프게 해서 미안해요. 생각해 보세요. 당신은 새파랗게 젊으시고 남자 분들과의 교제도 별로 없으시니까 조심해 주셨으면 하는 것뿐이에요. 왜 그런 옛말이 있잖아요. '빛나는 것이라고 해서 모두 황금은 아니다.'라는 말 말이에요. 그래서 이런 경우에 당신이나 내가 바라던 것과는 다른 결과가 되지 않을까, 그게 걱정이 된답니다."

"왜 그러지요? 제가 무슨 괴물이라도 된단 말인가요? 로체스터 씨가 저에게 진심으로 사랑을 주실 수 없는 양반이란 뜻인가요?"

"아니! 그런 말씀이 아닙니다. 물론 당신은 결점이 하나도 없는 분이고, 최근에는 더욱 훌륭해지셨습니다. 로체스터 씨가 당신을 좋아하시게 된 것은 확실하죠. 당신이 그분의 마음에 들게 되리라고 전부

터 예상하고 있었어요. 당신을 생각해서 그분이 특별히 당신을 귀여
워하시는 것이 염려가 되어 조심해 주셨으면 하고 생각한 적도 가끔
있었어요. 그렇지만 그런 말을 하면 당신이 깜짝 놀라고 기분이 상할
까봐 망설이기까지 했지요. 게다가 당신은 퍽 신중하고 조심성이
깊고 분별력이 있기 때문에 스스로를 잘 지키시리라 믿고 있었습니
다. 어젯밤 집 안을 다 찾았지만 당신도 안 계시고 주인도 안 계셔서
걱정이 되었는데, 자정이 다 되어서야 함께 들어오시는 걸 보고 얼마
나 제 마음이 아팠는지 모릅니다."

"이제 그런 걱정은 안 하셔도 돼요."

서서히 나는 하느님의 모습을 보지 못하고 하느님이 창조하신 한
인간에게만 정신을 쏟게 되었다. 나는 로체스터 씨를 한 우상으로 섬
기고 있었다.

25

즐겁고 활기에 찬 구혼의 한 달이 지나갔다.

시시각각으로 다가오는 그날, 결혼 날짜를 지체시킬 수는 없었다.
게다가 그날을 위한 준비는 다 갖추어져 있었다. 적어도 당사자인 나
는 이제 할 일이 아무것도 없었다.

나는 밤늦게, 내일부터 시작될 커다란 변화에 대해 느껴지는 불안

한 마음을 가라앉히려고 정원으로 나왔다. 그러나 나의 불안은 새 삶에 대한 것뿐만이 아니었다. 이렇게 늦은 시간에 어둠이 짙은 뜰로 서둘러 나가게 한, 불안과 흥분의 원인은 또 있었다.

내 마음속에는 이상한 불안감이 차오르고 있었다. 내가 이해할 수 없는 사건이 일어났기 때문이다. 나 이외에 알고 있는 사람도, 목격한 사람도 없었다.

바로 전날 밤의 사건이었다. 그날 밤 로체스터 씨는 외출하고 없었다. 오늘 밤에도 아직 돌아오지 않고 있었다. 나는 그를 기다리며 과수원 안을 여기저기 돌아다니다가 난롯불이 잘 피어 있는지 확인하려고 서재로 들어갔다. 로체스터 씨가 돌아왔을 때 난로에 불이 빨갛게 피어 있는 것을 보면 좋아할 것 같았기 때문이다. 불은 활활 타고 있었다. 나는 그의 안락의자를 난롯가에 갖다 놓고 옆의 테이블을 끌어다 놓았다. 커튼을 치고 촛불을 켤 수 있도록 준비를 끝내고 나니 더욱 마음이 불안해졌다. 간밤의 사건이 또다시 머리에 떠올랐다. 나는 그 사건을 재앙의 징조라고 느꼈다.

나는 불안을 달래기 위해 일어나 걷기 시작했다. 잠시 후, 말발굽 소리를 들었다. 그분이었다. 그는 안장에서 몸을 굽혀 나를 그의 앞에 태웠다.

"무슨 일이 있었소, 제인? 이런 늦은 밤에 나를 마중 나오다니, 무슨 좋지 않은 일이라도 있었소?"

"아뇨. 하지만 당신이 돌아오지 못할 거라는 느낌이 들었어요. 당신을 기다리고만 있을 수가 없었어요. 이젠 아무렇지도 않아요. 무섭지도 슬프지도 않아요."

"그럼, 여태까지는 무섭고 슬펐던 모양이군."

"네, 조금. 이제 천천히 모두 말씀드릴게요."

그는 나를 포장된 보도에 내려 주었다.

집으로 돌아와서 식사를 마치자, 나는 초인종을 눌러 상을 물리게 했다. 다시 우리 두 사람만 남게 되자, 나는 화롯불을 휘저어 불길을 돋우어 놓고는 그의 앞에 있는 낮은 의자에 앉았다.

"벌써 자정이 가까웠어요."

"준비는 다 끝났소?"

"네, 다 끝났어요?"

"모든 정리가 다 됐소. 내일은 교회에서 돌아와 30분 이내로 손필드를 떠나는 거요."

"좋아요."

"아니, 그런 미소를 띠고, '좋아요.'라고 하는 거요, 제인? 당신 어디 아픈 거요?"

"아무렇지도 않은 것 같아요."

"같아요,라고? 무슨 일이오? 기분이 어떤지 말 좀 해 보구려."

"말씀드릴 수 없어요. 어떤 기분인지 당신에게 어떤 말로도 설명해 드릴 수가 없어요. 전 지금 이렇게 함께 있는 시간이 영원히 계속되었으면 해요. 어떤 운명을 갖고 다음 시간이 닥쳐올지 누가 알겠어요?"

"제인, 내게 말을 하시오. 당신의 마음을 무겁게 하는 어떤 걱정이라도 말을 해서 마음을 편케 하란 말이오. 무얼 염려하고 있소? 당신의 그 슬픔에 잠긴 듯하면서 대담한 눈과 말투는 나를 어리둥절하게 만들고, 나를 괴롭게 한단 말이오. 설명을 좀 해 줬으면 좋겠소."

"그럼, 들어 보세요. 어젯밤엔 집에 안 계셨죠?"

"그랬었지, 그렇지. 내가 집에 없는 동안 무슨 일이 있었소?"

"꿈을 꾸었어요. 손필드 저택이 쓸쓸한 폐허가 되어 박쥐와 올빼미의 소굴이 된 꿈이었어요. 그리고 당신이 말을 타고 머나먼 나라를 향해서 여러 해에 걸친 여행을 떠나려던 참이었어요. 당신은 길모퉁이를 돌았어요. 마지막 한 번만이라도 뵈려고 몸을 굽혔는데 벽이 무너지면서 제 몸이 흔들리더니, 끝내 저는 몸의 균형을 잃고 떨어지고 말았지요. 그리고는 잠이 깼어요."

"그런 악몽을 꾸었었군. 악몽의 슬픔 따위는 깨끗이 잊고 현실의 행복만을 생각해요. 자, 그것으로 끝났지, 제인?"

"아뇨, 이건 서두에 불과해요. 이야기는 이제부터예요. 눈을 뜨자 번쩍번쩍한 빛이 제 눈을 부시게 했어요. 그것은 촛불에 불과했어요. 저는 소피가 들어온 거라고 생각했지요. 경대 위에 촛불이 켜져 있었죠. 벽장에는 제가 잠들기 전에 혼례복과 면사포를 걸어 두었죠. 문이 활짝 열려 있었어요. 옷 스치는 소리가 나기에, '소피. 무얼 하고 있어?' 하고 소리쳤지요. 아무 대꾸도 없었어요. 그러자 벽장에서 얼핏 어떤 모습이 나타났어요. 그것은 경대에서 촛불을 집어들더니 더 높이 쳐들고는 옷걸이에 걸려 있는 옷을 샅샅이 훑어보았어요. '소피, 소피!' 하고 다시 외쳤지요. 여전히 아무 대꾸도 없었어요. 침대 위에서 일어나 앉아 몸을 앞으로 굽혔어요. 로체스터 씨, 그건 소피가 아니었어요. 리어도 아니고 페어팩스 부인도 아니었어요. 그리고 전 믿어요. 그 이상한 그레이스 풀도 아니었어요. 제 앞에 섰던 그 모습은 지금까지 이 손필드 저택에선 한 번도 본 적이 없었어요. 여자 같았어요. 키가 컸고 숱 많고 까만 머리칼을 어깨 너머로 길게 늘어뜨리고 있었어요. 무슨 옷을 입었는지, 잠옷인지 이불 호청인지 수의였는지 전혀 모르겠어요. 무시무시하고 소름이 끼치는, 아아, 전 그런 얼굴은 본 적이 없었어요."

"제인, 그건 지나치게 흥분한 신경이 만들어낸 거요. 틀림없소. 이제 우리가 일단 결합하는 날엔 그런 정신적인 공포 따윈 다시 일어나지 않을 거요. 제인, 그건 **틀림없이** 현실이 아니었을 거요."

"저도 오늘 아침에 일어났을 **땐** 그렇게 생각하고 낯익은 방안의 여러 물건들이 햇빛을 받아 반짝이는 광경을 보고 용기와 위안을 얻으려고 사방을 돌아보았어요. 그런데 거기에 ― 양탄자 위에 ― 간밤의 일이 사실이라는 확연한 증거가 있었어요. 면사포가 위에서부터 아래까지 갈기갈기 찢겨져서!"

나는 로체스터 씨가 깜짝 놀라서 몸을 떠는 것을 보았다. 그는 갑자기 나를 껴안으며 이렇게 소리질렀다.

"아아, 감사합니다! 어떤 악의에 찬 것이 간밤에 당신의 방에 들어갔다 해도, 피해를 입은 것은 면사포뿐이었구려. 아아, 어떤 큰 변이 일어났을지도 모른다는 것을 상상하기만 해도!"

그는 가쁜 숨을 몰아쉬며 나를 꼭 껴안았기 때문에 나는 거의 숨을 쉴 수가 없었다.

잠시 후 그는 쾌활한 목소리로 말했다.

"자, 제인, 속시원하게 모두 설명해 주지. 그건 절반은 꿈, 절반은 현실이야. 여자가 당신 방에 들어간 것은 의심할 여지가 없소. 그 여자는 그레이스 풀이었소 틀림없어. 언젠가 당신은 그 여인을 이상한 여자라고 했지. 그 여자가 내게 어떻게 했던가? 메이슨에겐? 당신은 자는지 깨어 있는지 분간할 수 없는 몽롱한 상태에서 그레이스가 들어온 것과 그녀의 움직임을 느낀 것인데, 당신은 열이 있어 거의 정신이 없었으니까 그레이스를 그녀와 딴판인 귀신이 나타난 것이라고 여긴 것이오. 길고 헝클어진 머리칼이나 부풀어오른 검은 얼굴이며 엄청난 몸집은 모두 상상이 빚어낸 악몽의 것이었소. 앙심을 품고 면사포를 찢어발긴 것은 현실이고 그 여인이 할 법한 짓이지. 어째 그런 여자를 집에 두느냐고 당신이 묻고 싶어한다는 것은 잘 알고 있소. 우리들이 결혼해서 만 일년이 되면 설명하리다. 하지만 지금은 안 돼. 제인, 이걸로 만족하겠소? 이 수수께끼 같은 일에 대한 나의 해석을 믿어 주겠소?"

나는 곰곰이 생각해 보았으나 그렇게밖에는 달리 생각할 수 없을 것 같았다. 나는 충분히 납득이 가지는 않았으나 그를 즐겁게 해 주기 위해서 그만 그의 곁을 떠났다.

그날 밤, 나는 아델이 침대에서 천진난만하게 자는 것을 지켜보며 다가오는 날을 기다렸다.

26

 7시에 소피가 옷을 입혀 주러 왔다. 드레스와 면사포를 갖추고 급히 아래층으로 내려가자 로체스터 씨가 맞아 주었다.
 우리에겐 신랑의 들러리도 신부의 들러리도 없었고 친척들도 없었다. 로체스터 씨와 나뿐이었다. 그날 날씨가 화창했는지 흐렸는지는 전혀 기억에 없다. 차도를 걸으면서도 하늘과 땅, 그 어느 곳도 보지 않았다. 마음은 오직 시선과 함께 로체스터 씨의 전신으로 파고드는 것만 같았다.
 교회의 문 앞에서 그가 걸음을 멈췄다. 그는 내가 숨차 하는 것을 알아챘다.
 "잠깐만 쉬시오. 내게 기대요, 제인."
 나는 지금도 그때 내 앞에 조용히 우뚝 서 있던 회색의 낡은 교회와 첨탑 주위를 날아다니던 땅까마귀의 무리, 그 건너편으로 보이던 불그스름한 아침 하늘의 경치를 회상할 수가 있다. 또 낯선 두 사내가 나지막한 묘석들 사이를 서성거리며 이끼 낀 묘비에 새겨진 비명(碑銘)을 읽고 있던 모습도 잊을 수가 없다. 내가 그들을 발견한 것은 그들이 이쪽을 보고는 교회 뒤쪽으로 사라졌기 때문이다. 아마 그들은 복도 옆문으로 들어가서 결혼식을 보려는 것이겠지 하고 나는 짐작했다. 로체스터 씨는 그들을 보지 못했다.
 우리들은 조용하고 조그마한 교회 안으로 들어섰다. 목사는 흰 법의를 입고 낮은 계단 아래서 우리를 기다리고 있었다. 서기는 목사 곁에 서 있었다. 그리고 구석진 곳에 낯선 신사 두 사람이 우리보다 먼저 들어와 있었다.

우리들의 자리는 제단 앞 난간이 있는 데로 정해져 있었다. 나는 등 뒤에서 들리는 조심스런 발소리에 뒤를 돌아보았다. 낯선 사람 중 한 사람이 제단 앞으로 걸어오고 있었다.

결혼 예식이 시작되었다. 결혼 선서가 끝나자 목사는 한 걸음 앞으로 나아가 로체스터 씨가 있는 쪽으로 몸을 약간 구부린 채 말을 계속했다.

"그대들 두 사람에게 요구하고 명하노니, 만일에 어느 누구든지 이 결혼에 합법적으로 결합할 수 없는 어떤 장애물이 있다면, 이를 숨기지 말고 만인의 마음속 죄악이 나타나는 무서운 심판의 날에 대답하듯이, 지금 여기서 고백할지어다. 하느님의 말씀을 거역하고 짝을 맺는 인연은 죄악임을 알지어다."

여기서 목사는 관례대로 말을 멈췄다. 이 선고가 있은 다음 침묵이 대답으로 깨어지는 일이 언제 있었던가? 아마 백년에 한 번도 없었을 것이다. 목사는 기도서에서 눈을 떼지도 않고 잠깐 동안 숨을 죽이고 있다가 다시 계속했다. 그의 손은 이미 로체스터 씨에게 향해 있었고 그의 입술이, '그대는 이 여인을 아내로 삼겠느뇨?' 하고 막 물으려고 할 때, 바로 그 순간에 아주 또렷한 목소리로 누군가가 말했다.

"이 결혼식은 계속할 수 없습니다. 이 결혼에 문제가 있음을 단언합니다."

목사는 말소리의 주인공을 쳐다보고는 멍한 얼굴로 서 있었다. 서기도 마찬가지였다. 로체스터 씨의 몸이 잠시 떨렸다. 이윽고 그는 단단히 버티고 서더니 고개도 돌리지 않은 채 말했다.

"계속하시오."

우드 목사는 어찌할 바를 모르는 모양이었다.

"그 문제란 어떤 성질의 것입니까? 아마 극복할 수 있겠지요? 설명하면 없어지는 것이겠지요?" 하고 목사가 물었다.

"결코 그렇지 않습니다."

아까의 그 사나이는 앞으로 나오더니 한마디 한마디를 분명히, 힘차게, 그러나 큰 소리는 내지 않고 말했다.

"그 장애란 이전에 결혼했었다는 한마디로 설명이 됩니다. 로체스터 씨에겐 현재 살아 있는 아내가 있습니다."

어떤 일에도 떨어 본 일이 없던 나의 마음은 나지막한 이 한마디에 떨렸다. 로체스터 씨는 아무것도 부인하지 않았으며, 아무 말도 하지 않은 채 내 허리에 팔을 감고 꼭 끌어당겨 나를 자기 곁에 못 박아 두었다.

"당신은 누구요?"

그는 뜻밖의 불청객을 향해 이렇게 물었다.

"나는 브리그스라는 사람이오. 런던의 ××가에 사는 변호사요."

"그 여인에 관한 모든 것, 이름, 양친, 거주지를 알려 주시오."

"좋습니다."

브리그스 씨는 침착하게 호주머니에서 종이 쪽지를 한 장 꺼내더니 직업적으로 느껴지는 세련된 목소리로 읽기 시작했다.

"영국 ××주 퍼딘 장원 및 ××주 손필드 저택의 소유자 에드워드 페어팩스 로체스터는, 소생의 누이인 버서 앙투아네트 메이슨과 서기 ××년 10월 20일(15년 전의 날짜) 자메이카 스페니시타운 ×× 교회에서 결혼하였음을 공증함. 결혼 기록서는 그 교회의 등록부에 게재되어 있으며, 사본은 현재 본인이 소유하고 있음. 성명 리처드 메이슨."

"그것이 진짜 증명서라면 내가 결혼했다는 것은 증명할지 모르지만 내 아내라고 적혀 있는 그 여자가 아직 생존해 있다는 것은 증명이 안 되어 있소."

"3개월 전에는 살아 있었습니다."

"증인이 있습니다. 당신은 그 증인의 말을 반박하지 못할 거요."

"그 증인을 세우지요. 메이슨 씨, 앞으로 나오시죠."

메이슨이란 이름을 듣자 로체스터 씨는 이를 악물었다. 그는 심하게 경련을 일으켰다.

이제까지 뒤쪽에서 서성대던 제2의 사나이가 가까이 다가왔다. 바로 메이슨이었다. 로체스터 씨는 그를 노려보았다. 그는 몸을 움직여 억센 팔을 쳐들었다. 로체스터 씨는 메이슨의 숨통마저 끊어 버릴 듯이 흥분되어 있었다.

메이슨은 움츠러들며 나약한 목소리로, "아이고, 하느님!" 하고 부르짖었다. 로체스터 씨의 얼굴에 경멸하는 기색이 가득했다.

"너 같은 인간이 무슨 할 말이 있다는 거냐?"

그는 흥분된 어조로 말했다.

매이슨의 핏기 없는 입술에서 알아들을 수 없는 대꾸가 흘러나왔다.

"똑똑히 말하지 않으면 넌 살아남지 못해."

로체스터 씨의 격한 발언에 매이슨 씨는 아까보다 분명한 어조로 로체스터 씨의 부인이 손필드 저택에 살고 있다고 대답했다.

"손필드 저택에? 그럴 수가! 나는 이 동네에 산 지 꽤 오래된 사람이오. 그러나 아직 한 번도 손필드 저택의 로체스터 부인에 관한 얘긴 들어 보지 못했소."

목사가 큰 소리로 말했다.

"물론입니다. 맹세코 들었을 리가 없죠. 그런 것을, 아니 그런 이름을 가진 여자가 있다는 것조차 세상에 숨기고 있었으니까요."

로체스터 씨는 이렇게 말하고는 한동안 무슨 생각에 잠겨 있는 듯하더니 이윽고 무엇인가 결심한 듯 말을 이었다.

"모든 것을 고백하겠소. 우드 씨, 기도서를 덮고 법의를 벗으시오. 존 그린 군(서기를 향해), 자넨 돌아가게. 오늘은 결혼식이 없으니까."

로체스터 씨는 대담하게, 조금도 거리낌 없이 이야기를 계속했다.

"나는 이중 결혼을 하려고 했소. 이 변호사와 의뢰인이 한 말은 사실입니다. 나는 결혼했으며 내가 결혼한 여자는 아직 살아 있습니다. 당신은 저 집에 로체스터 부인 같은 사람이 살고 있다는 말은 들은 적이 없다고 하셨지만, 우드 씨, 저 집에 감금되어 있는 미친 사람이 있다는 풍문은 여러 번 들었을 줄 압니다. 어떤 이는 그가 사생아로 태어난 나의 누이동생이라고 말했을 것이고, 또 어떤 이는 그가 내게 버림받은 정부라고도 했을 터이지**만, 이제야** 알려 드리겠소. 그 여자는 다름 아닌 15년 전에 나와 **결혼한 버서** 메이슨이라는 것을. 버서 메이슨은 미친 여자입니다. 그 **여자는** 미치광이 집안에서 태어난, 3대에 걸쳐 계속되는 백치와 발광자! 서인도 제도 태생인 그녀의 모친은 미치광이에다가 알코올 중독자였소! 나는 그것을 결혼한 다음에야 알게 되었소. 그때까진 모두들 그 집안의 비밀에 관해서 일체 입을 다물었기 때문이오. 나는 순결하고 현명하고 얌전하고 사랑스러운 아내를 얻은 셈이지요. 그러나 나는 이 이상 설명할 의무가 없소. 브리그스 씨, 우드 씨, 메이슨 군, 여러분을 모두 내 집으로 초대할 테니 풀 부인이 돌보는 환자, 즉 아내를 보러 갑시다. 내가 속아서 어떤 부류의 사람을 아내로 삼았는**지 보여드릴 테니,** 내가 옛날의 약속을 저버린 것에 대해서 동정을 **구할 권리가** 있나 없나를 판가름해 주시기 바랍니다. 우드 씨, 당신처럼 이 처녀는 저주스러운 그 비밀에 대해서는 아무것도 몰랐습니다. 미친 짐승 같은 여자와 이미 결혼했던 사내와 거짓 결혼으로 끌려 들어갈 뻔했다는 것은 꿈에도 몰랐던 것이오! 자, 여러분, 따라오시오!"

그는 당황하거나 서두르지 않고 여전히 내 손을 꼭 잡은 채 교회를 나와 손필드의 현관으로 들어섰다. 그러고는 3층으로 올라갔다.

낮고 검은 문은 로체스터 씨의 큰 열쇠로 열렸다. 우리들은 커다란 침대와 그림이 붙은 장롱과 카펫으로 장식된 방으로 들어갔다.

"이 방을 알고 있겠지, 메이슨? 자네를 물어뜯고 찌른 것은 바로

이 방에서야."

로체스터 씨는 벽걸이를 걷어올리고 두 번째 문을 보여 주었다. 그것도 열었다. 창문이 하나도 없는 방안엔 난롯불이 이글이글 타고 있었고, 그레이스 풀은 난로 위에 허리를 굽히고 냄비에다 무엇인가 요리를 하고 있었다.

"안녕하시오, 풀 부인! 좀 어떠시오? 그리고 당신의 환자는 오늘 좀 어떻소?" 하고 로체스터 씨가 말했다.

"고맙습니다. 그저 그럭저럭 지내죠. 화를 좀 발끈발끈 내긴 하지만 난폭하진 않아요."

그레이스는 이렇게 대답하면서 끓고 있던 냄비를 내려놓았다.

그때 그레이스 풀의 호의적인 보고가 거짓말이라고 부정이라도 하듯 처참한 비명 소리가 들려왔다.

옷을 걸친 괴물이 벌떡 일어났다. 그러고는 텁수룩하게 엉겨 붙은 머리칼을 젖히더니 방문객들을 매섭게 노려보면서 울부짖었다. 그 푸르스름하게 부풀어오른 얼굴을 나는 금방 알아볼 수 있었다. 풀 부인이 앞으로 걸어나오자 로체스터 씨가 그녀를 옆으로 밀었다.

"흉기 같은 건 지금 안 갖고 있겠지?"

"무얼 갖고 있는진 아무도 모르죠. 어찌나 감쪽같은지. 저 여자의 음흉한 흉계는 보통 사람의 머리로는 도저히 알아낼 수가 없답니다. 조심하세요!"

그레이스가 걱정스럽다는 듯이 말했다. 세 신사도 일제히 뒤로 물러섰다. 로체스터 씨는 나를 보자 힘껏 뒤로 밀쳤다.

그 미친 여자는 로체스터 씨의 목덜미를 움켜쥐고 그의 뺨을 물어 뜯으려 했다. 두 사람은 격투를 벌였다. 그 여자는 격투에서 남자 못지않은 힘을 보여 주었지만, 몇 번이나 목을 졸릴 뻔했다. 로체스터 씨는 때리지는 않고 다만 방어만 할 뿐이었다. 그는 가까스로 그녀의 두 팔을 묶어 가까이에 있던 의자에 붙들어 매는 데 성공했다. 로체스터 씨는 사람들을 돌아다보며 씁쓸하게 웃었다.

"저 여자가 여러분이 말하는 내 아내요. 이것이 내가 알고 있는 유일한 부부의 포옹이고 내가 심심풀이로 하는 애무랍니다."

그는 내 어깨에 손을 얹으며 말을 계속했다.

"이 처녀는 지옥의 입구에서 이처럼 침착하고 엄숙하게 악마의 장난을 바라보고 있소. 그리고 나는 저 고약한 요리를 먹은 다음에 입가심으로 이 처녀를 원했던 것이오. 우드 씨, 브리그스 씨, 이 맑은 눈과 저쪽의 곰 같은 붉은 눈을 비교해 보시오. 그리고 나서 복음을 전도하는 목사님과 법률을 아는 분이여, 나를 **심판해** 주시오."

우리들 일행은 그 방을 나왔고 로체스터 씨는 **그레이스** 풀에게 **무**엇인가를 지시하는 듯 우리들보다 조금 늦게 방을 **나왔다**. 계단을 **내**려올 때 변호사가 내게 말했다.

"이보시오, 아가씨. 아가씨께선 일체의 비난을 받지 않을 것이오. 만일 아직 살아 계시다면 아가씨의 숙부님이 기뻐하실 겁니다. 숙부님께선 지금 병상에 계시는데 아가씨가 로체스터 씨와 결혼한다는 편지를 받고는 깜짝 놀라셨습니다. 숙부님은 일찍이 거래상인 메이슨 씨로부터 로체스터라는 이름을 들어 왔는데, 두 사람이 결혼한다는 말을 듣고 메이슨 씨에게 물어 사건의 진상을 알게 된 거지요. 그래서 숙부님 자신이 아가씨를 함정에서 구해내려 영국으로 오시려고 했지만 병 때문에 못 오시고 나와 메이슨 씨에게 협조를 의뢰하셨던 것입니다. 저는 아가씨를 데리고 돌아가고 싶지만 숙부님의 소식을 들을 때까진 영국에 그대로 계시는 편이 좋을 듯싶습니다. 자, 우리들은 이제 여기 더 머물러 있을 필요가 없지 않겠습니까?"

그는 메이슨을 돌아보며 물었다.

"네, 그만 돌아갑시다."

메이슨이 불안한 목소리로 대답했다. 그들은 로체스터 씨에게 떠난다는 인사도 하지 않고 방문을 열고 나가 버렸다.

목사는 로체스터 씨에게 몇 마디 훈계를 하고는 돌아갔다. 그들이 모두 가 버린 후에 나는 방안에 틀어박혀 아무도 못 들어오게 문고리를 잠그고는 혼례복을 습관처럼 벗었다. 그리고 이제 '이것을 입는 것도 마지막'이라고 생각했던 모직 옷으로 바꿔 입었다. 나는 꼼짝도 할 수 없을 만큼 피곤함을 느끼며 테이블 위에 두 팔을 기대고 그 속에 머리를 파묻었다.

그때까지는 다만 듣고 움직였을 뿐이었다. 잇달아 사건이 벌어지고 비밀이 폭로되는 것을 보고만 있던 나는, 이제야말로 정리를 해야 할 때라고 느꼈다.

겉으로 보기에는 아무런 변화도 없는 예전 그대로의 나였다. 아무것도 나를 괴롭히거나 할퀴거나 병신으로 만들지는 않았다. 그런데도 어제의 제인 에어는 어디에도 없었다. 희망에 불타오르는 여자였던 제인 에어는 이제 다시금 찬바람이 감도는 쓸쓸한 처녀로 되돌아가고 말았다. 그녀의 인생은 빛이 바래고 앞날은 황량하기만 했다.

27

그날 오후, 나는 고개를 돌어 기울어 가는 벽을 온통 붉은빛으로 물들이는 석양을 바라보고 있었다. '앞으로 나는 어떻게 하면 좋단 말인가?' 하고 자신에게 물었지만, '곧 손필드를 떠나라.' 하는 대답이 나올 것이 두려워 귀를 막아 버렸다.

'더할 나위 없이 찬란한 꿈에서 깨어나 그것이 모두 허황된 것임을 알게 된 것은 참을 수도 있고 극복할 수도 있는 공포다. 하지만 지금 당장 그에게서 떠나야 한다는 사실은 참을 수가 없다. 그것은 견딜 수 없는 일이다.'

그러나 그때, 내 마음속의 목소리는 그렇게 할 수 있다고 단언했고, 그렇게 할 것이라고 예언했다. 나는 이러한 서글픔에 두려움을 느끼며 자리에서 벌떡 일어섰다. 똑바로 일어서자 현기증이 났다. 흥분과 공복 때문에 이런 상태가 된 것이라고 생각했다. 그날은 아침도 먹지 않았으며 물 한 모금도 마시지 않았던 것이다.

나는 문고리를 열고 복도로 나가려다 어떤 장애물에 걸려 휘청거렸다. 그러나 마룻바닥에 넘어지진 않았다. 어떤 팔이 나를 받쳐 주었기 때문이다. 쳐다보니 로체스터 씨가 나를 부축해 주고 있었다. 내 방 맞은편 문턱에 그가 걸터앉아 있었던 것이다.

"드디어 나왔구려, 제인. 나는 결코 이렇게까지 당신을 괴롭힐 생각은 없었소. 이봐요, 제인. 한마디의 책망도 없어? 신랄한 말, 가슴을 에는 듯한 비난 한마디도 없다는 말이오? 감정을 뒤흔들어 놓거나 분통을 터뜨려 주지도 않겠다는 거요? 제인, 가령 딸처럼 귀여워하는 한 마리 새끼 양을 가진 사람이 도살장에서 자신의 실수로 새끼 양이 죽었다고 해도, 내가 지금 슬퍼하고 있는 것만큼은 자기의 실책을 슬퍼하지 않을 것이라고 생각하오. 나를 용서해 주겠소?"

그때 나는 그를 용서했다. 그의 눈에는 진실된 깊은 뉘우침이 서려 있었고, 그 말투에는 마음으로부터 우러나는 진정이 깃들어 있었으며, 그 태도에는 남자다운 힘이 넘치고 있었다. 게다가 그의 말투나 태도에는 전과 다름없는 사랑이 깃들어 있었다. 나는 무엇이든 용서해 주었다. 겉으로뿐만 아니라 마음속 깊은 곳에서도 용서했던 것이다.

"날 악당이라고 생각하겠지, 제인?"

"네, 그래요."

"그렇다면 솔직하고 호되게 나를 비난해 줘요. 봐주지 말고."

"그렇게는 할 수 없어요. 피곤한데다가 몸이 안 좋아요. 물 좀 가져다 주세요."

그는 몸서리치듯이 한숨을 내쉬고는 아래층으로 나를 안고 내려갔다. 처음에 나는 내가 어느 방으로 들어왔는지를 몰랐다. 희미한 내 눈에는 모든 것이 안개에 휩싸인 것만 같았다. 여름이었는데도 내 몸은 얼음장처럼 차갑기만 했다. 나는 곧 불을 피워 놓은 것 같은, 기운을 차리게 하는 훈훈함을 느꼈다. 그는 내 입에 포도주를 흘려 넣어 줬으며, 나는 그것을 마시고 기운을 차렸다. 그리고 그가 무엇인가를 먹여 주었는데 그것을 먹고는 금세 정신이 들었다. 나는 서재에 있었다. 나는 그의 의자에 앉아 있었으며 그는 바로 내 곁에 있었다.

'지금 이대로 더 심한 고통을 겪지 않고 죽을 수만 있다면 좋겠는데. 내가 이분과 헤어져야 하는 것만은 틀림없을 것 같다. 하지만 그의 곁을 떠나기는 싫어. 떠날 수가 없어.' 하고 나는 생각했다.

"이제 좀 어떻소, 제인?"

"많이 좋아졌어요. 이제 좀 있으면 기운을 차리게 되겠죠."

"포도주를 한 잔 더 들이켜요, 제인."

나는 그가 시키는 대로 했다. 그는 식탁 위에 잔을 내려놓고 내 앞에 서더니 주의 깊게 바라보았다. 그러다가 그는 별안간 어떤 격렬한 감정이 가슴속에서 요동치는 듯, 알아들을 수 없는 소리를 지르더니 고개를 돌려 버렸다. 그러고는 마치 키스라도 하려는 듯이 몸을 굽혔으나, 나는 이제 키스를 해서는 안 된다는 것을 깨닫고 고개를 돌려서 그의 얼굴을 옆으로 밀쳐냈다.

"아아! 이게 웬일이오?"

그가 다급하게 외쳤다.

"아아, 알았어! 당신은 버서 메이슨의 남편과는 키스하지 않겠다는 거겠지? 내 팔엔 임자가 있고 나의 포옹은 남의 것이라고 생각하는 거겠지?"

"어쨌든 이제는 제가 안길 이유도, 제게 요구할 권리도 없어요."

"왜 제인? 아니, 길게 얘기할 건 없지. 대신 내가 대답하지. 내게는 이미 아내가 있다고 당신은 말하겠지. 내 말이 맞소?"

"그래요. 제 주위의 것이 모두 다 변했어요. 저도 변하지 않으면 안 돼요. 그래서 여기를 떠나겠어요."

"얼마 동안 말이오, 제인? 그 머리를 빗고 열에 들뜬 얼굴을 씻을 동안 말이오?"

"전 아델과 손필드 저택과 이별해야 해요. 당신과는 한평생 헤어져야 하고요. 전 낯선 사람들, 낯선 환경에서 새로운 생활을 시작하지 않으면 안 돼요."

"나와 헤어진다는 그 소리는 안 들은 걸로 하지. 당신은 내 몸의 한 부분이어야 하니까. 새로운 생활? 당신 말이 옳소. 당신은 앞으로 내 아내가 될 테니까. 왜 고개를 흔드시오? 제인, 내 말을 좀 잘 들어요. 정말 그렇지 않으면 나는 또 화를 낼 테요."

그의 목소리와 손이 떨렸다. 그의 눈은 이글이글 타고 있었다. 그래도 나는 용기를 내어 말했다.

"선생님의 부인은 살아 계십니다. 그것은 오늘 아침, 선생님 자신이 시인하신 거예요. 소원대로 제가 함께 살게 되면 전 선생님의 작은부인이 되는 셈이죠. 그렇지 않다고 우기시겠어요?"

그의 뺨과 입술에서 핏기가 사라지고 얼굴이 차차 흙빛으로 변해 갔다. 그토록 그가 질색하는 저항을 해서 그를 괴롭게 하는 것은 잔

인한 짓이었다. 그러나 그의 말에 순종하는 것은 생각지도 못할 일이었다.

"난 멍청이야!"

갑자기 로체스터 씨가 외쳤다.

"늘 아내가 없다고 말했으면서, 왜 그런가를 제인에게 설명하지 않았으니 말이야. 그렇지, 제인도 내가 알고 있는 것을 전부 알게 되면 나와 같은 생각을 갖게 될 것이 틀림없어! 잠깐 내 손을 잡아 줘요, 제인. 눈으로 보는 것과 동시에 손으로 만져 보고, 당신이 정말로 내 옆에 있다는 증거가 되게. 그리고 간단하게 사정 얘길 들려주리다. 들어 주겠소?"

"네, 하고 싶으시다면 몇 시간이라도."

"몇 분 동안이면 돼. 제인, 나는 이 집의 장남이 아니고 원래 형님이 있었다는 것을 들어 본 적이 있소?"

"페어팩스 부인에게서 그런 말을 한 번 들었던 적이 있어요."

"그리고 우리 아버지가 무척 욕심이 많았다는 것도?"

"네."

"제인, 그렇기 때문에 재산을 여러 개로 나누지 않으려고 아버지가 결정한 거요. 재산을 나누어서 내게도 충분한 배당을 남겨 주어야 한다는 것이 참을 수 없었던 것이오. 그렇다고 해서 아들 중의 하나가 가난뱅이가 되는 것 또한 참을 수가 없었소. 그래서 나를 부자와 결혼시켜 무엇 하나 부족함이 없는 신분으로 만들려고 하셨지. 다행스럽게도 아버지는 내 배우자를 찾아냈소. 서인도의 농장주이며 상인인 메이슨 씨는 아버지와 옛 친구였소. 그의 재산은 견실하고 막대한 것이라고 예상했던 것이오. 그런 메이슨 씨에게는 아들과 딸이 있었는데, 딸에게 3만 파운드의 재산을 나눠 줄 예정이라는 것을 메이슨 씨에게 듣게 됐던 것이오. 나는 대학을 졸업하자마자 내게 구혼했던 신부와 결혼하기 위해 자메이카로 보내졌소. 아버지는 그녀의 재산에 대해서는 아무 말씀도 안 하셨지만 메이슨 양은 그의 미모로 스페니시타운의 자랑이 되어 있다고 말씀하셨소. 그리고 그것은 거짓이 아니었소. 그녀는 블랑쉬 잉그램풍의 미인—키가 크고 머리카락이 검은 아주 당당한 여자—이라는 것을 알게 되었소. 그녀의 가족들은 우리 가문이 좋기 때문에 나를 손에 넣으려 했던 것이고 그녀 역시 그랬었소. 아름답게 성장한 그녀를 이곳저곳의 파티에서 자주 볼 수 있었으나 그녀와 단둘이 마주치는 일은 좀처럼 없었고, 흉금을 터놓고 얘기를 주고받은 일도 거의 없었소. 그녀는 나에게 잘 보이려고 자신의 매력과 재능과 기예를 마구 자랑해 보였소. 그녀와 사귀고 있던 남자들은 나를 모두 부러워했었소. 나는 현혹되어 눈이 어두워지고 감정이 불꽃처럼 타올랐소. 나는 아무것도 모르는 애송이였기 때문에 그녀를 사랑하고 있는 것으로 착각했었소. 사람은 사교계의 어리석은 경쟁이라든지 젊음으로 인한 열망과 맹목적인 것에 충동을 받게 될 때는 미치광이 같은 어리석은 짓도 저지르게 마련인 것이오. 그녀는 나를 유혹했었소. 나 자신이 어느 곳에 서 있는지도 모르는 사이에 벌써 결혼해 버리고 말았지. 아, 그러나 나는 얼마나 어리석었는지. 나는 그녀를 사랑한 일도 존경한 일도 없고, 그녀의 사람됨을 알지도 못했던 거요. 그녀의 성격에 좋은 점이 단 한 가지라도 있는지 없는지조차 알지 못했소. 맑고 깨끗한 마음이나 얌전한 태도나 겸손이나 솔직함이나 세련된 점 등은 전혀 찾아볼 수가 없었소.

나는 신부의 어머니를 한 번도 만나 볼 수가 없었소. 돌아가신 것으로 알고 있었지. 그런데 신혼여행이 끝났을 때, 내가 잘못 알고 있었다는 것을 깨달았소. 그녀의 어머니는 정신 이상이 되어 정신병원에 감금되어 있었소. 게다가 남동생이 둘 있었는데, 한 사람은 말을 할 줄 모르는 완전한 백치였소. 또 한 사람은 당신도 만난 적이 있는 사람이오. 나는 그 일족은 누구나 소름 끼칠 정도로 싫었지만, 그 남자만은 미워할 수 없었소. 왜냐하면 한심한 누님에게 항상 신경을 쓰고 있는 것과 나를 끔찍이 따르고 있는 것으로도 알 수 있듯이 약간 이상한 정신 상태 속에서도 그는 사랑을 지니고 있었기 때문이오. 그런데 그 사람도 차츰 똑같은 상태가 되어 버리고 말았소. 나의 아버지와 형 롤런드는 이러한 사실을 모두 알고 있었지만, 돈 3만 파운드에 눈이 어두워 나에게 이런 음모를 꾸몄던 것이오.

이것은 아주 비열한 짓이었소. 하지만 그러한 사실을 숨기고 있었다는 비겁한 행위는 비난할 수 있었으나, 그 일을 가지고 아내를 비난해서는 안 된다고 생각했소. 그래서 그녀의 성질이 내 성질에 전혀 맞지 않고, 그녀의 취미가 비위에 거슬리고, 생각이 저속하고 편협되어 보다 높은 이상을 추구하거나 크게 성장하는 일이 불가능하다는 것을 알았다고 할지라도 그녀를 탓하거나 비난하지 않았소. 그리고 그녀와 함께 하룻밤, 아니 하루에 단 한 시간도 즐겁게 보낼 수 없다는 것을 알았을 때도, 또 내가 어떠한 화제를 내놓아도 그녀에게서는 금방 품위 없고 시시하고 비뚤어진 근성의 어리석은 대꾸밖에는 얻을 수 없기 때문에 아기자기한 대화를 계속할 수 없다는 것을 알았을 때도, 또한 그녀가 하인들에게 까닭도 없이 심하게 화를 내거나 어리석고 이치에도 맞지 않는 억지 명령을 하여 내가 조용하고 안정된 가정을 가질 수 없다고 깨달았을 때까지도 나는 단단히 내 자신을 억누르고 참았던 거요. 비난하는 것도 삼가고 불평하는 것도 그만두었소. 후회와 혐오의 정을 삼켜 버리려 노력하고 격한 증오심을 느꼈을 때도 그것을 누르고 참았던 것이오.

제인, 지긋지긋하고 불쾌한 이야기를 해서 당신을 괴롭히지는 않겠소. 그렇지만 내가 이야기하고 싶은 것은 분명히 하겠소. 나는 3층의 그 여자와 4년 동안 살았지. 그동안 그 여자는 나를 지독하게 괴롭혔소. 그 여자의 나쁜 성질은 놀랄 만한 속도로 성장하고 발달했소. 그 나쁜 버릇이 싹을 트더니 힘차고 무섭게 자라났소. 고집이 대단히 세었기 때문에 그녀를 말릴 수 있는 방법은 참혹한 처사뿐이었는데, 나로서는 도저히 그 짓을 할 수가 없었소. 그 여자는 어쩌면 그렇게도 천치 같은 지능과 엄청난 병적인 버릇을 가지고 있는지. 악명 높은 미치광이 어머니의 친딸인 버서 메이슨은 남편인 나를 제멋대로 끌고 다니며, 술만 퍼마시고 품행도 좋지 않은 남편이라는, 피할 수 없는 창피와 괴로움을 당하게 했던 것이오. 그러는 동안에 나의 형님은 세상을 뜨고 4년 후에는 아버지도 돌아가셨소. 그래서 나는 굉장한 부자가 되었소. 그런데도 나는 자신이 싫어질 만큼 괴롭고 보기에도 가련한 가난한 사람이 되었소. 제인, 내 얘기가 듣기 싫을 거요. 기분 나쁜 얼굴을 하고 있군. 나머지는 다음에 하겠소."

"아니에요. 지금 전부 이야기해 주세요. 당신을 가엾게 생각해요. 진정으로 가엾게 생각해요."

"그 후 나는 영국으로 그녀를 옮겼소. 하여간 그런 괴물과 같이 배를 타고 있었기 때문에 참으로 두려운 항해이기도 했소. 마침내 손필드로 데리고 와서 저 3층 방에 무사히 옮겨 놓았을 때는 그야말로 긴 한숨까지 내쉬었소. 그 비밀의 구석진 방을 그녀는 벌써 10년간이나 야수의 동굴, 악마의 집으로 삼고 있는 것이오. 곁에서 시중 드는 사람을 구하는 데도 정말 힘들었다오. 성실하고 신용할 수 있는 사람을 골라야 했기 때문이었소. 만일 그 사람이 떠들어대면 내 비밀이 폭로되어 버릴 테니까 말이오. 더구나 그녀는 며칠씩—때로는 몇 주일 동안 제정신으로 돌아올 때가 있어서—내 욕을 계속 퍼붓고 있었으니 말이오. 마침내 그림스비 정신병자 수용소에서 그레이스 풀을 고용할 수가 있었소. 그레이스와 외과 의사인 커터 두 사람만이 내 비밀을 알고 있는 사람들이오. 페어팩스 부인은 무언가 의심을 하는 듯했지만, 사실에 대해서 정확하게 알고 있지는 못할 거요. 그 여자는 사람이 잠깐 동안이라도 방심하고 있으면 꼭 그 틈을 보란 듯이 이용하였소. 한번은 자기 동생을 찌르려고 나이프를 숨겨 놓은 적이 있었고, 방의 열쇠를 손에 넣었다가 밤중에 몰래 그곳을 빠져나온 적이 두 번이나 있었소. 처음으로 빠져나왔을 때는 침대에 누워 있던 나를 태워 죽이려 했고, 두 번째 때는 당신을 찾아가서 기분 상하게 만들었던 것이오. 그때 당신을 지켜 주신 하느님께 얼마나 감사를 드렸는지 모르오. 그 당시 그녀는 당신의 결혼 의상에만 눈이 뒤집혔던 모양이오. 그 의상을 보고 자기가 신부였을 때의 추억이 어렴풋이 되살아났나 보오. 그때 당신이 어떻게 되었을지도 모른다는 것을 생각만 해도 나는 두려워 견딜 수가 없소. 오늘 아침에도 나의 뺨을 향해 달려든 그녀가 나의 비둘기 둥지에까지 검고 붉은 얼굴을 내밀었다는 것을 생각하면 온몸이 얼어붙어서……."

"그럼 당신은……." 하고 나는 그가 말을 그친 사이에 이렇게 물었다.

"그분을 이곳에 가두어 놓고 어떻게 하셨나요? 어디로 가셨어요?"

"내가 무엇을 했느냐고? 제인, 나는 도깨비로 변신을 한 거요. 어디로 갔었느냐고? 3월에 부는 바람의 요정처럼 아무 곳으로나 목표도 없이 방황하고 다녔소. 언제나 나의 일념은 내가 사랑할 수 있는 착하고 총명한 여자를 만나는 것이었소. 손필드에 남겨 둔 포악한 자와 대조적인 사람을……."

"그러나 결혼하실 수는 없잖아요?"

"나는 결혼할 수 있고, 결혼해야 된다고 결심했소. 또 그렇게 확신하고 있었소. 당신을 속인 것처럼 남을 속이는 것이 내 원래의 의도는 아니었지. 있는 그대로 이야기하고 정정당당히 결혼을 신청할 생각이었소. 나는 내가 사랑하고 사랑받을 자유를 가져도 좋다는 것을 지극히 당연하다고 생각했기 때문에 내가 그 무거운 짐을 지고 있다 하더라도, 그러한 내 입장을 이해해 주고 스스로 나를 받아들일 의사를 갖고 그렇게 행동할 수 있는 여성을 발견할 수 있게 될 것이라고 믿어 의심치 않았소. 당신은 나를 비난하고 있는 게 분명해. 그러나 이제 중요한 대목을 말하도록 해 줘요. 지난 1월, 사귀던 여자들과 모두 헤어지고 쓸데없는 방랑과 고독한 생활의 결과로 얻어진 아픔으로 모든 인간, 특히 여성들에게 쓰디쓴 마음을 안고—지적이고 성실하고 사랑에 넘치는 여성이라는 것은 단지 꿈에 지나지 않는다고 믿기 시작했기 때문이었소—일 때문에 영국으로 돌아왔소.

어느 얼어붙을 듯이 추운 겨울날 오후, 나는 손필드 저택이 보이는 곳까지 말을 타고 왔었소. 소름이 쫙 끼치는 장소, 나는 그곳에서 어떠한 평화나 기쁨도 기대하지 않았소. 나는 담 쪽의 돌계단에 조용하고 자그마한 모습의 한 여자가 앉아 있는 것을 보았소. 나는 그 반대쪽의 수양버들 앞을 무심코 지나쳐 버렸소. 나에게는 아무런 예감도 없었소. 나의 인생을 중재할 여성이—좋든 나쁘든 나의 수호신이—그곳에서 얌전한 모습으로 기다리고 있다는 것을 내심으로나마 느낄 수가 없었던 것이오. 메슬로가 넘어졌을 때 급히 뛰어와서 진지하게 도와 주겠다고 나섰을 때까지도 나는 그것을 몰랐소. 어린애처럼 가냘픈 모습! 마치 빨간 방울새가 내 발 밑에 파르르 날아와서, 그 조그만 날개에다 나를 태워 주겠다고 어리광을 부리는 것 같았소. 나는 무뚝뚝하게 대했지만 그녀는 가까이 와서 그 자리를 떠나려고도 하지 않았소. 이상스러울 만큼 참을성 있게 내 곁에 서서 이해할 수 없는 권위를 가지고 나를 쳐다보며 말하는 것이었소. 나는 그녀의 도움을 받지 않을 수 없었소. 나는 도움을 받았소.

내가 그 약하디약한 어깨에 손을 얹었을 때, 그때 틀림없이 무엇인가 새로운 것이 — 싱싱한 생기와 깨달음이 — 나의 체내에 스며든 것이오. 그러나 오랫동안 나는 당신에게 쌀쌀맞게 대했고, 당신과 함께 있는 일도 극히 드물었소. 나는 지적인 쾌락주의자여서 이 진기하고 통쾌한 사람과 사귀는 만족감을 천천히 맛보고 싶었던 것이오. 게다가 내가 그 꽃에 함부로 손을 댄다면 그 꽃의 아름다움이 사라지지나 않을까, 그 표현할 수 없는 신선한 매력이 없어지지나 않을까 하는 불안에 싸여서 잠시 괴로워하기도 했었소. 그때는 미처 그것이 덧없이 시들어 버리는 꽃이 아니라, 영원히 깨지지 않는 보석으로 조각한, 찬란하게 빛나는 꽃과 같은 것이라는 것을 몰랐기 때문이오. 더욱이 내가 당신을 피한다면 당신이 나를 찾지 않을까 싶었소. 그러나 당신은 나를 찾지 않았소. 당신은 마치 테이블이나 화구처럼 가만히 공부방에만 틀어박혀 있었소. 이따금 얼굴이 마주치더라도 실례가 되지 않을 정도로 가볍게 고개를 숙이고 곧 지나쳐 버렸소. 제인, 나는 그즈음의 당신이 나를 어떻게 생각하고 있는지, 나를 조금이라도 생각하고 있는지 아닌지 너무 궁금하여 그것을 알아내야겠다고 결심했소. 나는 또다시 당신에게 주의를 기울였소. 그 후 이야기할 때의 당신 얼굴에는 즐거운 듯한 표정이 있었고, 상냥한 태도가 엿보였소. 나는 당신에게 친절하게 해 주는 기쁨을 맛보기로 결정했소. 친절은 곧 좋은 감정을 불러일으켜 당신의 표정은 차차 누그러지고 말투는 상냥해졌소. 내 이름이 당신의 입술에서 정답고 명랑한 어조로 발음되는 일은 내게 큰 즐거움이었소. 그때 나는, 당신과 우연히 마주치는 것을 즐거움으로 삼고 있었소. 제인, 그런데 당신의 말씨나 태도에는 이상하게 주저하는 빛이 보였소. 약간 곤혹스러운 듯한 그리고 의심스러운 빛을 띠고 내 눈치를 살피기도 했었소. 내 변덕이 어떤 종류인가, 내가 주인으로서 일부러 엄하게 보이려고 하는 것이 아닌가, 그렇지 않으면 친구를 가장해서 친절하게 보이려고 하는 것은 아닌가, 당신은 그런 것들을 의심하는 것 같았소. 나는 벌써 당신이 너무나 좋아졌기 때문에 주인으로서의 나의 역할을 그럴듯하게 연출할 수 없게 되어 버렸소. 내가 진심이 담긴 손길을 내밀면, 당신의 젊고 그 깊은 생각에 잠긴 얼굴은 더욱 빛나고 즐거운 기색을 감추지 못했소. 그럴 때면 당신을 가슴에 꼭 껴안고 싶은 마음을 억제하기 위해 나는 무척 애를 쓰지 않으면 안 되었소."

"이제 그때의 일은 얘기하지 말아 주세요."

나는 눈물을 몰래 닦아내면서 그의 말을 가로막았다. 그의 말이 내게는 쓰라린 고통이었다. 내가 무엇을 하지 않으면 안 되는가를, 더욱이 되도록이면 빨리 해야 된다는 것을 알고 있었기 때문에 이러한 추억이나 감정의 토로는 내가 해야 할 일을 더욱 힘들게만 할 뿐이었다.

"그렇지, 제인. 현재가 이렇게 확연하고 미래가 이렇게 밝은데 과거의 일을 들추어낼 필요가 어디 있겠소?"

그의 이 어리석은 단언을 듣고 나는 몸서리를 쳤다.

"이제 내 마음이 어떠한 상태로 발전했는지 알았을 거요. 그렇지 않소? 말할 수 없는 비참함 속에서, 청년기와 장년기의 반이 황량한 고독 속에 지나가 버린 지금에야 나는 진정으로 사랑할 수 있는 여인을 발견하였소. 당신을 발견한 것이오. 당신은 나와 한마음을 가진 사람이오. 당신은 보다 나은 나 자신이며 나의 가장 착한 천사요. 나는 강한 사랑으로 당신과 결합되기를 원하고 있소. 당신이 선량하고 재능이 있고 사랑스러운 사람이라고 생각하면 할수록 내 마음속에서는 진실한 정열이 불타오른다오. 그 정열을 오직 당신에게 쏟아서, 그 강렬하고 신성한 불이 활활 타올라 당신과 나를 하나로 융합시키도록 할 것이오. 오직 당신만을 나의 중심에 있는 생명의 샘으로 끌어들일 것이오.

  내가 당신과 결혼할 결심을 한 것은 이러한 바를 느끼고 알았기 때문이오. 내겐 이미 아내가 있지 않느냐고 말한다면 그것은 쓸데없는 조롱에 불과해요. 나에게는 소름 끼치는 악마가 있을 뿐이라는 것을 당신도 이미 알고 있을 것이오. 당신을 속이려 한 것은 잘못이었지만, 그것은 당신 성격 속에 있는 고집 센 면이 걱정되어서 그랬소. 편견이 예상 외로 빨리 뿌리를 내리지나 않을까 걱정되었기 때문이오. 위험한 비밀을 고백하기 전에 안전하게 당신을 손에 넣고 싶었소. 그것은 비겁한 짓이었소. 우선 무엇보다도 당신의 고귀함과 관대함에 호소했어야 했소. 고뇌에 찬 나의 생애를 숨기지 않고 고백해서 더욱 높고 가치 있는 생활을 갈망하고 있다는 것을 설명하고, 진실하고 굳은 사랑을 표시하고, 나 역시 그러한 깊은 사랑을 받고 싶다는 굽힐 수 없는 의지를 표시했어야 했소. 그렇게 하고 나서 나의 진실한 맹세를 받아 주도록, 그리고 당신도 내게 그것을 맹세해 주도록 부탁했어야 했소. 제인, 지금 그 맹세를 해 주겠소?"

잠시 침묵이 흘렀다.

"왜 아무 말이 없소, 제인?"

나는 시련을 겪고 있었다. 붉게 타오른 강철 같은 손이 나의 생명의 중심을 붙잡고 있었다. 고투와 암흑과 불길이 치솟는 무서운 순간! 이 세상의 어떤 사람도 지금 사랑을 받고 있는 나보다 더 깊은 사랑을 받고 있다고는 말할 수 없을 것이다. 이렇게까지 나를 사랑하고 있는 사람을 나는 절대적으로 숭배하고 있었다. 그런데도 나는 그 사랑과 우상의 대상을 포기하지 않으면 안 되었다. 한마디의 쌀쌀한 말이 견딜 수 없는 나의 의무를 표현했다—'떠나겠어요!'

"제인, 내가 당신에게 무엇을 원하고 있는지 알고 있겠지? 한마디만 해 줘요. 내 아내가 되어 주겠다고 말이야."

"로체스터 씨, 저는 당신의 아내가 될 수 없어요."

다시 긴 침묵이 계속되었다.

"제인!"

그가 입을 열었다. 조용한 말투였으나 그것은 나를 더욱 큰 슬픔으로 휘몰아 가고 불길한 공포로 심신을 얼어붙게 했다. 왜냐하면 그 조용한 목소리는 마치 일어서려고 안간힘을 쓰는 사자의 신음 같았기 때문이다.

"제인, 당신은 자기 혼자만 갈 길을 가 버리고 나에게는 다른 길을 가게 만들 작정이오?"

"그래요."

"제인(허리를 굽혀 나를 껴안으면서), 지금도?"

"그래요."

"이래도?"

그는 나의 이마와 뺨에 가볍게 키스를 하면서 말했다.

"그래요."

나는 재빨리 단단히 붙잡고 있는 그의 팔에서 빠져나오며 대답했다.

"아, 제인, 그건 너무해! 나를 사랑한다고 해서 죄가 되지는 않을 텐데."

"당신에게 복종하면 죄가 될 거예요."

미칠 것 같은 표정이 눈살을 찌푸리게 하면서 그의 얼굴을 스치고 지나갔다.

"그렇다면 나더러 비참하게 살다가 저주받아 죽으라고 선고하는 것이오?"

그의 목소리는 점점 높아졌다.

"저는 당신이 죄를 짓지 않고 살아가기를 바라요. 그리고 세월이 흐른 뒤 편안히 죽음을 맞게 되기를 진심으로 바라고 있어요."

"당신은 내게서 사랑과 순결을 빼앗아 가려는 것이오? 나로 하여금 정열 대신 육욕(肉慾)으로, 일 대신에 악덕으로 되돌아가게 하려는 거요?"

"로체스터 씨, 저 자신이 그런 운명이 되고 싶지 않은 것처럼 당신에게도 그것을 권하고 싶지는 않아요. 우리들은 노력하고 인내하기 위해 태어났어요. 당신도 그렇게 해 주세요. 제가 당신을 잊기 전에 당신은 저를 잊을 거예요."

"그것은 내가 거짓말쟁이라는 것을 의미하오. 내 명예를 더럽히는 거요. 내 믿음은 변치 않는다고 선언했는데, 당신은 내 앞에서 금방 생각이 변했단 말이오? 당신의 판단이 그릇되고 당신의 의견이 비뚤어졌다는 것을 지금 당신의 행동이 입증하고 있소. 한 인간을 절망의 구렁텅이에 몰아넣고 있으니 말이오. 이것이 세상 사람들의 인습에 위배되는 일을 하는 것보다 낫다는 말이오? 그렇게 된다고 해서 누구 한 사람 상처받을 리는 없지 않소? 당신에게는 나와 같이 산다고 해서 분개할 친척이나 친구도 없잖소."

그것은 사실이었다. 그가 이렇게 말할 때, 내 양심과 이성은 그를 거부하는 것은 죄악이라고 책망하고 있었다. 내 감정은 그 양심과 이성과 더불어 미친 듯이 소리를 질렀다.

'아, 승낙해 버리자! 그의 위험을 생각해 보라. 혼자 남게 되는 그를 상상해 보라. 앞뒤 생각을 하지 않는 그의 성격을 생각해 보라. 절망 뒤에 계속될 무모함을 생각해 보라. 그를 위로하고 그를 구원하고 그를 사랑하자. 나는 당신을 사랑하고 당신 것이 되겠다고 말하라. 이 세상에서 누가 나를 보살펴 주겠는가. 누가 나의 결심으로 피해를 받는다는 것인가?'

그러나 역시 대답은 이에 굴복하지 않았다.

'지금까지 쌓아 올린 생각과 이미 굳히고 있던 결의만이 지금의 내가 지켜야 할 것이다. 나는 그곳에 단단히 발을 붙일 것이다.'

나는 그렇게 했다. 로체스터 씨는 내 표정으로 나의 생각을 알아차렸다. 그의 분노는 차차 최고조에 달했다. 나중에는 걷잡을 수 없는 분노에 휩싸여 뚜벅뚜벅 다가오더니 나의 팔을 잡고 허리를 껴안았다. 타는 듯한 눈으로 나를 뚫어지게 쳐다보는 순간, 나의 육체는 열풍에 시달린 보리 이삭처럼 무력해졌다. 그래도 마음속으로는 침착함을 유지하고 최후까지 안전하리라는 믿음을 가지고 있었다. 나는 그의 눈을 쳐다보았다. 그러나 그의 비참한 얼굴을 쳐다보았을 때 그만 한숨을 내쉬고 말았다. 그에게 안겨 있는 것은 마음 아픈 일이었고, 더 이상 버티기가 어려워 나는 기진맥진했다.

"지금까지……"

그가 이를 갈면서 말했다.

"지금까지 이렇게 연약하면서 굽힐 줄 모르는 사람은 보지 못했소. 내 손 안에서는 한줄기 갈대로밖에는 생각되지 않아(그렇게 말하며 그는 나를 힘껏 흔들었다). 이 엄지손가락과 집게손가락으로 동강을 내 버릴 수도 있지만, 그렇게 한들, 아니 갈기갈기 찢어 버리고 밟아 버린다 한들 무슨 소용이 있겠소? 이 눈을 봐요. 이 야무지고 자연스러우며 광채마저 서린 눈을. 단호한 승리감을 가지고 나에게 도전하고 있군. 이 육체를 어떻게 한다 해도 나는 붙잡을 수가 없군. 이 광폭하고 아름다운 야수를! 난폭한 행동으로 이 연약한 감옥을 때려부숴 봤자 오히려 죄수를 놓쳐 버릴 뿐이오. 이 집의 정복자는 될 수 있을지언정, 내가 이 육체라는 집의 소유자라고 부르기 전에 그녀는 천국으로 도망쳐 버릴 거요. 그러나 내가 바라고 있는 것은 의지와 정열 그리고 덕과 순결함을 지닌 영혼, 바로 당신이오. 단지 당신의 연약한 육체만은 아니오. 당신이 바라기만 한다면 살짝 날아와서 내 가슴에 와락 매달릴 수도 있을 텐데, 만일 그것을 무리하게 잡는다고 하더라도 그것은 어떤 정기(精氣)처럼 그 속에서 빠져나갈 것이오. 내가 당신의 아름다움을 소유하기 전에 사라져 없어질 것이오. 오! 어서 와 주오. 제인, 나한테로 와 주구려!"

그렇게 말하면서 그는 나를 붙잡고 있던 손을 놓아 주었다. 나를 바라보는 그 표정은 미친 듯이 껴안는 것보다 더욱 참기 어려운 것이었다. 그러나 지금에 와서 굴복해 버린다면, 나는 바보가 아니고 무엇이겠는가? 나는 그의 격노를 아랑곳하지 않고 잘 받아넘겼으니, 이제 그의 슬픔에서 빠져나오지 않으면 안 되었다. 나는 문 쪽으로 뒷걸음질쳤다.

"가 버리는 거요, 제인?"

"가겠어요."

"나를 버리고 떠난다는 거요?"

"네."

"나를 위로해 주고 도와 주는 사람이 되어 줄 수 없겠소? 나의 깊은 애정도, 미칠 듯한 탄식도, 진심으로 기도하는 마음도 당신은 아무렇지도 않다는 거요?"

그의 목소리에는 말할 수 없는 서글픔이 담겨져 있었다. 냉정하게 '나는 떠나겠어요.' 하고 되풀이하는 것이 얼마나 힘든 일이었는지!

"제인!"

"로체스터 씨!"

"그렇다면 가시오. 나는 허락했소. 하지만 잊지 말아야 할 게 있소. 당신은 지금 이 괴로움 속에 나를 남겨 놓고 간다는 것이오. 당신 방으로 돌아가시오. 내가 말한 것을 잘 생각하고, 제인, 내 괴로움을 조금이라도 동정한다면 나를 기억해 주시오."

그는 고개를 돌리고 긴 의자 위에 엎드렸다.

"오, 제인! 나의 희망, 나의 사랑, 나의 생명!"

그의 입에서 이러한 말들이 애처롭게 흘러나왔다. 그리고 소리를 죽여 흐느껴 우는 소리가 들려왔다.

나는 벌써 문 앞까지 와 있었지만, 독자들이여, 나는 돌아섰다. 떠나려고 했을 때와 마찬가지로 결연히 돌아섰다. 그의 옆에 꿇어앉아서 그의 고개를 내게로 돌리게 했다. 나는 그의 볼에 키스를 하고 손으로 머리를 쓰다듬었다.

"신이 위험과 악에서 당신을 지켜 주시기를! 당신을 인도하고, 위로하고, 이제까지의 저에 대한 친절에 충분한 은총을 내려 주소서."

"귀여운 제인의 사랑이 내게는 최상의 은총이었소. 그것이 없어진 지금, 내 가슴은 갈기갈기 찢어졌소. 그러나 역시 제인은 나에게 사랑을 안겨 줄 것이오. 그래, 고상하고 너그럽게."

금방 그의 얼굴에 핏기가 생기고 눈이 빛나더니 벌떡 일어나 양팔을 벌렸다. 하지만 나는 포옹을 피하고 눈 깜짝할 사이에 달음질쳐 방을 나왔다.

"안녕히 계세요!"

그와 헤어질 때 내 마음에서 우러나온 마지막 외침이었다.
"영원히 안녕히 계세요!"

그날 밤 나는 자리에 눕자마자 깊이 잠들고 말았다. 꿈속에서 나는 어린 시절로 돌아가 있었다. 게이츠헤드의 '붉은 방'에 누워 있는 꿈이었다. 어두운 밤에 나는 이상한 공포에 떨고 있었다. 먼 옛날 나를 졸도시킨 적이 있는 빛이, 이 환영 속으로 되돌아와서 슬슬 벽을 기어 올라가더니 어두운 천장의 한가운데서 흔들흔들 머물고 있는 것을 느낄 수 있었다. 나는 머리를 들어 올려다보았다. 천장은 조각 나 높고 희미한 구름이 되었다. 그 빛은 달이 지금 막 걷히려는 안개구름 사이로 나타날 것 같은 빛이었다. 나는 달이 나타나는 것을 지켜보았다. 더할 나위 없는 괴이한 기대를 걸고 마치 달 표면에 무슨 선고가 쓰여질 것처럼 기다리고 있었다.

아직 한밤중이었지만 곧 짧고 깊은 밤이 지나 날이 밝을 것이다.
'반드시 해야 할 일을 시작하는 것은 그것이 아무리 빠르더라도 너무 빨랐다는 법은 없다.'

나는 이런 생각과 함께 잠자리에서 일어났다. 옷은 입고 있던 그대로였다. 내의나 반지가 서랍 어디에 들어 있는지는 알고 있었다. 그런 것들을 긁어 모으려니 2, 3일 전에 로체스터 씨가 억지로 내게 준 진주 목걸이가 눈에 띄었다. 그것은 그곳에 그냥 두었다. 그것은 내 것이 아니었다. 공중에 꺼져 버린 환상 속의 신부의 것이었다. 그 외의 물건은 모두 하나로 싸고, 20실링—내가 가지고 있는 것은 그것뿐이었다—이 들어 있는 지갑을 호주머니에 넣었다. 밀짚모자의 끈을 매고 숄을 핀으로 꽂고, 짐꾸러미와 아직 신어 보지 않은 구두를 들고 내 방을 빠져나왔다.

'안녕히 계세요, 친절한 페어팩스 부인!'

그녀의 방문 앞을 미끄러지듯 지나치며 속삭였다.

'안녕, 귀여운 아델!'

아이들 방 쪽을 힐끗 쳐다보며 말했다. 그애를 안아 주기 위해 안으로 들어간다는 것은 생각할 수도 없었다. 나는 그애의 밝은 잠귀를 속이지 않으면 안 되었다. 아마 귀를 기울이고 엿듣고 있을지도 모르니까.

나는 로체스터 씨의 방 앞을 지나쳐 버리려고 했다. 그러나 그의 방 앞에서 일순간 심장은 고동을 멈추었고, 다리 또한 움직이지 않았다. 자고 있는 것 같지는 않았다. 방 주인은 이리저리 안절부절못하며 거닐고 있었고, 내가 귀를 기울이고 있는 동안에도 여러 번 한숨을 쉬었다. 나만 원한다면 이 방은 내게 천국이 될 수도 있다. 들어가서 말만 하면 되는 것이다. '로체스터 씨, 나는 당신을 사랑하며 죽을 때까지 당신과 함께 살겠습니다.' 그러면 환희의 샘물이 나의 입술에서 솟아오를 것이다.

지금 잠 못 이루고 있는 저 남자는 초조한 마음으로 날이 새기를 기다리고 있을 것이다. 아침이 되면 나를 찾을 것이지만 그것은 헛된 일이다. 자기는 버림받았고 사랑을 거절당했다고 느낄 것이다. 아마 고뇌 끝에 자포자기하겠지. 내 손은 방문 손잡이로 다가갔다. 그러나 나는 그 손을 거두고 서글픈 마음으로 아래층으로 내려갔다. 어떻게 해야 하는가를 잘 알고 있었기 때문에 무의식적으로 움직였다. 물을 조금 마시고 빵을 조금 먹었다. 많이 걷게 될 것이고, 최근 아주 약해진 체력이 더욱 약해지면 안 되기 때문이었다. 이 일을 모두 마칠 때까지 나는 소리 하나 내지 않았다. 문을 열고 밖으로 나와서 조용히 닫았다. 가운데 뜰에는 밝아 오는 새벽빛이 희미하게 보였다. 대문은 닫혀 있었고 빗장이 질려 있었으나, 작은 문에는 고리만 걸려 있었다. 거기를 빠져나오자 나는 이제 손필드의 밖에 서 있었다.

들판 저쪽으로 1마일 정도 떨어진 곳에 밀코트와 정반대 방향으로 가는 도로가 있었다. 걸어 본 일은 없었으나, 이따금 유심히 보며 어디로 가는 길일까 하고 생각하곤 했었다. 나는 그곳으로 발길을 돌렸다. 지금 생각을 바꾼다는 것은 있을 수가 없었다.

아침 해가 떠오른 뒤에도 나는 들판과 산울타리와 오솔길의 가장자리를 걸었다. 그리고 괴로운 마음으로 뒤에 남기고 온 것을 생각했다. 떠올리지 않을 수 없었다. 지금쯤 그는―자기 방에서―아침 해가 떠오르는 것을 바라보면서, 내가 당신 것이 되겠다고 말하러 올 것을 기다리고 있을 것이다. 나는 돌아가 그의 신부가 되고 싶었다. 지금이라도 늦지는 않았다. 나를 잃었다는 고통을 느끼지 않도록 해 줄 수 있다. 내가 떠났다는 사실은 아직 발견되지 않았을 것이다. 돌아가서 그를 위로하는 사람이 되고, 그의 자랑이 되고, 그를 불행과 파멸에서 구해내는 사람이 될 수도 있는 것이다.

작은 새들이 숲 속이나 잡목이 우거진 숲에서 지저귀기 시작했다. 작은 새들은 그 동반자에게 충실한 사랑의 상징이었다. 나는 무엇인가? 도의를 지키기 위해 미칠 듯한 몸부림 속에서 나는 자기 혐오를 느꼈다. 자기를 정당화시키려 해도 아무 위로도 받을 수 없고, 자존심으로부터도 얻은 것은 아무 것도 없었다.

큰길로 나와 울타리 밑에서 쉬고 있으려니까 마차 바퀴 소리가 들리고 역마차가 달려오는 것이 보였다. 나는 일어나 손을 들어 어디로 가느냐고 물었다. 마부는 로체스터 씨하고는 아무런 관련도 없을 듯한 먼 고장의 이름을 말했다. 그곳까지 가는 삯은 30실링이라고 했으나 20실링밖에 갖고 있지 않다고 했더니 그렇다면 그것만 달라고 했다. 마침내 마차가 덜컹덜컹 달리기 시작했다.

친절한 독자들이여, 그때 내가 느낀 것을 당신들은 결코 느끼지 마시기를. 내 눈에서 흘러내린 뼈저리고 고통스러운 눈물이 당신의 눈에서는 흘러내리는 일이 없으시기를. 그때 내 입술에서 새어 나온 것과 같은 신에게 호소하는 고뇌의 기도가 없으시기를. 나처럼 마음속 깊이 사랑하는 사람들을 악으로 인도하게 되지 않을까 염려하는 일이 없으시기를!

28

이틀이 지났을 저녁 무렵, 마부는 나를 위트크로스라는 곳에서 내려 주었다. 내가 지불한 마차 삯으로는 더 이상 태워 줄 수가 없었던 것이다. 길에는 단 한 사람도 없었다. 길 양쪽으로 히스가 무성하게 피어 있었다.

나는 히스 속으로 곧장 걸어 들어갔다. 바위 옆에는 히스가 더욱 무성했다. 캄캄할 정도로 히스가 무성한 곳을 무릎까지 빠지며 걸었다. 히스가 양쪽으로 높이 솟아 있었기 때문에 밖으로부터 바람 한 점 들어올 데가 없었다. 그곳에 자리를 잡은 나는 숄을 두 겹으로 접어서 이불 대신 몸을 덮었다.

슬픔으로 가득 차지만 않았던들 내 휴식은 참으로 즐거운 것이 되었으리라. 슬픔은 크게 상처 입은 자리를, 내부의 출혈을, 끊겨 버린 삶의 줄을 한탄해 마지않았다. 로체스터 씨와의 그 비참한 운명을 생각하고는 가슴을 부르르 떨며 아픈 동정심에 울었다.

나는 괴로운 생각에 지쳐서 잠이 들었다.

다음날 아침, 내가 눈을 떴을 땐 이미 태양이 온누리에 충만해 있었고 꿀을 모으러 벌들이 히스의 언덕을 여기저기 날아다니고 있었다.

나는 다시 위트크로스로 가기 위해 일어나 걷기 시작했다. 쉬지 않고 걸어 더는 걸을 수 없을 만큼 기진맥진하여 마음도 손발도 무감각하게 되었을 때, 교회의 종소리를 들었다. 소리가 나는 쪽을 향해 얼마간 걸어가니 언덕과 언덕 사이에 아까 한 시간 전까지만 해도 보이지 않던 촌락과 첨탑이 보였다.

오후 2시쯤, 나는 마을로 들어섰다. 거리의 외딴 곳에 빵을 진열해 놓은 작은 상점이 있었는데, 나는 그 빵이 먹고 싶어 견딜 수가 없었다. 나는 상점으로 들어갔다. 상점 안에는 여자가 한 명 앉아 있었는데 나를 신분이 높은 귀부인쯤으로 알았는지 은근한 태도로 다가왔다.

"무얼 드릴까요?"

부끄러워 생각했던 대로 말이 되어 나오지 않았다. 돈 대신 장갑이나 손수건이라도 받아 달라는 말을 할 수가 없었다. 그저 피곤하니 좀 쉬게 해 달라고 했을 뿐이었다.

손님이라고 기대했던 그녀는 앉으라고는 했으나 차갑기 그지없었다. 얼마 동안 쉰 후, 그 상점을 나왔다. 나는 빵 한 조각도 얻어먹지 못한 채 무거운 발걸음을 옮겨야 했다.

나는 이 집 저 집을 쳐다보면서 걸었다. 가끔 대문을 두드려서 가정부가 필요하지 않냐고 묻기도 했다. 길 잃은 굶주린 개처럼 방황하고 있는 동안에 이럭저럭 저녁때가 되었다. 들판을 가로질러 가다가 교회당의 첨탑을 보고는 그곳을 향해서 걸음을 재촉했다. 이 교회의 정원 한가운데에는 작기는 했지만 훌륭한 집이 한 채 있었다. 틀림없이 교회의 목사관이었다. 누구 하나 아는 사람 없이 낯선 고장에서 일자리를 구하려는 사람은 목사에게 소개나 도움을 청하는 일이 흔히 있다는 말을 들은 적이 있었다. 이곳이라면 조언을 구할 수 있을 듯했다. 그래서 나는 그 집 앞에 도착해 용기를 내어 부엌문을 두드렸다. 그러나 그곳에서도 일자리나 먹을 것을 얻을 수가 없었다. 나는 또다시 걷기 시작했다.

해가 지기 조금 전에 어느 농가 앞을 지나게 되었다. 마침 문을 열어 놓은 채 농부가 치즈 바른 빵을 먹고 있었는데 나는 그곳에서 겨우 빵 한 쪽을 얻을 수가 있었다.

지붕 밑의 잠자리를 구한다는 것은 쉽지 않은 일이었기 때문에 앞서 말한 바 있는 숲 속으로 잠자리를 정했다. 그러나 그날 밤은 비참하게도 잠을 잘 수가 없었다. 땅바닥은 축축하고 공기는 차가웠다. 게다가 몇 번인가 내 옆을 지나가는 침입자가 있어서, 서너 번 잠자리를 바꾸지 않으면 안 되었다. 편안한 마음을 가질 수가 없었다. 새벽이 가까워 오자 비가 오기 시작하더니 다음날은 온종일 비가 내렸다. 독자들이여, 그날의 일을 자세히 설명해 달라고 말씀하시지 말기를……. 전날처럼 일거리를 찾아 헤매고, 전날처럼 거절당하고, 전날처럼 굶었다. 단지 한 번 먹을 것이 입에 들어갔을 뿐이다. 어떤 농가의 문 앞에서 한 소녀가 식은 돼지죽을 구유에 던져 넣으려는 것을 얻어먹었다.

비에 젖은 황혼이 짙어 갈 무렵, 나는 한 시간가량 걷고 있던 차도에서 발걸음을 멈췄다.

'너무 지쳐 버렸다. 더 이상 걸을 수도 없다. 오늘 밤에도 길에서 자야 한단 말인가? 비가 이렇듯 쏟아지는데 이 차디차고 젖은 땅을 베개로 삼아야 한단 말인가! 그렇다고 해도 달리 어떻게 할 방도가 없지 않은가? 나를 재워 줄 사람은 없을 테니까. 이처럼 굶주리고 춥고 외로운 기분에 잠긴 채 아무 희망도 없는 오늘 밤의 노숙은 얼마나 두려운 것일까. 아마 난 아침이 되기 전에 죽어 버릴 거야. 그런데 어째서 죽는다는 것에 체념이 생기지 않을까? 어째서 아무 가치도 없는 이 생명을 이어 가고자 기를 쓰는 것일까? 그것은 로체스터 씨가 살아 있다는 것을 알고 있고, 또 믿고 있으니까 그런 게지. 아아, 하느님! 조금만 더 살게 해 주십시오! 구해 주소서! 인도해 주소서!'

나는 사거리와 샛길을 지나 다시 한 번 언덕 근처까지 갔다. 그곳에서 나는 거의 히스 들판과 다름없는 황폐한 밭을 발견할 수 있었다.

'그렇다. 거리나 사람의 통행이 잦은 길가보다는 여기서 죽는 것이 낫겠다.' 하고 나는 생각했다.

그때 멀리 있는 늪과 언덕 사이의 어두컴컴한 곳에서 불빛이 하나 반짝거리는 것을 보았다. 처음에 나는 그것이 도깨비불이 아닌가 했다. 그래서 곧 사라져 버릴 것이라고 생각했다.

그러나 그것은 더 멀어지거나 가까워지지도 않은 채 빛나고 있었다. 나는 그 빛이 크게 번지는지 어쩌는지를 확인하기 위해 가만히 지켜보았지만 불은 작아지지도 커지지도 않았다. 그래서 나는 틀림없이 그 불빛이 인가의 촛불일 것이라 생각했다.

'그렇다 치더라도 도저히 거기까지 걸어갈 수가 없어. 너무 멀어. 아니, 저 불빛이 1야드밖에 떨어져 있지 않다 하더라도 나에게 무슨 도움이 될까? 문을 두드린다고 해도 쫓겨나겠지.'

나는 그 자리에 주저앉아 땅에 얼굴을 묻었다. 그렇게 한참 동안 꼼짝도 하지 않고 쓰러진 채로 있었다. 싸늘한 밤바람은 언덕을 넘어 나를 스쳐서 저 멀리로 사라져 버렸다. 쉬지 않고 퍼붓는 비는 이제 아무 감각이 없는 듯한 내 피부까지 스며들었다. 이 몸이 얼어서 움직이지 않는 얼음이 되어 버릴 수만 있다면……. 그러나 아직 살아 있는 나의 육체는 차디찬 빗발 사이에서 반짝이고 있었다. 나는 힘을 다해 지친 다리를 질질 끌며 불빛을 향해서 걸어갔다. 걸으면서 나는 두 번이나 넘어졌으나 다시 일어나서 기운을 냈다. 그 빛은 나의 한 가닥 희망이었다. 나는 어떻게 해서든지 저 불빛이 있는 데까지 가야 했다. 그러나 내가 그 불빛에 가까이 다가가자 그 빛은 사라져 버렸다. 나와 빛 사이를 가로막는 장애물이 있었던 것이다. 앞에 가로놓여 있는 검은 물체에 손을 뻗었다. 그것은 낮은 돌담이었다. 손을 계속 더듬자 문이 만져졌다. 힘을 내어 밀자 돌쩌귀가 움직이면서 문이 열렸다. 문을 들어서서 숲을 지나자, 한 채의 나지막한 집이 윤곽을 드러냈다. 그러나 길잡이가 되었던 불빛은 어디에도 없었다.

사방에는 칠흑 같은 어둠이 깔려 있었다. 나는 문을 찾으면서 집 모퉁이를 돌았다. 그 다정한 불빛은 땅 위에서 불과 1피트도 못 되는, 창살이 달린 마름모꼴의 창문에서 새어 나오고 있었다. 무슨 덩굴인지는 알 수 없었으나 무성히 자란 잎사귀가 창이 있는 벽 전체를 뒤덮고 있었기 때문에 창이 더욱 작아 보였다.

내가 몸을 굽히고 창 위로 빠져나온 잎사귀투성이의 나뭇가지를 밀어내자, 집 안의 모습이 한눈에 보였다. 모래 빛깔의 마루와 깔끔하게 닦아 놓은 거실, 호두나무로 만든 찬장 그리고 괘종시계, 흰 전나무로 만든 식탁과 몇 개의 의자 등이 보였다. 그리고 나의 등대였던 촛불이 식탁 위에서 타고 있었다. 그 촛불 옆에는 어쩐지 좀 우악스러워 보이는, 그러나 말끔하게 차려입은 한 노파가 앉아서 열심히 양말을 뜨고 있었다.

　나는 이러한 것들을 그저 휙 둘러보았을 뿐이고, 내 흥미를 끈 것은 젊고 아름다운 두 여인이었다. 한 여인은 낮은 흔들의자에, 또 한 여인은 좀더 낮은 의자에 앉아 있었다. 모두 상복을 입고 있었는데, 그 거무스름한 상복은 아름다운 그녀들의 목덜미와 얼굴을 더욱 아름답게 만들어 주었다. 이 간소한 부엌에 이런 사람들이 있다는 것은 정말 이상한 일이었다.

　그녀들은 어떤 사람들일까? 식탁 옆에 있는 노파의 딸은 아닌 것 같았다. 왜냐하면 노파는 시골뜨기 같았고, 그녀들은 어느 모로 보나 우아하고 교양이 높은 여인들로 보였기 때문이다.

　사람 사이에 놓인 작은 탁자 위에는 두 자루의 촛불과 두꺼운 책이 두 권 놓여 있었는데, 그녀들은 손에 들고 있는 책과 그것을 대조하면서 마치 번역을 할 때 모르는 낱말을 찾기 위해 사전을 뒤적거리는 것처럼 끊임없이 그 두꺼운 책을 뒤적이고 있었다. 그러다가 마침내 한 아가씨의 목소리가 고요한 적막을 깨뜨렸다.

　"들어 봐요, 다이애나. 프란츠와 늙은 다니엘은 밤에 함께 있었어. 그런데 프란츠가 공포에 질려 깨어난 후 꿈 이야기를 하고 있어. 들어 봐요!"

　이렇게 말하고 작은 목소리로 무엇인가를 읽어 내려갔다. 나는 한 마디도 그 뜻을 알아들을 수가 없었다. 프랑스 어도 라틴 어도 아니었다.

　"난, 이 구절이 맘에 들어."

고개를 든 채 귀를 기울이고 있던 또 한 아가씨가 조용히 난롯불을 바라보며 방금 읽은 구절을 암송하고 있었다.

괘종시계가 10시를 쳤다. 노파가 뜨개질감에서 고개를 들며 일어섰다.

"밤참 생각이 나실 텐데…… 세인트 존 도련님도 돌아오시면 시장하실 거야."

이렇게 말하고 노파는 식사 준비를 하기 시작했다. 아가씨들도 일어섰다. 그들은 거실 쪽으로 가려는 듯했다. 이때까지 정신없이 그녀들을 바라보느라고, 나는 나 자신의 비참한 신세를 잊고 있었다. 그때서야 비로소 내 정신으로 돌아온 나는 방안의 사람들과 내 처지를 비교해 보았다.

서로 처지가 대조적이기 때문에 전보다도 훨씬 더 쓸쓸하고 절망적인 기분을 느껴야 했다. 그리고 이 사람들의 마음을 움직이게 해서 하룻밤의 잠자리를 베풀어 줄 만한 동정을 일으키게 한다는 것이 얼마나 어려운 일인가 하는 생각이 들었다. 더듬거리며 입구를 찾아 망설이다가 노크를 했다.

"무슨 일이오?"

노파는 손에 든 촛불로 나를 훑어보면서 깜짝 놀란 목소리로 물었다.

"어디든지 좋으니 하룻밤만 재워 주세요. 그리고 빵도 조금만 주셨으면 하고요."

내가 두려워하고 있던 의심의 기색이 노파의 얼굴을 스쳐 갔다.

"빵은 주겠소만 부랑인을 집에서 재울 순 없어요. 당치도 않은 말이지."

"하지만 당신에게서 내쫓기면 저는 어디로 가야 할지 모르겠어요. 전, 갈 데가 없어요."

"그야 어디로 가서 뭘 하든 당신이 알아서 할 몫이지만 나쁜 짓은 안 되지. 자, 동전 한푼을 줄 테니 어서 돌아가시오!"

"동전 한푼으로 제 주린 배를 채우진 못해요. 게다가 이젠 한 발짝도 더 걸을 힘이 없어요. 제발 문을 닫지 마시고 하룻밤만 재워 주세요. 부탁입니다."

"문을 닫아야겠소, 비가 들이쳐서!"

이렇게 말하면서, 그 충실하지만 완고한 하인은 문을 소리나게 닫고 안에서 잠가 버렸다.

이젠 절망이었다. 극도의 굶주림과 절망에서 오는 고통 때문에 내 마음은 갈기갈기 찢겼다. 이젠 아주 지쳐서 한 발자국도 더 움직일 수가 없었다. 나는 비에 젖은 문 앞 계단에 쓰러진 채 신음 소리를 냈다. 형언할 수 없이 괴로운 나머지 그만 울음을 터뜨리고 말았다. 용기를 내려고 기를 썼으나 헛수고였다.

"난 죽을 수밖에 없어."

나는 중얼거렸다.

"나는 하느님을 믿어. 하느님의 뜻을 고요히 기다리기로 하자."

나는 이런 말을 속으로 생각했을 뿐 아니라, 입 밖으로 중얼거리며 갖가지 서글픈 생각을 가슴속에 밀어넣은 채 참으려고 애를 썼다. 바로 그때였다.

"사람은 누구나 다 죽지 않으면 안 되지만……." 하는 목소리가 바로 옆에서 들렸다.

"그러나 가령 당신이 배고픔 때문에 여기서 죽는다면 그것은 천명을 다하지 못하고 죽는 셈이 되는데, 그것이 인간 모두의 운명은 아니야."

"그렇게 말씀하시는 분은 누구시죠?"

이젠 죽음의 순간에서 구원을 얻을 가망은 전혀 없을 거라고 생각하던 나는 뜻밖의 소리에 깜짝 놀라 물었다. 누군가가 바로 곁에 있었다. 새로 나타난 이 사람은 요란스럽게 문을 두드렸다.

"세인트 존 도련님이오?"

"그래! 그렇소. 빨리 문을 여시오."

"어머나, 비를 이렇게 맞았으니 얼마나 추우시겠수. 참 고약한 날씨군요! 자, 어서 들어오세요! 누이들도 많이 걱정하고 계신다우. 게다가 마을에 못된 사람들이 와서 얼쩡거리는 것 같아요. 아까는 어떤 여자 거지가 와서…… 어머나, 아직 있군요! 저기 누워 있네요. 일어나! 저런, 세상에, 썩 꺼지래도!"

"조용히. 한나, 저 여자와 할 말이 있소. 필시 무슨 사연이 있는 것 같으니, 한번 들어 봐야겠소. 아가씨, 어서 일어나 안으로 들어갑시다."

나는 간신히 몸을 가누고 일어나서 깨끗하고 밝은 부엌 난로 앞으로 가 섰다. 그때 마침 머리가 빙빙 돌아 쓰러졌는데 다행히도 의자가 받쳐 주었다. 의식은 잃지 않았지만 잠시 동안 말을 할 수가 없었다.

"굶어서 그런 게지. 한나, 우유와 빵을 좀 갖다 줘요."

한나가 빵을 떼어 우유에 담갔다가 그것을 내 입에 넣어 주었다. 나는 그들이 주는 대로 먹었다. 처음에는 먹을 힘도 없었지만 곧 게걸스럽게 먹기 시작했다.

"처음에 너무 많이 먹지 않도록 하는 것이 좋아."

세인트 존은 이렇게 말하며 우유 주전자와 빵 담은 접시를 치웠다.

"조금 더요, 더 먹고 싶어하는 눈치예요."

"지금은 더 이상 줘서는 안 돼. 이제 말을 할 수 있는지 알아봐. 이름을 물어봐라."

나는 입을 열 수 있을 것 같았다. 그래서 대답했다.

"저는 제인 엘리어트라고 합니다."

언제나 신분이 드러나는 것을 두려워했기 때문에 나는 전부터 가명을 사용하기로 마음먹고 있었다.

"어디 사세요? 가족들은 어디에 있습니까?"

나는 아무 말도 하지 않고 가만히 있었다.

"누구든 아는 사람이 있으면 불러올까요?"

나는 머리를 흔들었다.

어떻게 된 일인지 나는 이 집의 문지방을 넘어서면서부터는, 여기 사는 사람들과 얼굴을 마주한 이상, 이미 추방자도 방랑자도 아니며 이 넓은 세상에 버림받지도 않았다는 느낌을 갖게 되었다. 이제는 거지 행세를 그만두고 본래의 내 태도와 성격으로 돌아가기로 했다. 나는 다시 자신을 되찾기 시작했고, 세인트 존 씨가 나에게 설명을 요구했을 때—지금 대답하기엔 너무 지쳐 있었기 때문에—잠시 쉬었다가 말했다.

"오늘 저녁에는 자세한 것을 말씀드릴 수가 없습니다."

"그렇다면, 당신은 내가 어떻게 해 주길 바라는 겁니까?"

"아무것도."

나는 대답했다. 내 기력으로는 짧은 대답밖에 할 수가 없었다. 다이애나가 말을 받았다.

"당신 말은 당신이 필요한 도움은 이제 다 받았으니, 다시 비 오는 황야로 쫓겨나도 괜찮다는 말인가요?"

나는 그녀를 바라보았다. 그녀의 얼굴은 선의에 차 있었다. 아름다운 얼굴이라고 생각했다. 별안간 용기가 솟았다. 그녀의 다정한 시선에 미소로 답하면서 말했다.

"당신을 믿고 있어요. 내가 만일 주인 없는 들개라 해도 당신은 오늘 밤에 나를 이 난로 곁에서 쫓아내지는 않으리라고 생각해요. 그래서 나는 별로 염려하지 않습니다. 그러나 자세하게 이야기하지 못하는 것만은 용서해 주세요. 숨이 차서 어쩔 수 없어요. 말을 하면 경련이 일어날 것 같아요."

세 사람은 나를 찬찬히 바라보다가 모두 입을 다문 채 자리를 피해 주었다. 잠시 후 나는 하녀의 부축을 받아 가까스로 층계를 오를 수 있었다. 물이 뚝뚝 떨어지는 내 옷이 벗겨지고, 이내 따스하고 마른 침대가 나를 맞아 주었다. 나는 신에게 감사하고, 격심한 피로 속에서도 신의 은총에 비할 데 없는 기쁨을 맛보며 잠들었다.

29

그날 밤으로부터 사흘 동안의 기억은 지극히 희미할 뿐이다. 사흘째로 접어들자, 나는 좀 정신을 차렸다. 나흘째가 되자 입을 뗄 수도 있었고, 몸을 움직여 침대에서 일어나 앉기도 하고 돌아누울 수도 있게 되었다. 점심 식사 시간쯤 되었다고 생각할 무렵, 한나가 죽과 버터를 바르지 않은 토스트를 갖다 주었다. 나는 그것을 맛있게 먹었다. 한나가 나가 버린 다음 한결 마음이 든든하고 기운이 생기는 듯했다.

나는 일어나고 싶었다. 침대 옆 의자 위에는 깨끗이 세탁해서 말려 놓은 내 소지품이 놓여 있었다. 지쳐 있었음에도 불구하고 나는 5분마다 쉬면서 천천히 옷을 갈아입었다.

나는 방을 나와 난간에 의지해서 기어가다시피 돌층계를 내려가, 천장이 낮고 좁은 복도를 지나 부엌에 가 닿았다. 부엌은 새로 구워 놓은 먹음직스러운 빵의 향기와 훈훈한 공기로 가득 차 있었다. 한나가 그곳에서 빵을 굽고 있었다.

"어머나, 일어나셨네! 좀 나아지셨군. 뭣하면 그 난롯가 내 의자에 앉으시우."

그녀는 흔들의자를 가리켰다. 나는 그 의자에 앉았다. 그녀는 빵가마에서 몇 개의 빵 덩어리를 꺼내며 무뚝뚝하게 말했다.

"여기 오기 전에도 거지 행세를 하며 다닌 적이 있수?"

나는 순간 화가 치밀어 올랐다. 그러나 화를 내 봤자 소용없는 일이고, 그녀에겐 정말 거지처럼 보였을 거라는 생각이 들자, 나는 또렷또렷한 목소리로 침착하게 대답했다.

"저를 거지로 본 것은 당신의 착각이고 사실은 그렇지 않아요. 당신이나 이 댁 아가씨들과 조금도 다를 게 없어요."

한참 동안 잠자코 있다가 그녀가 물었다.

"알 수 없는 일이군. 아가씬 집도 없고 돈도 없는 것 같은데…… 그런데 글은 배웠수?"

"그럼요, 많이 배웠어요."

"하지만 기숙 학교엔 못 가 봤을 테지?"

"저는 기숙 학교에서 8년이나 있었어요."

노파의 눈이 휘둥그래졌다.

"그럼 왜 혼자 독립해 살아가지 못하는 거요?"

"혼자 살아왔어요. 앞으로도 틀림없이 혼자 살아갈 수 있어요. 이제 제게는 더 이상 신경 쓰지 말아 주세요. 그런데 이 집의 이름은 뭐죠?"

"메시 앤드(늪지의 언저리란 뜻)라고 부르는 사람도 있고, 무어 하우스(고원의 집)라고 부르는 사람도 있죠."

"이 댁에 사시는 신사 양반은 세인트 존 씨라고 합니까?"

"그래요. 하지만 그분은 이 집에서 사시지 않는다우. 잠시 동안 여기 다니러 오셨을 뿐이라우. 보통 계시는 데는 모튼의 자기 교구예요."

한나는 분명하게 말하기를 좋아했다. 내가 구즈베리 열매를 따고 그녀는 파이의 반죽을 하고 있는 동안에도 돌아가신 이 집의 주인 부처 이야기며, 젊은이들에 대한 이야기를 이것저것 자세히 해 주었다.

구즈베리 열매를 다 따고 나서, 나는 두 아가씨들과 오빠 되는 분은 지금 어디 계시냐고 물었다.

"산책하러 모튼까지 갔어요! 하지만 30분 후 차 마시는 시간까지는 돌아올 거예요."

그들은 한나가 말한 대로 30분 후에 돌아왔다. 세인트 존은 나를 보자 고개를 숙여 잠깐 인사를 하고 지나갔지만 두 아가씨들은 걸음을 멈췄다. 메어리는 벌써 아래층으로 내려올 수 있을 정도로 건강해져서 기쁘다며 친절하고 상냥하게 말했다. 다이애나는 내 손을 잡더니 고개를 숙여 얼굴을 들여다보았다.

"여긴 당신이 들어올 곳이 못 돼요. 이따금 메어리와 내가 부엌에 들어오는 일은 있어도 당신은 손님이시잖아요. 그러니 거실에 계셔야 해요."

다이애나는 말을 계속했다.

"자, 이리 오세요. 제 말을 잘 들으세요."

그녀는 내 손을 잡아 일으켜 방으로 데리고 갔다.

"자, 거기 앉으세요."

그녀는 나를 소파에 앉혔다.

"우리들이 모자를 벗고 차를 준비할 동안만 앉아 계세요."

그 여자는 나와 세인트 존만을 남겨 놓은 채 문을 닫고 나가 버렸다.

거실은 작은 편이고 매우 간소하게 꾸며져 있었지만, 깨끗하고 아담했기 때문에 기분이 좋았다. 세인트 존은 그의 누이동생이 돌아올 때까지 내게 말 한마디 건네지 않고, 곁눈질 한 번 하지 않은 채 책인지 신문인지를 읽었다.

다이애나는 차 준비를 하면서 들락날락하고 있었는데, 오븐에서 구운 조그마한 과자를 한 개 가져다 주었다.

"자, 들어 보세요."

"얼마나 시장하시겠어요? 아침부터 죽밖에는 아무것도 안 드셨다고 한나가 말하던데."

나는 그것을 사양하지 않았다. 나의 식욕은 되살아났다. 세인트 존은 책을 덮고 식탁으로 다가와 자리에 앉더니 그림책에서나 볼 수 있는 듯한 푸른 눈으로 나를 뚫어지게 바라보았다.

"무척 시장하신가 보군요?"

그가 말했다.

"네, 그래요."

"사흘 동안 미열 때문에 굶은 것이 당신에겐 오히려 좋았소. 처음부터 식욕이 당기는 대로 먹게 내버려두었더라면 위험했을 겁니다. 이젠 좀 먹어도 좋겠ㅈ요. 하지만 너무 무리하게 먹는 것은 아직 좋지 않습니다."

"이렇게 신세를 지는 것도 오래가지는 않을 겁니다."

나는 경솔하고 서투르게 말했다.

"그러실 테죠."

그가 쌀쌀맞게 대답했다.

"댁의 친구 되시는 분의 주소를 알려 주시면 저희들이 편지를 내지요. 그럼 당신은 집으로 돌아가시게 되겠지요."

"분명히 말씀드리는데, 저는 가족도 친구도 없습니다."

"그럼 당신은 모든 관계에서 완전히 고립되어 있단 말씀입니까?"

"그렇습니다. 살아 있는 어떤 사람과도 저는 털끝만한 관계가 없습니다."

이렇게 이야기하는 동안에 나는 이미 차를 다 마셨고, 차를 마시고 나니 술을 마신 것처럼 기운이 꽤 회복되었다. 그것은 약해진 신경에 새로운 힘을 불러일으켜서 나의 마음을 꿰뚫어 보려고 하는 이 젊은 재판관을 향해 침착하게 응대하도록 했다.

"세인트 존 씨!"

잠시 후 나는 그에게 솔직히 모든 것을 털어놓았다.

"당신과 당신 동생들께서는 제게 과분한 친절을 베풀어 주셨습니다. 제게 베풀어 주신 이 은혜는 아무리 감사를 드려도 다 갚을 수 없습니다. 그러니까 제 과거의 고백을 어느 정도 구하실 수도 있습니다. 당신이 재워 주신 이 부랑자의 과거를 제 마음의 평화를 깨뜨리지 않는 한에서, 또는 다른 사람들의 안전에 폐를 끼치지 않는 범위에서 말씀드리겠습니다. 저는 고아로 자란 목사의 딸입니다. 양친은 제가 철이 들기도 전에 세상을 떠나셨기 때문에 저는 친지의 눈칫밥을 먹으며 자랐고, 자선 학교에서 교육을 받았습니다. 거기서 학생으로 6년, 교사로 2년 있었습니다. 저는 가정교사가 되기 위해 일년쯤 전에 로드를 떠났습니다. 좋은 일자리를 구해 행복했습니다. 저는 그곳에서 이곳으로 오기 나흘 전까지 지냈는데 떠나오게 된 이유는 말씀드릴 수 없으며 또 말씀드려서도 안 될 것입니다. 이틀 밤을 노숙하고 이틀 동안 인가의 문턱 안에 한 발자국도 들여놓지 못한 채 방황해야 했습니다. 그동안 단 두 번밖에 음식을 먹어 보지 못했습니다. 당신이 제게 댁의 처마 밑에서 굶어 죽어서는 안 된다고 말씀하시고 집 안으로 데리고 들어오셨을 때, 피로와 굶주림과 절망 때문에 저는 거의 죽음 직전에 있었습니다. 그 후로는 이렇게 당신과 당신 동생들의 크나큰 은혜를 입고 있습니다."

"이제 더 이상 이분에게 말을 하게 해선 안 돼요, 오빠."

내가 말을 마치자 다이애나가 말했다.

"또 흥분해서도 안 돼요. 소파에 가서 앉아요."

그러나 세인트 존은 잠시 동안 생각을 하더니 여전히 냉정하고 날카로운 말투로 다시 물었다.

"당신은 언제까지나 우리들에게 신세 지는 것을 원치 않으시겠지요. 될 수 있는 대로 빨리 누이들의 동정, 특히 내 자애의 곁에서 벗어나고 싶으시죠? 우리에게 의지하지 않고 살아가고 싶단 말씀이죠?"

"그렇습니다. 방금 그렇게 말씀드렸습니다만 어떻게 했으면 좋을

지, 어떻게 하면 일거리를 구할 수 있을지 가르쳐 주세요. 지금 제가 원하는 것은 이것뿐이에요. 일만 있다면 아주 초라한 시골집이라도 좋습니다. 하지만 그때까지는 제발 여기 머물게 해 주세요. 저는 집 없이 방황하며 겪은 두려움을 두 번 다신 맛보고 싶지 않아요."

"당신도 알다시피 동생들은 당신이 이곳에 머물기를 원합니다. 그리고 그런 결심이라면 내 나름대로 당신을 도와 드리겠습니다."

세인트 존은 그렇게 말한 뒤 차를 마시기 전에 읽고 있던 책을 다시 읽기 시작했다. 나는 곧 그 자리를 물러 나왔다.

30

무어 하우스 사람들은 무척 다정하고 상냥했으며, 나는 갈수록 그들이 좋아졌다. 3, 4일쯤 지나자 건강이 상당히 회복되어 하루 종일 침대를 떠나 때로는 산책도 할 수 있게 되었다.

이럭저럭 한 달이 지나갔다. 다이애나와 메어리는 무어 하우스를 떠나 영국 남부의 번화한 대도시로 가정교사 자리를 얻어, 지금과는 아주 판이하게 다른 생활과 환경으로 떠나게 되어 있었다. 세인트 존은 나를 위해서 구해 보겠다고 약속한 일자리에 대해서 아직 아무 언급도 해 주지 않았으나 이제 내가 일자리를 가져야 한다는 것은 긴급하고 꼭 필요한 일이 되었다.

어느 날 아침, 세인트 존과 객실에서 단둘이 있게 되었다. 내가 용기를 내어 말을 꺼내려고 하자 그가 먼저 말을 꺼내서 나의 곤란함을 덜어 주었다.

내가 그의 곁으로 가까이 다가가자 그는 얼굴을 들고, "내게 물어볼 말이 있소?" 하고 물었다.

"네, 제가 맡아서 할 수 있는 일자리를 혹시라도 알아보셨나 묻고 싶어서요."

"한 3, 4일 전에 당신이 할 수 있는 어떤 일을 발견했어요. 그런데 당신은 이 집에서 행복해 보이고, 게다가 누이들도 확실히 당신을 좋아하게 되었어요. 그래서 당신과의 교제가 동생들에게 위안이 되는 것 같아 머지않아 동생들이 여기를 떠나게 될 때까지는 여러 사람들의 행복을 깨뜨리지 않는 것이 좋겠다고 생각했던 거지요."

"그런데 이제 그분들은 사흘만 있으면 떠나실 게 아녜요?" 하고 내가 말했다.

"그렇습니다. 그래서 누이들이 떠나면 나는 모튼의 목사관으로 돌아갑니다. 한나도 나와 함께 가지요. 그리고 이 집은 잠가 둘 계획입니다."

"알아보셨다는 일이란 어떤 거지요? 이렇게 시간만 보내는 바람에 일자리를 붙잡는 데 점점 힘들어지지 않을까 염려되는군요."

"아아, 아니 그럴 리야 없지요. 일자리를 제공하는 것은 내 마음대로고, 그걸 받아들이는 것도 당신 마음 여하에 달렸으니까."

그는 입을 다물었다. 이야기를 계속하기가 싫은 듯했다. 나는 조바

심이 났다. 안절부절못하는 몸짓이나 간절히 대답을 기다리는 듯한 시선으로 그의 얼굴을 물끄러미 바라보는 태도는 입으로 말하는 것보다도 효과가 충분했을 뿐만 아니라 그다지 힘들이지 않고도 내 기분을 그에게 전달할 수 있었다.

　세인트 존은 설교를 할 때처럼 침착하고 굵은 목소리로 말했다.

　"나 자신이 가난하고 이름도 없는 처지이기 때문에 당신에게도 그런 일자리밖엔 제공할 수 없소. 당신 같으면 그런 일을 인격을 타락시키는 것으로 생각할지도 모릅니다. 그러나 나는 우리 동족을 향상시키는 일이라면 그다지 품위를 해치는 것은 아니라고 생각합니다. 설명하리다. 내 제안이 얼마나 빈약한 것인가, 얼마나 보잘것없고 얼마나 거추장스러운 것인가 알려 드리겠습니다. 이미 부친께서 돌아가셨고 자유스러운 몸이 된 이상, 나는 모튼에서 그리 오래 머물러 있지 않으려 합니다. 아마 일년 이내에 모튼을 떠날 테지만, 있는 동안은 전력을 다해서 모튼의 개화에 힘쓸 생각입니다. 2년 전 내가 왔을 때 모튼에는 학교가 없었고, 가난한 집의 어린애들은 문명의 혜택을 받지 못하고 있었습니다. 나는 사내 아이들을 위해서 학교를 세웠습니다. 이번엔 여자 아이들을 위해서 제2의 학교를 세울 작정입니다. 이 목적을 위해 건물을 빌리고 있습니다. 그 건물 바로 옆에 방이 두 개 있는 조그만 집이 달려 있는데 여선생이 거처할 방은 이곳에 있습니다. 선생의 봉급은 일년에 30파운드. 그 집은 벌써 시설과 가구가 준비되어 있는데, 지극히 간소한 것이지만 올리버 양이라는 소녀의 호의로 빈틈없이 준비되어 있습니다. 올리버 양은 저 골짜기에 있는 바늘 제조 공장 겸 주철 공장 소유주의 딸인데, 그분이 고아원에서 데려온 고아 소녀가 선생의 일을 돕는다는 조건으로 그곳의 선생이 되어 주시겠습니까?"

그는 이 부분에서 약간 급하게 말을 했다. 이 제안에 내가 화를 낼까, 아니면 거절의 말로 대꾸하지나 않을까 염려하고 있었던 것 같았다. 다소는 나의 심정을 추측했다고 하더라도 내 생각, 내 기분을 잘 몰랐기 때문에 이 일자리가 내게 어떻게 보일는지 그로서는 종잡을 수가 없었던 것이다.

사실 그것은 천한 일이었다. 사람의 눈에 띄지 않는 일이기도 했다. 그러나 나는 안전한 도피처를 바라고 있었기 때문에 그 제안을 받아들이기로 했다.

"세인트 존 씨, 감사합니다. 그 일을 기쁜 마음으로 맡겠습니다."

"그렇지만 내가 말씀드린 의도를 아시겠습니까? 마을의 초등학교입니다. 당신의 학생은 가난한 사람들의 딸들뿐, 기껏 좀 낫다고 해야 농장을 가진 농부의 딸들입니다. 뜨개질, 바느질, 읽기, 쓰기, 셈하기, 이런 것들이 당신이 가르쳐야 할 과목입니다. 당신의 재능은 어떻게 하지요? 당신의 마음에 크게 차지하고 있는 정서와 취미는 어떻게 하시겠습니까?"

"필요할 때까지 잘 간직해 두지요. 몸에 밴 것은 썩지 않으니까요."

"그럼, 당신이 맡으실 일이 어떤 것인지는 아시지요?"

"알고 있습니다."

"그러면 언제부터 그 일을 시작하시겠습니까?"

"내일 제가 살 집으로 옮기겠어요. 좋으시다면 내주부터 학교를 시작하지요."

"좋습니다. 그렇게 해 주시오."

다음날 나는 모튼을 향해서 그 집을 떠났고, 그 다음날 다이애나와 메어리는 먼 B시를 향해 출발했다. 한 주일 있다가 세인트 존과 한나는 목사관으로 돌아갔다. 그리하여 무어 하우스는 텅 비게 되었다.

31

나의 집은 작은 시골집이었다. 벽을 하얗게 칠한 작은 방에는 페인트를 칠한 의자가 네 개, 책상, 괘종시계 그리고 두서너 개의 접시와 셀프 산 질그릇 찻잔을 넣어 둔 찬장 등이 있었다. 그 위는 부엌과 같은 크기의 침실이었는데, 전나무로 만든 침대와 옷장이 있었다.

저녁때였다. 나는 내 심부름을 맡은 고아 소녀에게 오렌지 한 개를 주어서 돌려보냈다. 나는 난롯가에 혼자 앉아 있었다. 오늘 아침 초등학교 문을 열었다. 학생은 20명이었다. 그 아이들의 말은 이 지방 특유의 사투리였기 때문에 나는 그들의 말을 알아듣기 위해 무척 애를 써야 했다. 무지하고 게다가 무례하고 난폭해서 걷잡을 수 없으리만치 사나운 애들도 있었지만, 그중에는 온순하고 무엇이나 배우려는 의지가 있어서 나를 기쁘게 해 주는 아이들도 있었다.

나면서부터의 우수성이라든지 순결함이라든지 혹은 총명이니 친절한 감정 등은 신분이 훌륭한 가문에서 태어난 어린아이들의 마음에만 생기는 것이 아니라는 것을 잊어서는 안 된다. 내 임무는 어린 싹들을 훌륭히 길러내는 것이었다. 나는 틀림없이 이 직분을 완수하는 데서 행복을 찾아낼 수 있을 것이라고 생각했다. 이런 생각에 잠겨 있던 나는 일어서서 문 있는 데로 다가가, 추수기의 해 지는 풍경과 내가 사는 작은 집 앞의 고요한 들판을 바라보았다.

들판을 바라보고 있는 동안 나는 행복하다고 생각했다. 그러나 어느새 내가 울고 있다는 것을 깨닫고는 깜짝 놀랐다. 왜 우는가? 로체스터 씨와 함께 있을 수 없게 된 운명을 생각하고 절망적인 슬픔을 느꼈기 때문이다. 그분의 자포자기와 극도의 분노를 생각하고 눈물을 흘린 것이다.

나는 눈을 감고 돌로 된 문기둥에 머리를 기대고 있다가, 얼마 안 있어 마당과 저쪽 풀밭 사이를 가로지른 쪽문 근처에서 가벼운 발소리가 났기 때문에 고개를 들었다. 개 한 마리가 코로 쪽문을 밀고 있던 참이었다. 그 개는 세인트 존의 포인터인 카로였다. 세인트 존은 팔짱을 끼고 쪽문에 기대어 있었다. 나는 들어오지 않겠냐고 그에게 말을 걸었다.

"아뇨, 오래 지체할 수가 없소. 난 단지 누이들이 당신에게 전해 달라고 놓고 간 작은 꾸러미를 가져왔을 뿐이오. 그림물감, 연필, 종이 따위가 들어 있겠지요."

나는 그것을 받으러 그의 곁으로 다가갔다. 반가운 선물이었다.

"근무 첫날은 기대했던 것보다 힘들었습니까?"

"천만에요! 조금만 지나면 학생들과 즐겁게 지낼 수 있게 될 것 같아요."

"하지만 여러 가지 시설이 당신의 기대에 어긋났을 겁니다."

나는 그의 말을 가로막았다.

"제 집은 깨끗하고 비바람을 막아 줍니다. 가구들도 충분하고, 쓰기에 편리합니다. 저를 실망시키는 것은 하나도 없습니다. 5주일 전만 하더라도 제겐 아무것도 없었습니다. 집도 없고 거지에다가 방랑자였어요. 지금은 친구들도, 집도, 일거리도 있는걸요. 저는 하느님의 은혜와 친구들의 친절과 은총이 넘쳐 흐르는 자신의 운명에 감사하고 있어요. 불만이라곤 조금도 없어요."

"그렇지만 혼자 살기에는 외로울 텐데요? 저 작은 집은 컴컴하고 텅 비어 있군요."

"저는 아직 조용한 기분을 즐길 만한 여유가 없습니다."

"그럼 좋습니다. 당신이 말한 대로 만족을 느낄 수 있길 바랍니다. 나를 만나기 전에 당신이 어떤 과거를 갖고 있었는지는 물론 알 수 없지만 당신에게 과거를 회상케 하는 모든 유혹을 단호히 뿌리치기를 권합니다. 적어도 앞으로 몇 달 동안은 현재의 생활을 성실히 계속해 나가십시오."

"저도 그렇게 하려고 해요." 하고 나는 대답했다.

그는 계속해서 그의 특이한, 억제된 듯하면서도 힘이 담긴 목소리로 자신의 체험과 일년 전 자기가 처음 목사 생활로 들어섰을 때의 일 등에 대해 이야기했다.

그는 말을 마치고 저물어 가는 해를 바라보았다. 나도 바라보았다. 우리들은 쪽문으로 통하는 오솔길을 등지고 서 있었다. 풀이 뒤덮인 오솔길에선 아무 소리도 들리지 않아 고요하기만 했다. 그래서 은방울처럼 아름답고 명랑한 외침이 들렸을 때 우리는 깜짝 놀랐다.

"안녕하세요, 세인트 존 씨. 잘 있었니, 카로. 목사님보다도 개가 더 빨리 친구를 알아보네요. 제가 들판의 끝에 들어서자마자 벌써 귀를 쫑긋 세우고 꼬리를 흔들던데요. 목사님은 아직도 제게 등지고 계시는군요."

그 말은 사실이었다. 아닌 게 아니라 그는 낭랑한 목소리가 처음 들려올 때만 해도 깜짝 놀라더니, 그 말이 끝난 뒤에도 여전히 그 자리에 우뚝 서 있었다. 잠시 후 그는 겨우 돌아섰다. 마치 환상처럼 생각되는 것이 그의 앞에 나타나고 있었다. 그로부터 3피트쯤 떨어진 곳에 순백의 옷을 입은 사람—저 작고 우아한 그림자가—이 나타난 것이다. 그 젊은 여성의 얼굴은 섬세하고 아름다웠다. 통통했지만 몸매도 아름다웠다. 눈은 아름다운 그림처럼 까맣고 큼직했다. 그 눈은 검고 매력적인, 참으로 아름다운 눈썹으로 인해 한결 돋보였다. 희고 매끄러운 이마, 싱싱하고 윤기 흐르는 타원형의 뺨, 깨끗하고 예쁘게 고른 이, 작은 보조개가 있는 턱, 길게 늘어진 머리의 장식 등, 그녀는 아름다움이 갖추어야 할 모든 장점을 가지고 있었다. 이 아름다운 여인을 보고 나는 경탄했고, 마음속으로 그녀를 칭찬했다.

"상쾌한 저녁이지만 혼자서 나오시기엔 너무 늦었습니다."

흰 꽃송이를 발로 밟으면서 세인트 존이 말했다.

"어머나, 전 오늘 오후에 S거리에서 막 돌아왔는걸요. 목사님이 학교를 시작하셨다는 것과 새 선생님이 오셨다고 아버지가 말씀하시기에 차를 마시자마자 선생님을 만나 뵈러 곧장 계곡을 달려온 거예요. 이분이 선생님이신가요?"

그녀가 나를 손으로 가리키며 물었다.

"그렇습니다."

세인트 존이 대답했다.

"모튼이 마음에 드세요?"

그녀가 상냥스럽고 천진난만한 말투와 태도로 내게 물어 왔다. 어린애 같긴 했어도, 그녀의 태도는 나를 기쁘게 했다.

"좋아질 것 같아요. 그럴 만한 여러 가지 일이 있으니까요."

"학생들은 생각하셨던 것만큼 열심인가요?"

"네, 대단히."

"집이 마음에 드시나요? 내가 방을 잘 꾸며 놓았는지 모르겠어요."

"정말로 잘 꾸며 놓으셨더군요."

"앨리스 우드가 시중 들게 한 것은 어떠세요?"

"정말 잘 고르셨어요. 많은 도움이 돼요."

'그럼 이 아가씨가 상속자인 올리버 양인가 봐. 미모라는 자연의 혜택뿐만 아니라 부자이기도 한 것 같아. 참 복도 많지.'

나는 속으로 이렇게 생각했다.

"제가 가끔 와서 가르치는 걸 도와 드리겠어요." 하고 그녀가 말했다.

"아버지가 그러시는데 요즈음은 통 오시질 않는다고요?"

올리버 양은 세인트 존을 쳐다보며 말을 이었다.

"오랫동안 베일 저택엔 안 들르셨지요? 오늘 밤엔 아버지 혼자 계세요. 게다가 몸도 조금 불편하시고…… 저와 함께 아버지를 문안하시지 않으시겠어요?"

"올리버 선생님을 찾아뵙기엔 적당한 시간이 아닌 것 같습니다."

세인트 존이 대답했다.

"적당한 시간이 아니라고요? 어머나, 좋은 시간이 아녜요? 지금 아버지는 말동무가 있었으면 하실 때거든요. 공장 문을 닫으면 아버지는 별로 할 일이 없으시답니다. 자, 목사님, 같이 가세요. 왜 그렇게 주저하시고 침울해하세요?"

세인트 존은 말없이 듣고만 서 있었다.

"참 잊어버리고 있었네!"

그녀는 아름다운 고수머리를 흔들면서 말했다.

"나도 참 경솔하고 주책도 없지! 용서하세요, 이런 수다에 상대하기 싫어하신다는 것을 깜박 잊어버리고 있었어요. 다이애나 언니와 메어리 언니가 떠나고 무어 하우스는 문을 잠가 버려 무척 쓸쓸하시겠어요. 참 안됐어요…… 가서 아버지를 만나 주세요."

"죄송하지만 오늘 밤은 안 되겠습니다. 올리버 양, 오늘 밤은 안 됩니다."

세인트 존은 마치 자동 인형처럼 말했다. 이처럼 거절하는 것이 얼마나 힘든 일인지는 그만이 알고 있었다.

"좋아요. 계속 고집을 부리신다면 전 돌아가겠어요. 언제까지고 기다릴 수는 없으니까요. 이슬도 내리기 시작하고요. 안녕!"

그녀가 손을 내밀었으나 그는 손만 잠깐 잡았을 뿐이었다.

"안녕히 가시오!"

그는 앵무새처럼 반복해서 인사말을 하고 총총걸음으로 집으로 돌아갔다.

32

나는 될 수 있는 한 열심히 그리고 성실하게 시골 학교 일을 계속했다. 처음엔 정말 힘든 일이었다. 정성을 다 바쳐서 학생들 하나하나의 성격을 이해하기까지는 상당한 시일이 걸렸다. 그 아이들은 전혀 교육을 받은 일이 없었기 때문에 내 눈에는 장래의 희망조차 없으리만큼 우둔해 보였다.

그러나 나는 곧 내가 잘못 생각했다는 것을 깨닫게 되었다. 교육을 받은 사람도 각기 다른 점이 있듯이 그애들도 그러했다. 내가 그들을 이해하고 그들이 나를 이해하게 되자, 그 차이는 당장 눈에 띄게 달라졌다. 그들이 내게서 놀라움을 나타내고 있던 것이 사라져 버린 다음부터는 우둔한 얼굴을 하고 멍청하게 입을 벌리고 있던 시골뜨기 애들 중의 몇 명은 아주 재치있고 영리한 소녀로 변해 갔다. 대부분의 아이들은 사랑스럽기까지 했다.

나는 그들 가운데에서 탁월한 두뇌를 갖고 동시에 자연스러운 예의와 자존심을 갖고 있는 아이들을 적지 않게 발견했다. 나는 그들에게 호의를 갖게 되었고 칭찬을 아끼지 않게 되었다. 나는 그런 데서 행복을 느꼈다. 나는 그들의 가정에서 즐거운 저녁을 여러 번 보냈으며, 그럴 때면 그들의 부모들은 나를 극진히 대접해 주었다. 그들의 순박한 친절을 받고 거기에 대해서 경의를 표하고 보답하는 것은 하나의 즐거움이었다.

나는 이 마을의 중요 인사가 된 듯한 기분이 들었다. 밖에 나가면 언제나 여기저기에서 정중한 인사의 말을 듣게 되었고, 부드러운 미소로 영접을 받았다. 많은 사람들의 호의 속에 산다는 것은, 설사 그것이 노동자의 호의에 지나지 않는다고 할지라도, 더할 나위 없이 흐뭇하고 유쾌한 일이었다.

하지만 솔직히 말하면 이 평온하고 유익한 학교 생활 속에서도 밤중이면 이상한 꿈을 꾸곤 했다. 찬란하고 마음을 흔드는 이상한 꿈, 미친 듯 날뛰는 폭풍 같은 흥분이 가득 찬 꿈이었다. 가슴이 터질 것 같은 아슬아슬한 위기에서 로체스터 씨를 만나는 꿈이었다. 꿈속에서 그의 팔에 안겨 그의 곁에서 일생을 보내고 싶다는 희망이 되살아나기도 했다. 그러나 꿈에서 깨어나고 아침 9시가 되면 시간을 어기지 않고 수업을 시작하기 위해 평온한 마음으로 되돌아가 그날 하루의 의무를 다할 준비를 하는 것이었다.

로자몬드 올리버 양은 나를 방문하겠다던 약속을 지켰다. 그녀가 학교를 방문하는 것은 대개 아침 승마 시간 중이었다. 그녀는 언제나 세인트 존이 매일 담당하고 있는 교리 문답 시간에 방문했는데, 이 방문자의 눈이 젊은 목사의 심장을 예리하게 꿰뚫는 것은 아닌가 하고 나는 생각했다. 그의 눈에 보이지 않을 때에도 일종의 본능이 그녀가 들어온 것을 그에게 알리는 것 같았다.

어느 날 저녁, 그녀는 언제나처럼 어린애다운 활기와 경박하기는 하나 악의 없는 호기심에서, 나의 조그만 부엌의 찬장과 테이블의 서랍을 뒤적이다가 프랑스 어 책 두 권과 실러의 책 한 권, 독일어 문법책 한 권, 사전 등을 찾아냈다. 그리고 그다음엔 나의 그림 도구와 작은 천사처럼 상냥한 소녀의 얼굴 스케치, 모튼의 계곡과 그 근처의 고원에서 취재한 여러 가지 풍경을 그린 것을 찾아냈다. 그녀는 그 그림들을 보고는 깜짝 놀라며 기쁨을 감추지 못한 얼굴로 나를 쳐다보았다.

"어머나! 당신이 그렸어요? 당신은 프랑스 어나 독일어도 알고 계시군요? 참 멋지네요. 정말 보통 솜씨가 아니신데요. 당신은 S거리 제1학교의 우리 선생님보다도 훨씬 훌륭해요. 내 초상을 아버지에게 보이려고 하는데 좀 그려 주시겠어요?"

올리버 양은 어린애처럼 내게 그림을 그려 달라고 부탁했다.

"그려 드리고말고요."

나는 이렇게 완벽하고 찬란한 모델을 앞에 두고 그림을 그리게 된다고 생각하니 기쁨으로 가슴이 두근거렸다.

내가 그림을 그릴 수 있다는 것을 그녀가 부친에게 보고했기 때문에, 다음날 저녁 그녀와 함께 올리버 씨도 찾아왔다. 그는 키가 크고 육중한 체구의 중년 신사였다. 올리버 씨는 말수가 적고 거만한 사람처럼 보였으나 내게는 무척 친절했다. 로자몬드 양을 그린 초상화의 초벌 그림이 무척 마음에 든다며 그림을 꼭 완성시켜 달라고 했다. 그는 또 다음날 베일 저택을 한번 방문해 주었으면 좋겠다고 말했다.

그리하여 나는 올리버 씨의 집을 방문하게 되었다. 크고 훌륭한 저택이 그가 큰 부자라는 것을 보여 주고 있었다. 로자몬드 양은 내가 머물러 있는 동안 내내 매우 기뻐하고 만족해했다. 올리버 씨는 내가 모튼의 학교에서 수고하는 데 대해서 극구 칭찬을 했다. 또한 그가 보고 들은 바로 미루어 보면, 내가 지금 이 자리에 있기에는 너무 훌륭하기 때문에 머지않아 좀더 좋은 자리로 옮겨가지 않을까 염려된다고 말했다.

"정말이에요!"

로자몬드 양이 외쳤다.

"이분은 능히 상류 계급의 가정교사가 될 수 있을 만큼 훌륭해요, 아버지."

세인트 존에 관해서도 올리버 씨는 호의에 찬 어조로 말했다. 올리버 씨는 로자몬드 양이 세인트 존과 결혼하는 데 대해서 아무런 반대가 없는 것 같았다. 올리버 씨는 젊은 목사의 좋은 혈통과 문벌, 신성한 직업 등이 재산이 없는 데 대한 만족할 만한 보상이 된다고 생각하는 듯싶었다.

　11월 5일, 일요일이었다. 나의 어린 하녀는 집안 청소를 거들어 주고는 1페니의 품삯을 받고 매우 기뻐하며 돌아갔다. 내 주위는 어디나 티끌 한 점 없이 번쩍번쩍 빛났다.

　나는 남은 오후 시간을 마음대로 보낼 생각이었다. 몇 페이지의 독일어를 번역하는 데 제법 시간이 걸렸다. 그것을 끝내고 나는 팔레트와 연필을 꺼내서, 번역보다는 쉽고 마음의 위안이 되는 로자몬드 올리버의 초상을 그리기 시작했다. 삼단 같은 머릿단에 고수머리를 여기저기 그리고, 푸른 눈썹 아래 있는 속눈썹의 그림자에 좀더 짙은 색을 칠하기만 하면 끝이었다.

　정밀한 이 부분을 마무리하는 데 정신이 팔려 있는데, 바로 그때 성급한 노크 소리가 들리더니 세인트 존 리버즈 씨가 들어왔다.

　"휴일을 어떻게 지내나 보러 왔습니다. 고민에 잠겨 있는 건 아니겠지요? 그렇지 않군요. 참 다행입니다. 그림을 그리고 있는 동안은 외로운 느낌이 없겠지요. 저녁에 심심풀이로 읽으시라고 책을 한 권 가져왔습니다."

　이렇게 말하고 그는 테이블에 신간 시집 한 권을 올려놓았다.

　내가 열심히 그가 가져온 신간 시집 『마미온(월터 스코트의 장시(長詩). 1808년 출간)』의 몇 페이지를 뒤적거리고 있는 동안, 세인트 존은 내 그림을 보기 위해 허리를 굽히고 있었다. 그가 아무 말도 하지 않아 내가 그를 쳐다보자 그는 내 시선을 피했다.

　나는 그가 무엇을 생각하는지 분명히 알 수 있었다. 그 순간 나는 내가 그 사람보다 더 침착하고 냉정한 것같이 느껴졌다. 그때는 잠시 동안 내가 더 우월한 입장에 있었기 때문에 될 수 있으면 그에게 친절을 베풀고 싶었다.

나는 우선, "앉으세요, 세인트 존 리버즈 씨." 하고 말했다.

그러나 그는 언제나 입버릇처럼 오래 있을 수는 없노라고 대답했다.

"이 그림은 비슷하죠?"

나는 대뜸 이렇게 물었다.

"비슷하다니, 누구와 비슷하단 말이오? 자세히 보지 못했어요."

"자세히 보시던데요?"

뜻밖에, 아니 당돌하게 이렇게 묻자 그는 침착성을 잃고 당황했다. 그리고 놀란 표정으로 나를 쳐다보았다.

'왜 놀라십니까? 전 아무렇지도 않아요.'

나는 마음속으로 이렇게 중얼거렸다.

"당신은 이 그림을 자세히 그리고 똑똑히 보셨어요. 하지만 한 번 더 보셔도 괜찮아요."

나는 일어서서 그에게 그림을 넘겨주었다.

"참 잘된 그림입니다. 대단히 부드럽고 선명한 색깔이군요. 무척 세련되고 정확하게 그렸습니다."

그가 말했다.

"네, 그래요. 저도 알고 있어요. 하지만 닮은 것 말이에요. 이 그림이 누구랑 닮았다고 생각하세요?"

그는 주저하는 말투로 대답했다.

"올리버 양이군요."

그는 그림을 계속해서 바라보았다. 그리고 점차 힘을 주어 그 그림을 움켜쥐었고, 갖고 싶어하는 마음이 얼굴에 역력히 나타났다.

"꼭 닮았군!"

그는 중얼거렸다.

"이 눈은 정말 훌륭해. 빛깔, 광선, 표정 등 모두 완벽해. 미소를 짓고 있군!"

"그것과 비슷한 그림을 갖게 되시면 위안이 될까요? 그렇잖으면 마음을 상하게 될까요? 아니면 기운을 잃고 슬픈 생각을 하게 될까요?"

이때 그는 눈을 살짝 치켜 뜨고 당황한 시선을 내게 던졌다. 그는 또다시 그림을 훑어보았다.

"이것을 갖고 싶은 것은 솔직한 심정입니다. 그것이 분별 있는 생각인지는 잘 모르겠지만."

로자몬드가 진심으로 그를 좋아하고 있다는 것과 그녀의 부친이 두 사람의 결혼에 반대하지 않는 것 같다는 것을 확인한 이래, 나는 두 사람의 결혼을 권유하고 싶은 기분을 강하게 느끼고 있었다.

"제 생각에는 지금 당장 그 그림의 모델을 목사님의 소유물로 만드시는 게 훨씬 더 현명하고 분별 있는 일인 듯합니다만. 그분은 목사님을 사랑하고 계세요, 분명히."

나는 그의 의자 뒤에 서서 말했다.

"더욱이 그분의 부친은 목사님을 존경하고 계십니다. 그리고 그분은 아름다운 분이십니다. 좀 경솔하긴 하지만. 그러나 목사님은 두 사람 몫만큼 충분한 판단력을 갖고 계십니다. 그분과 결혼해야 합니다."

"그녀가 나를 좋아합니까?"

"그럼요. 누구보다도 목사님을 좋아해요. 항상 목사님 얘기만 하시는걸요."

"나 역시 그녀를 사랑합니다. 그러나 열렬히 로자몬드 양을 사랑하면서도 나는 그녀가 나의 훌륭한 아내가 될 수 없다는 것, 내게 맞는 반려자가 아니라는 것을 잘 알고 있소. 참 이상한 일이오. 내 속에 있는 그 무엇이 그녀의 아름다움에 매력을 느끼면서도, 또 무엇인가가 그녀의 결점에 깊은 우려를 하고 있소. 결점이란 것은, 내가 열광하고 있는 것에 대해서 그녀는 조금도 공감할 수 없다는 겁니다. 로자몬드가 선교사의 아내가 될 수 있을까요? 천만의 말씀입니다."

"하지만 목사님께서 선교사가 되실 이유는 없어요. 계획일랑 그만두시는 게 좋겠어요."

"그만두라고! 뭣을 말이오? 나의 천직을? 나의 위대한 사업을? 그것은 나의 혈관의 피보다도 소중한 것이오. 나는 그것을 갈망하고 또 그것을 얻기 위해 살아가고 있소."

얼마 동안 사이를 두었다가 나는 말했다.

"그럼 올리버 양은? 그분의 실망이나 슬픔이 목사님껜 별것 아니란 말씀이에요?"

"올리버 양은 구혼자나 아첨하는 사람들에게 언제나 둘러싸여 있지요. 한 달이 채 되기 전에 내 모습 같은 건 그녀의 마음에서 사라져 버릴 것이오. 그녀는 나를 잊어버리고 나보다 더 행복하게 해 주는 남자와 결혼하겠지요."

"목사님께선 무척 냉정하게 말씀하시지만 마음의 갈등으로 고민하고 계세요. 그래서 그런지 몹시 수척해지셨어요."

"아니오. 다소 말랐다고 하더라도 그것은 나의 불확실한 앞날을 걱정하기 때문이오."

"목사님은 올리버 양이 교실에 들어오기만 하면 언제나 몸을 떠시고 얼굴을 붉히시던데요."

"당신은 참 이상한 사람이군요. 당신의 눈은 다른 사람의 마음을 날카롭게 꿰뚫어 보는군요. 그러나 당신은 내 심정을 오해하고 있는 듯하오. 나는 내 자신의 약점을 경멸하오. 그것이 열등하다는 것을 나는 알고 있소. 내 혼은 파도치는 바닷속에 깊이 뿌리 박고 있는 바위처럼 꼼짝도 안 합니다. 내가 냉정하고 엄격한 인간이라는 것을 믿어 주시오."

나는 알 수 없다는 듯한 미소를 지어 보였다.

"당신은 나의 비밀을 빼앗아 버렸소. 그리고 그것을 지금 당신의 손아귀에 쥐고 있소. 나는 그저 본래의 나의 상태로 있을 뿐이오. 감정이 아니라 이성이 나의 안내자요. 나의 야심은 무한대입니다. 나는 앞으로의 당신 생활에 관심을 갖고 주시하겠소. 그 이유는 당신은 성실하고 끈기 있고 질서 있는 여자의 전형이라고 생각하기 때문이오.

당신의 과거나 혹은 지금도 당신이 고민하고 있는 문제에 깊은 연민을 보내고 있기 때문이 아니오."

이렇게 말하고 그는 탁자 위에 있던 모자를 집어 들더니 또 한 번 초상화를 바라보았다.

"정말로 아름답군." 하고 그가 중얼거렸다.

"이것과 똑같은 걸 그려 드릴까요?"

"그게 무슨 필요가 있습니까? 그럴 필요는 없소."

그는 내가 그림을 그릴 때 두꺼운 마분지를 더럽히지 않으려고 언제나 손 밑에 깔던 얇은 종이로 초상화를 덮었다. 그때, 이 백지의 표면에서 그가 갑자기 무엇을 보았는지는 모르겠으나 무엇인가가 그의 눈길을 끄는 듯했다.

그는 그것을 끌어당기듯이 집어 들고는 종이의 가장자리를 바라보았다. 그는 뭐라고 표현할 수도, 설명할 수도 없는 시선을 내게 던졌다. 내 모습, 얼굴, 의복 등 어느 하나도 남김없이 마음속에 새겨 두려는 듯이 시선을 빠르고 날카롭게 움직였다. 그의 입술이 뭐라고 말하려는 듯이 벌어졌으나 이내 튀어나오려던 말을 자제해 버리고 말았다.

"무슨 일이세요?"

내가 물었다.

"아니, 아무것도 아니오."

나는 그가 종이를 아까 있던 대로 놓으면서 그 끝을 재빨리 찢어 갖는 것을 보았다.

종이 조각은 그의 장갑 속으로 사라졌다. 그는 황급히 고개를 끄덕이며 '안녕'이란 말을 남기고는 사라졌다.

그가 나간 후 종이를 살펴보았지만, 내가 화필로 빛깔을 칠해 보았던 곳에 그림물감의 얼룩이 거무스레하게 두서너 방울 있을 뿐 그 밖엔 아무것도 없었다.

나는 이 일에 대해서 잠시 생각해 보았으나, 도무지 알 수가 없었다. 그리고 별로 중요하지 않은 것 같아 신경을 쓰지 않았기 때문에 금세 잊어버리고 말았다.

33

세인트 존이 떠날 때는 눈이 내리고 있었다. 눈보라 치는 폭풍은 밤새도록 계속되었다. 다음날은 살을 에는 듯한 눈바람이 눈코 뜰 새 없을 정도로 세차게 휘몰아쳤다.

저녁때쯤 되자, 모든 골짜기는 잔뜩 눈이 쌓여 거의 통행이 불가능할 지경에 이르렀다.

나는 덧문을 닫고, 문 밑으로 스며드는 눈을 막기 위해 돗자리를 문에 기대 세웠다. 그리고 난롯불을 활짝 피우고, 귀청을 멍하게 만드는 폭풍의 난무를 귀담아들으면서 난롯가에 한 시간쯤 앉아 있었다. 잠시 후 촛불을 켜 들고 『마미온』을 꺼내 읽기 시작했다. 시의 아름다운 운율에 나는 곧 폭풍을 잊어버리고 말았다.

그때 요란한 소음이 들려왔다. 바람이 문짝을 흔드는 것이라고 생각했다. 그러나 문고리를 벗기고 매운 바람이 울부짖는 어둠 속에서 나타난 사람은 세인트 존 리버즈였다. 그는 빗장을 풀고 살을 에는 듯한 폭풍 속에서 나와, 내 눈앞에 우뚝 섰다. 눈으로 꽉 막힌, 길도 없는 골짜기에 그날 밤 찾아오는 사람이 있으리라곤 전혀 생각도 못한 일이었기에 나는 몹시 놀랐다.

"무슨 나쁜 소식이라도, 무슨 일이 생겼어요?"

나는 다급하게 물었다.

"아니오. 여기까지 오느라고 정말 혼이 났소. 눈이 허리까지 쌓였던데요. 다행히 눈이 아직 부드러워서."

"그건 그렇고요. 무슨 일로 오셨어요?"

나는 다시 이렇게 묻지 않을 수가 없었다.

"손님에겐 좀 무례한 질문이군요. 물으니 대답하지만, 잠시 얘기할 것이 있어서 왔소. 어제는 얘기를 반밖에 못 듣고 가서 그다음이 어떻게 되었는지 궁금해 더는 견딜 수가 없었소."

그는 의자에 걸터앉았다. 나는 어제 있었던 그의 수상한 행동을 회상하고, 그의 정신이 좀 이상해진 것은 아닐까 걱정이 되기 시작했다.

한 손으로 턱을 괸 그는 손가락을 입술에 댄 채 생각에 잠겼다.

여윈 듯한 그의 모습이 내 마음을 저리게 해서 견딜 수 없는 상태로 몰고 갔다. 나는 입을 열지 않을 수가 없었다.

"다이애나와 메어리가 돌아오셔서 함께 사시는 게 좋을 것 같군요.

그렇게 혼자 계시는 게 무척 안됐어요. 목사님은 자신의 건강에 대해서 전혀 무관심하세요."

"천만의 말씀. 필요할 땐 자기 몸을 조심하지요. 지금 아주 건강한데요. 당신은 나의 어디가 안 좋아 보입니까?"

그렇게 말하는 그의 태도는 나의 걱정이 전혀 쓸데없는 것이라고 말해 주는 것 같아서 나는 그만 입을 다물었다. 나는 다시 『마미온』을 읽기 시작했다.

얼마 안 가서 그가 몸을 움직였다. 그의 움직임이 나의 눈길을 끌었다. 그는 모로코 가죽의 수첩을 꺼내 그 속에 있던 한 통의 편지를 묵묵히 읽은 다음 다시 접어서 지갑 속에 넣고는 한참 동안 생각에 잠겼다.

나는 초조해서 아무 말도 하지 않고 있을 수가 없었다.

"최근 다이애나와 메어리로부터 무슨 소식이라도 있었나요?"

"일주일 전에 보여 준 편지뿐입니다."

"그러면 목사님께서 준비하시는 사업에 무슨 변화라도 생긴 것은 아닌지요? 예정보다 빨리 영국을 출발하라고 부름을 받으신 것은 아니겠지요?"

"그럴 리야 없지요. 그런 좋은 기회가 내게 일어날 리가 없지요."

다시 침묵이 계속되었다. 괘종시계는 8시를 쳤다. 그것이 그를 정신 차리게 했는지 그는 꼬고 있던 다리를 똑바로 펴고 앉아서 나를 쳐다보았다.

"잠깐만 그 책을 접고, 난롯가로 좀더 가까이 오지 않겠습니까?"

그가 말했다.

나는 그가 시키는 대로 했다.

"30분 전까지는 얘기의 결말을 듣고 싶어서 무척 초조했다고 말했지만, 잘 생각해 보니까 내가 얘기하는 사람이 되고 당신을 듣는 사람으로 하는 것이 더 적당할 것 같소. 20년 전 일이지만, 어떤 가난한 목사보와 부잣집 딸이 사랑을 하다가 마침내 두 사람은 모든 사람들의 반대를 물리치고 결혼을 했었소. 그 결과 부잣집 딸은 모든 사람들로부터 절교를 당했지요. 그런데 이들 철부지 신혼부부는 결혼한 지 2년도 채 되기 전에 모두 세상을 떠나 버렸소. 그리고 그들의 슬하에는 딸이 하나 있었죠. 의탁할 곳이 없는 그 갓난아이는 어머니 쪽 친척댁으로 가게 되었고, 외삼촌댁인 게이츠헤드의 리드 부인에게 양육을 받게 되었소. 리드 부인은 그 고아를 10년간 기르다가 당신도 아는 고장인 로드의 학교로 보냈소. 그녀는 그 학교에서 꽤 훌륭하게 자기 책임을 완수했던 것 같소. 그래서 당신처럼 학생에서 선생이 되었소. 그녀의 경력과 당신의 경력이 너무나 비슷한 것 같군요. 그리고 그 여자는 가정교사가 되기 위해 학교를 사직해 버렸소. 자, 또 당신의 형편과 비슷한데요. 그녀는 로체스터라는 사람의 양녀의 교육을 맡게 되었소."

"세인트 존 리버즈 씨!"

나는 그의 말을 가로막았다.

"당신의 기분은 이해합니다."

그는 너그러운 표정으로 이렇게 말했다.

"그러나 잠깐만 참으세요. 얘기가 거의 끝나 가니까 마지막까지 들어 주시오. 로체스터 씨라는 인물에 대해서는 나는 아무것도 모르지만, 그가 그 고아에게 정식으로 청혼하는 것처럼 가장했다는 것과 그녀가 결혼식 당일, 신성한 제단 앞에서 로체스터 씨에겐 정신병자이긴 하지만 현재 살아 있는 부인이 있다는 것을 처음 알게 된 것을 나는 알고 있소. 그 뒤의 그의 행동과 제안 따위가 어떻게 되었는지는 소문에 불과한 일이지만, 그 가정교사의 안부를 알아야 할 사건이 일어났을 때에야 그녀가 그곳에 없다는 것을 알게 된 것이오. 언제, 어디로, 어떻게 해서 떠났는지는 아무도 아는 사람이 없었답니다. 그녀는 밤중에 손필드 저택을 빠져나간 것이었소. 행방을 알아내려는 노력은 헛수고로 끝났지요. 그 지방을 샅샅이 찾아보았지만 아무 소식도 알 수 없었죠. 그러나 그녀를 찾아내는 것이 중대하고 긴요한 사건이 되어, 그 광고는 모든 신문에 게재되었지요. 나 자신도 브리그스라는 변호사로부터 지금 내가 말한 사연을 상세하게 적은 편지를 받았소. 참 이상한 일이 아닙니까?"

"잠깐, 이 한마디만 대답해 주세요. 로체스터 씨는 어떻게 되었어요? 어떻게 지내시나요? 지금 무얼 하고 계신지요?"

"나는 로체스터 씨에 관한 일은 아무것도 모릅니다. 내가 받은 편지에는 아까 내가 말한 거짓스럽고 불법적인 그의 계획에 대해 적혀 있는 것말고는 더 이상 아무것도 쓰여 있지 않았소. 차라리 당신은 그 가정교사의 이름을 물었어야 할 텐데요?"

"그럼, 손필드에 간 사람은 아무도 없었나요?"

"없었을 겁니다."

"하지만 로체스터 씨에게 편지는 보냈겠죠?"

"물론이죠."

"그래, 그분은 뭐라고 답장을 보내왔어요? 누가 그 편지를 갖고 있죠?"

"브리그스 씨의 말에 의하면, 그의 조사에 대한 대답은 로체스터 씨로부터 온 것이 아니라, 부인의 필적으로 '앨리스 페어팩스'라고 서명되어 있더랍니다."

나는 깜짝 놀랐다. 그렇다면 아마도 내가 가장 두려워하고 있던 일이 일어난 것이 틀림없었다. 그는 자포자기에 빠진 것이 분명했다. 그는 격렬한 고통을 잊기 위해 어떤 마취제를 구했을까?

"내 머리는 그 사람의 일보다는 다른 일로 가득 차 있소. 당신이 그 가정교사의 이름을 묻지 않으니, 내가 스스로 말을 해야겠소. 중대한 사실을 기록해 놓은 서류를 여기 갖고 있소."

이렇게 말하고 그는 다시 그 수첩을 조심스럽게 꺼냈다. 그는 수첩의 한쪽에서 황급히 찢은 듯한 구겨진 종이 쪽지를 꺼냈다. 나는 그 종이 쪽지가 초상화의 겉장에서 찢어낸 것이라는 사실을 알았다.

그는 의자에서 일어나 그것을 내 눈앞으로 내밀었다. 나는 인디언 잉크로 쓰여진 '제인 에어'라는 내 필적의 글자를 읽었다. 물론 내가 무의식적으로 저지른 행동이었을 것이다.

"브리그스는, 내게 제인 에어라는 사람에 대해 편지를 보내왔소." 하고 그가 말했다.

"광고는 제인 에어라는 사람을 찾고 있었소. 나는 제인 엘리어트라는 사람을 알고 있었기에 의아심을 품고 있었던 거요. 그러나 그 의심이 풀려 틀림없이 확실하다고 자신을 갖게 된 것은 바로 어제 오후였소. 당신은 그 이름이 당신의 것이라고 시인하고 그 가명을 부인하겠소?"

"네, 그래요. 그런데 브리그스 씨는 어디 계세요? 그분은 목사님보다는 로체스터 씨의 소식에 대해 자세히 아실 텐데요."

"브리그스 씨는 런던에 있소. 그가 로체스터 씨에 대해서 무엇을 알고 있는지는 알 수 없소. 그가 관계하고 있는 것은 로체스터 씨가 아니오. 그런데 당신은 그가 당신을 왜 찾고 있는지 묻지 않는군요?"

"그렇군요. 그분이 저에게 무슨 용무가 있었을까요?"

"당신의 숙부가 돌아가셨소. 그런데 그 숙부님이 재산의 전부를 당신에게 상속했소. 그래서 당신이 부자가 되었다는 것을 일러 주려는 것이오. 그 밖에는 아무 일도 없습니다."

"제가요? 제가 부자라고요?"

"그렇소. 당신이 유산 상속인이오."

침묵이 흘렀다.

"물론 당신은 자신이 제인 에어라는 것을 증명해야만 하오. 수속은 어렵지 않을 것이오 브리그스 씨가 유언서와 필요한 서류를 보관 중이니까. 아마 이번엔, 재산을 얼마나 소유하게 되는지 묻고 싶겠지요?"

"얼마쯤 갖게 되나요?"

"몇 푼 안 되오. 뭐 2만 파운드라고 하던가?"

"2만 파운드라고요?"

나는 또다시 깜짝 놀랐다. 나는 기껏해야 4, 5천 파운드쯤이려니 생각하고 있었다. 이 뜻밖의 소식은 잠시 동안 나의 숨을 멈추게 했다.

"엄청난 금액이군요. 혹시 무슨 오해라도 있는 게 아닐까요?"

"전혀 없습니다."

"얼핏 숫자를 잘못 읽으셨는지도 몰라요. 2천 파운드겠죠!"

]"숫자가 아니라 글자로 틀림없는 2만 파운드라고 적혀 있었소."

나는 한 사람분의 식욕밖에 없는 사람이 백 사람의 음식을 차린 테이블에 홀로 앉아 있는 듯한 기분을 느꼈다.

이때 그가 의자에서 일어나 외투를 걸쳤다.

"당신을 혼자 남겨 두고 가기엔 좀 안됐지만 한나를 동무 삼으라고 보내기엔 워낙 날씨가 험악해서 그럴 수도 없고, 할 수 없이 슬픔에 잠긴 당신을 여기 그대로 두고 가야겠소. 편히 쉬시오."

그가 문을 열려던 참이었다. 그런데 갑자기 내 머릿속에 떠오르는 것이 있었다.

"잠깐만 기다려 주세요!" 하고 나는 외쳤다.

"왜 그러시오?"

"전 브리그스 씨가 어째서 목사님께 편지를 보냈는지 납득이 안 갑니다. 또 어떻게 그분이 목사님을 아시는지, 어떻게 알게 되었는지 궁금해요."

"그야 난 목사요. 목사에게는 이런 이상한 사건에 협조를 호소해 오는 일이 많지요."

"안 돼요. 그 대답으로는 만족할 수가 없어요!" 하고 나는 외쳤다. 게다가 설명이 될 수 없는 대답 속에는 무엇인가 비밀이 있을 거라고 느껴졌기 때문에 나는 한층 더 궁금해졌다.

"참 이상한 일이군요. 이 문제에 대해서 좀더 알아야겠어요."

"다음 기회에."

"안 돼요. 오늘 밤이에요! 오늘 밤에 알아야 합니다."

그리고 그가 문을 향해 돌아섰을 때, 나는 문과 그 사이에 끼어들었다. 그는 몹시 난처한 표정을 지었다.

"모두 말씀하시기 전에는 무슨 일이 있어도 가시도록 두지 않겠습니다."

"지금은 말하고 싶지 않습니다."

"말씀해 주세요! 그렇게 하시지 않으면 안 됩니다."

"다이애나나 메어리에게 듣는 편이 더 낫겠어요."

말할 것도 없이 이 거절은 내 열의를 절정에 달하게 했다. 이 열의를 꼭 만족시켜야만 한다. 일각의 기다림도 없어야 한다. 나는 그에게 그렇게 말했다.

"전에도 말했지만, 나는 고집이 센 사람이오."

"저도 고집이 센 여자예요. 도망 가시지는 못할 겁니다."

"그런데다 나는 냉혹합니다. 어떤 열정도 받아들이지 않습니다."

하지만 그는 결국 내 열성에 져서, 모자를 손에 든 채 아주 침착한 얼굴을 하고 전후 사정 이야기를 했다.
"그러니까 목사님의 어머님께서 제 아버지의 누님이셨군요?"
"그렇소."
"그럼 저의 고모신가요?"
그는 고개를 끄덕였다.
"저의 존 숙부님이 바로 댁의 외삼촌이시고요? 목사님과 다이애나와 메어리는 숙부님의 누님 소생들이군요? 저는 숙부님의 형님 딸이고요?"
"바로 그렇소."
"그럼, 세 분은 제 내외종 사촌이군요?"
"그렇소. 우리들은 사촌 형제간이오."
나는 그를 살펴보았다. 자랑할 수 있고 사랑할 수 있는, 나와 피를 나눈 오빠 한 분을 찾은 것이었다. 그리고 또 두 사람의 언니를 찾게 된 것은 고독하고 불쌍한 자에게 내려진 진정한 기쁨의 은총이었다. 나는 이 갑작스러운 사실에 손뼉을 치며 좋아했다.
"아이, 기뻐라! 정말 기뻐요!"
세인트 존은 미소를 지었다.
"내가 언젠가 당신이란 사람은 사소한 것을 추구하느라고 중요한 일을 잊어버리고 있다고 말했지요?"
"무슨 말씀을 그렇게 하세요? 목사님께서는 누이 두 분이 계시니까 사촌 동생쯤은 아무래도 괜찮다고 생각하실 거예요. 하지만 저에겐 아무도 없어요. 그런 제 앞에 지금 사촌 형제가 나타나셨어요. 다시 한 번 말씀드리지만 전 너무 기뻐 가슴이 터질 것 같아요."

나는 빠른 걸음으로 방안을 왔다갔다했다. 받아들이고 이해해서 처리할 수 없을 정도의 속도로 일어나는 수많은 상념들로 나는 숨이 막힐 지경이었다. 나는 자리에 우뚝 멈춰 버렸다. 텅 빈 벽을 바라보았다. 그 벽이 반짝이는 별로 가득 찬 하늘처럼 보였다. 내 생명을 구해 준 사람들, 지금까지 내가 무기력한 사랑을 바치고 있던 사람들을 이제는 도울 수 있게 된 것이다. 우리들은 네 사람이 아닌가. 2만 파운드를 똑같이 나누면 각기 5천 파운드가 된다. 이렇게 나누어 갖는 재산이라면 자신에게 무거운 부담이 되지 않는다.

이런 생각을 하는 동안 내가 어떤 표정을 하고 있었는지는 모르겠지만 그가 내 뒤에 의자를 하나 갖다 놓고 앉으라고 하는 것도 아랑곳하지 않았다.

그날 밤, 나는 그로부터 다정한 오빠가 되어 주겠다는 약속을 받아냈고, 나는 다른 선생을 구할 때까지 일을 계속하겠다고 했다. 그리고 나서 우리는 미소를 지으며 악수를 하고 헤어졌다.

유산에 관한 여러 가지 문제를 내가 희망한 대로 성사시킨 일, 더욱이 내가 그들을 굴복시키려고 여러모로 노력한 것이라든지, 몇 번이나 언쟁을 한 것 등에 대해서는 자세하게 이야기할 필요는 없을 것이다. 그것은 결코 수월한 일은 아니었다. 담당 판사는 올리버 씨와 유능한 또 한 사람의 변호사였는데, 두 사람의 생각은 완전하게 일치했다. 양도 증서가 작성되고 세인트 존, 다이애나, 메어리 그리고 나는 각기 상당한 재산을 상속받게 되었다.

34

 모든 문제가 처리된 것은 크리스마스가 가까워질 무렵이었다. 나는 끝내 작별이 나의 입장에서 무의미한 것이 되지 않도록 조심하면서 학교의 문을 닫기로 했다.

 60명을 헤아리는 학생들이 학급별로 줄지어 내 앞을 지나가는 것을 보고 나서 문을 잠근 뒤, 열쇠를 가지고 5, 6명의 우수 학생과 따로 작별을 나누며 서 있을 때 세인트 존이 다가왔다.

 "수고한 보람이 있다고 생각하오?"

 학생들이 돌아가 버리자 그가 물었다.

 "자기가 일할 수 있을 때, 정말 무엇이든지 좋은 일을 했다고 하는 자각을 갖는다는 것은 유쾌하지 않겠소?"

 "물론 즐거운 일이에요."

 "게다가 당신은 몇 개월 일한 데 불과합니다! 같은 인류를 인도하여 갱생시키는 사업에 일생을 바치는 일이야말로 보람 있지 않겠습니까?"

 "그래요. 그래도 전 언제까지나 계속할 수는 없어요. 다른 사람의 능력을 키우는 것도 좋지만 저 자신의 재능도 즐기고 싶어요. 지금이야말로 그렇게 해야 할 때입니다. 저를 다시 학교로 불러들이지 않도록 해 주세요. 전 이제 학교에서 빠져나왔으니 휴식을 취하고 싶습니다."

그가 정색을 했다.

"**이제 어떻게 한다고요? 그렇게 갑자기 열의를 보이는 까닭이 뭡니까? 무엇을 하려고 그러는 거지요?**"

"활동적으로 되는 겁니다. 가능한 한 활동적으로 말입니다. 그래서 한나가 아닌 다른 사람을 구해서 우선 당신의 시중을 들도록 해야겠습니다."

"한나가 필요합니까?"

"네, 저와 함께 무어 하우스로 가게 해 주셨으면 합니다. 다이애나와 메어리는 앞으로 일주일만 있으면 돌아올 테니까, 그때를 대비해 이것저것 준비하여 정돈해 놓고 싶습니다."

"알겠소. 난 여행이라도 하려는가 했는데, 안심했어요. 한나를 함께 보내도록 하겠소."

"그럼 내일까지 준비하도록 전해 주세요. 그리고 이건 교실 열쇠예요. 사택의 열쇠는 내일 아침에 드리겠습니다."

그는 열쇠를 받았다.

"아주 즐거운 듯이 돌려주는군요. 당신이 들떠 있는 것은 이해할 수 없어요. 지금 그만두려고 하는 일 대신에 무슨 일을 하려고 하는지 잘 모르겠군요. **당신은 지금 어떤 계획을, 어떤 목적을, 어떤 야심을 갖고 있습니까?**"

"저의 첫 번째 **계획은 무어 하우스를** 침실에서 지하실까지 청소하는 겁니다. 다음에는 **밀랍이나 기름 그리고 천** 조각으로 반짝반짝 윤이 날 때까지 문지르고, 그다음에는 **의자나 탁자**, 침대, 주단을 사용하기 편리하게 배치한 다음 당신이 파산할 정도로 석탄이나 토탄을 때서 어느 방이나 빨갛게 불을 계속 피우는 거예요. 끝으로 당신처럼 형편을 잘 모르는 분은 아무리 말해도 이해하지 못하시겠지만, 당신의 누이동생들이 돌아오기 전 이틀 동안은 한나와 제가 달걀을 깨거나 건포도를 고르거나 조미료를 준비하거나 크리스마스 케이크를 만들 가루를 반죽하고, 민스 파이의 재료를 썰고 그 밖의 부엌일들을 하는 데 보내는 겁니다. 요컨대 제 목적은 다음 목요일까지는 다이애나와 메어리를 위해 모든 것을 완벽하게 준비해 두는 겁니다. 그리고 최고의 계획은 두 사람이 돌아오면 완벽할 만한 환영을 해 주는 것입니다."

세인트 존은 미소 짓고 있었지만 여전히 만족한 얼굴은 아니었다.

"지금으로서는 그것으로 만족하겠죠! 그러나 그 최초의 들뜬 기분이 가시면 당신은 가정적인 애정이라든지 가사의 기쁨 같은 것보다도 좀더 높은 것을 바라게 될 거요."

나는 그의 말을 가로막았다.

"아까 말한 것이야말로 이 세상에서 최상의 것이에요."

"아니오, 제인, 그렇지 않소. 이 세상은 목적을 달성하는 곳이 아니오. 그렇게 하려고 해서도 안 되오. 또 휴식을 취하는 곳도 아니지요. 게으름을 피우려고 해서는 안 되오."

"전 오히려 열심히 일할 생각입니다."

"제인, 그것을 당분간은 허용하려고 하오. 두 달간의 유예를 주겠소. 당신이 새로운 환경을 마음껏 경험하도록, 늦게나마 찾게 된 친척들의 매력을 즐기도록 용인하겠소만, 그다음부터는 무어 하우스라든지 모튼이라든지 자매와의 사귐이라든지, 문화 생활의 풍족함에서 오는 자기 멋대로의 평안이라든지, 감각적인 즐거움이라든지, 그런 것을 초월하여 좀더 높은 곳으로 눈을 돌리기 바라오. 그리고 당신의 지대한 정신이 당신을 안일하게 만들지 않기를 다시 한 번 희망하오."

나는 학교를 그만둔 그 다음날부터 한나와 함께 무어 하우스로 돌아와 침실에서 지하실까지 깨끗이 청소했다. 쓸고, 닦고, 훔치고, 요리를 만들기도 했다. 어느새 어수선했던 날들이 지나고 내가 그토록 기다리던 목요일이 되었다. 한나와 나는 옷을 갈아입고 만반의 준비를 끝냈다.

세인트 존이 먼저 도착했고, 다이애나와 메어리는 날이 컴컴해졌을 때에야 도착했다.

그녀들은 내가 바꾸어 놓은 무어 하우스의 분위기에 대해서 진정으로 아낌없이 칭찬을 했다. 나는 나의 정성 어린 솜씨가 그녀들의 귀향에 즐거움을 준 것 같아 무척 흐뭇했다. 그날 밤은 즐거웠다. 나는 기쁨으로 가슴이 터질 것만 같았다. 그러나 세인트 존은 누이동생들과의 재회를 진심으로 기뻐했지만, 환대를 즐거워하며 떠들어대는 그녀들의 수다스러움에는 귀찮아했다.

무어 하우스에서의 나날은 너무나 즐거웠다. 하지만 나는 이러한 환경과 운명의 변화 속에서도 로체스터 씨를 잠시도 잊을 수가 없었다. 유언장 문제로 브리그스 씨와 서신을 왕래하고 있을 때, 혹시 로체스터 씨의 현재 주소나 건강 상태에 대해서 좀 알고 있는지 문의해 본 일이 있었지만, 그는 아무것도 알고 있지 못했다. 그래서 나는 페어팩스 부인 앞으로 편지를 보냈다. 그러나 2주일이 지나도록 아무 답장이 없었다.

나는 다시 한 번 편지를 보냈다. 몇 주일이 지나고 몇 달이 지나 거의 반년이 지났을 때, 나의 희망은 완전히 사라지고 나는 절망에 빠져 버렸다.

어느 날, 나는 여느 때보다도 더한층 침울한 기분으로 공부를 하고 있었다. 아침에 한나가 내게 편지가 왔다고 하기에 기다리고 기다리던 소식이 마침내 왔다고 생각하여 아래층으로 내려갔으나 브리그스 씨로부터 온 별것 아닌 편지였다. 너무나 실망한 나머지 나는 눈물을 흘리고 말았다. 그런데 인도의 알아보기 힘든 기괴한 글자와 미사여구의 편지를 읽는 동안 또다시 눈물이 흘러내렸다.

세인트 존이 자기 곁으로 와서 책을 읽어 달라고 부탁해 왔다. 그러나 책을 읽으려고 해도 목소리가 마음대로 나오지 않았다.

"좀 기다립시다, 제인. 당신의 기분이 차분해질 때까지."

이렇게 말한 그는, 내가 울음을 참는 동안 침착하고 참을성 있게 가만히 앉아 있었다.

내가 흐느낌을 참고 겨우 공부를 마쳤을 때, 세인트 존이 말했다.

"자, 제인, 나와 같이 산책이나 하러 갑시다."

"다이애나와 메어리도 부르세요."

"아니, 오늘 아침엔 꼭 한 사람만 데리고 가고 싶소. 그건 바로 당신이오."

나는 조심스럽게 그가 시키는 대로 따랐다. 10분쯤 후에 나는 그와 어깨를 나란히 하며 계곡의 오솔길을 걷고 있었다.

"여기서 쉽시다."

수많은 바위에서 고립되어 있는 첫 번째 바위 위에 다다랐을 때 세인트 존이 말했다.

나는 바위 위에 앉았고 세인트 존은 내 옆에 서 있었다.

"제인, 나는 6주일 이내에 떠납니다. 6월 20일에 출항하는 동인도 왕래의 대상선 선실을 예약해 두었소."

"하느님께서 보호해 주실 거예요. 오빠는 하느님의 사업을 맡으셨으니까."

"제인, 나와 같이 인도로 갑시다. 내 조수로서, 내 동무로서 함께 갑시다."

나는 뜻밖의 제의에 깜짝 놀랐다.

"저는 전도 생활이 무엇인지도 몰라요. 여태껏 조금도 공부해 본 적이 없으니까요."

"하지만 나는 당신의 힘을 알고 있소. 당신은 금방 익숙해질 거요. 그러면 내 도움 같은 건 소용없어질 거요."

"하지만 저는 그 같은 힘이 제게 있으리라곤 생각지 않아요."

"당신 대신 내가 대답하겠소. 들어 주시오. 나는 당신을 처음 만날 때부터 줄곧 지켜보고 있었소. 10개월 동안 여러 방법을 이용하여 당신을 저울질해 보았지요. 마을 학교에서는 자신의 습관 때문에 기질에 맞지 않는 일도 당신은 훌륭하고 정확하게 수행할 수 있다는 것을 보여 주었소. 유능하게 그리고 교묘하리만큼 훌륭하게 수행하는 것을 보았소. 학생들을 잘 이끌면서 그 마음을 자제하더군. 갑자기 부자가 된 것을 알았을 때도 당신의 침착함에서 나는 데마의 죄(「디모데후서」 4장 10절. 현세를 사랑하는 것)에 조금도 더러워지지 않는 순수함을 간파했소. 부(富)도 당신을 지배하는 능력을 가지고 있지는 않았던 게요. 자기 재산을 4등분하여 자기는 하나만을 취하고, 다른 세 개를 버려 이념으로서의 정의가 요구하는 데에 맡긴 결연한 각오에서 희생의 정열과 흥분에 환희하는 영혼을 나는 보았소. 나의 희망에 따라, 지금까지 흥미를 가지고 있던 공부를 내던지고 내가 관심을 기울인다는 이유로 다른 공부를 하기 시작하는 복종과 쉬지 않고 꾸준히 계속하는 지칠 줄 모르는 성실함에서, 그리고 어려운 일에 부딪혔을 때에도 식지 않는 정력과 흔들리지 않는 침착성에서 나는 내가 찾는 자질의 모든 것을 보았소. 제인, 당신은 욕심이 없으며 근면하고, 변함이 없으며 용기가 있고, 대단히 친절하고 매우 대담했소. 자신을 불신하지 마시오. 나는 당신을 전적으로 신뢰할 수 있소. 인도의 모든 학교의 지도자로서, 인도의 부인들을 도와 주는 조력자로서 당신의 협력은 나에게 무한히 소중한 것이 될 것이오."

쇠로 만든 수의가 나의 몸을 감싸며 죄어들었다. 설득은 천천히 그리고 확실하게 계속되었다. 나는 눈을 감았다. 그의 마지막 말은 지금까지 막혀 버린 것처럼 보이던 앞날을 조금은 뚜렷하게 보게 하는 힘이 있었다. 지금까지는 막연하여 손을 댈 수 없을 만큼 산만한 것으로밖에 보이지 않던 나의 사명이 그가 말을 하는 데 따라 응축되어 가고, 그의 손으로 짓이겨져 하나의 뚜렷한 형체를 갖추게 되었다. 그는 대답을 기다리고 있었다. 나는 대답할 용기가 날 때까지 15분만 여유를 달라고 했다.

"좋소."

그는 대답하고 일어나서 큰 걸음으로 오솔길을 조금 걸어가 히스가 무성하게 자라난 덩굴에 몸을 던져 그곳에 누웠다.

'그가 내게 원하는 바를 나는 할 수 있다. 그것을 인정하고 확인하지 않으면 안 된다.'라고 나는 생각했다.

잠시 후 그가 벌떡 일어나더니 내가 있는 데로 다가왔다.

"자유로운 몸으로 갈 수 있다면 인도에 가겠어요."

"당신의 대답은 주석이 필요하군. 분명치가 않소." 하고 그가 말했다.

"오늘까지 당신은 저의 친척 오빠였어요. 그리고 저는 당신의 친척 누이였고요. 우리, 언제까지나 이대로 지내요."

그러자 그는 고개를 저으며 말했다.

"이런 경우, 친척 남매 관계는 안 되오."

나는 생각해 보았다. 그러나 역시 나의 분별력은 결혼해서는 안 된다는 쪽으로 결론을 내렸다.

"세인트 존, 저는 당신을 오빠로 생각해요. 우리, 이대로 지내도록 해요."

"안 되오. 당신은 나와 같이 인도에 가겠다고 말했소. 잊어선 안 되오."

"세인트 존! 다시 한 번 말씀드리지만, 오빠의 동료로 가는 것이라면 기꺼이 따르겠어요. 하지만 오빠의 아내로는 안 가겠어요. 전 오빠와 결혼할 수 없어요. 오빠의 한 부분이 될 수는 없어요."

"당신은 나의 한 부분이 되어야 하오."

그는 단호하게 말했다.

"전 오빠의 애정에 대한 그런 편견을 경멸해요. 오빠가 주시는 허위적인 애정을 경멸해요. 세인트 존, 전 그런 오빠를 경멸해요."

그는 꼼짝도 않고 나를 처다보았다.

"나는 경멸을 받을 만한 행동도 말도 안 했다고 생각하는데 당신으로부터 그런 말을 듣게 될 줄은 몰랐군요."

"그렇게 말한 것을 용서해 주세요, 세인트 존. 하지만 제가 그런 말을 한 것은 당신이 잘못했기 때문이에요. 결혼하려는 계획은 버리세요. 잊어 주세요."

그러나 그의 마음은 움직이지 않았다. 그와 나란히 집으로 돌아오면서 그의 무쇠 같은 침묵 속에서 나에 대한 그의 느낌을 완전히 간파할 수 있었다. 즉 한 남성으로서 그는 나에게 자기의 뜻에 따르도록 강요하고 싶었지만, 나에게 반성하고 후회하는 시간을 그토록 길게 준 것은 오로지 참된 크리스천이었기 때문이다.

그날 밤, 그는 누이동생에게 키스하고 나서도 나에게는 악수조차 하지 않고 아무 말도 없이 방을 나가 버렸다.

"제인, 아까 산책하면서 오빠하고 말다툼했지?"

다이애나가 물었다.

"하여튼 오빠 뒤를 따라가 봐요. 복도에서 서성이고 있을 거야."

나는 그를 뒤쫓아 나갔다. 그는 층계 아래에 서 있었다.

"안녕히 주무세요."

내가 먼저 말했다.

"잘 자요, 제인."

그도 침착하게 대답했다.

35

그가 케임브리지로 출발하기 전날 밤, 식사가 끝난 후 메어리와 다이애나가 나가자 나는 그에게 손을 내밀며 즐거운 여행이 되시라고 말했다.

"고마워요, 제인. 전에도 말했지만 2주일 후에 케임브리지에서 돌아올 것이오. 그러니 그동안 당신은 많은 것을 고려해 볼 수 있소. 내가 세상 사람으로서의 자존심에 귀를 기울였다면 결혼에 대해서는 또다시 당신에게 아무 요구도 하지 않아야겠지만, 나는 나의 의무에 귀를 기울이고 있기 때문에 신의 영광을 위해서는 최초의 목적을 조금도 소홀히 할 수가 없소. 주님이신 그리스도는 인내심이 강하셨소. 그리고 나도 그러고 싶소. 하느님의 분노를 만나야 할 사람(「로마

서」 9장 2절)으로서 당신을 지옥에 떨어지도록 **내버려둘** 수는 **없소**. 회개하고 결심해 주시오. 아직 시간이 있을 때 고려해 주기를 바라겠소. 우리는 낮 동안에 일하라고 명령을 받고 있어요. '우리는 해가 있는 동안에 우리를 보내신 분의 일을 해야 한다. 이제 밤이 올 텐데 그때는 아무도 일을 할 수가 없다(「요한복음」9장 4절).'라고 경고를 받고 있소. 이 세상의 좋은 것을 가졌던 부자(「누가복음」16장 19절)의 운명을 생각해 주시오. 하느님이 당신에게서 '뺏을 수 없는 선한 것(「누가복음」10장 42절)'을 선택하는 힘을 주시기를!"

그는 이 마지막 말을 하면서 내 머리에 손을 얹었다. 열의를 띠며 부드럽게 말하는 그의 표정은 물론 연인을 보는 남자의 그것이 아니라 방황하는 자를 부르는 목사의 표정, 아니 완수해야 할 책임이 있는 영혼을 바라보는 수호 천사의 표정이었다고 하는 것이 더 나을 것이다.

나는 세인트 존에게 경외의 마음을 품었다. 내가 그토록 오랫동안 피하고 있던 문제에 금방 나를 밀어붙일 만한 힘을 가진 그에게 나는 강한 경외의 마음을 가졌다. 나는 그와의 다툼을 그만두고 싶었다. 그의 존재의 못에 빠지고 그의 의지의 격류에 휘말려, 자신을 잃어버리고 싶다는 유혹에 사로잡혔다.

지금 그로부터 느끼는 격렬함은 전에 한 번 다른 형태로, 다른 사람으로부터 맛본 때의 그것과 똑같았다. 두 번 다 나는 어리석었다. 그때 내가 굴복했었더라면 도의에 어긋난 잘못을 저지르게 되었을 것이고, 지금 굴복한다면 판단을 잘못하는 것이 된다. 지나가 버린 지금에 와서 시간이라는 조용한 매개물을 통해 그 위험스러웠던 일을 돌이켜 보고서야 그렇게 생각하는 것이지만, 그때 나는 자신이 어리석음을 깨닫지 못했었다.

나의 성스러운 성직자는 손을 얹은 채 꼼짝도 하지 않고 서 있었다. 나의 거부는 잊혀지고 두려움은 사라지고 격투는 마비되었다. 불가능이 ― 즉 세인트 존과의 결혼이 ― 급속도로 가능하게 되어 갔다. 모든 것이 한꺼번에 완벽하게 변화하려고 했다. 종교가 부르고 천사가 손짓하며, 신이 말씀을 내려 생명이 두루마리처럼 말리고 죽음의 문이 열려 그 저편에 있는 영원이 들여다보여, 그곳에 있는 평안과 축복을 위해서는 여기 있는 모든 것을 당장에 희생해도 좋을 것같이 생각되었다. 어슴푸레한 그 방에는 여러 환영이 넘쳐흘렀다.

"자, 결심이 섰소?"

성직자가 물었다. 그 질문은 부드러웠다. 그는 부드럽게 나를 끌어당겼다. 오, 그 부드러움! 힘보다 훨씬 강한 것! 세인트 존의 분노에는 저항할 수 있어도 그 부드러움에는 갈대처럼 흔들렸다. 그러나 그 동안에도 줄곧 내게서 떠나지 않았던 것은, 지금은 온순해졌다고 해도 역시 언젠가는 이전에 반항한 것에 대해 후회하도록 응징받을 것이라는 점이었다.

"뚜렷한 확신만 서면 결심할 수 있습니다. 당신과 결혼하는 것이 신의 뜻이라고 확신할 수 있다면, 나는 지금 당장 결혼하겠다고 맹세하겠습니다. 앞으로 어떤 일이 닥쳐오더라도!"

"나의 기도가 이루어졌어!"

세인트 존이 소리쳤다. 나를 자기의 것으로 확보하려는 듯 그는 손으로 내 머리를 세게 눌렀다. 그는 마치 나를 사랑하고 있는 것처럼 한 팔을 내 몸에 감았다(나는 '것처럼'이라는그 차이를 알고 있었다. 사랑을 받는다는 것이 어떤 것인가를 느낀 적이 있었기 때문이다. 그러나 나도 그 사람처럼 지금은 사랑을 문제삼지 않고 임무만을 생각하고 있었다). 나는 아직도 회오리치는 마음속 환영의 모호함과 싸우고 있었다. 나는 올바른 것을, 다만 그것만을 하고 싶다고 진심으로 열렬히 기원했다.

'보여 주세요. 내 갈 길을 보여 주세요.'

나는 하느님을 향해 간청했다. 이제껏 없었던 흥분에 사로잡혔으나 그 후에 일어난 사건이 이러한 흥분의 결과였는지는 독자의 판단에 맡긴다.

온 집안이 조용했다. 왜냐하면 세인트 존과 나 이외에는 이제 모두 물러가 쉬고 있었기 때문이다. 방안에는 달빛이 가득 몰려와 있었다. 심장의 고동 소리가 매우 빠르고 격렬하게 들려왔다. 갑자기 심장이 정지하여 그곳에 어떤 형용하기 어려운 감정이 일어나 심장을 꿰뚫고 곧장 머리와 수족 끝까지 전해지는 느낌을 받았다.

지금까지의 활동이라는 것은 마치 잠자는 것과 같은 것이었으나, 이제야 깨우쳐지고 불러일으켜진 듯 나의 감각을 후려쳤다. 감각은 기대에 부풀어 깨어났다. 눈과 귀는 무엇인가를 기다리고 있었고, 살은 뼈 위에서 전율했다.

"무엇이 들렸소? 무엇을 보았소?"

세인트 존이 물었다. 나는 아무것도 보지는 못했지만 어디선가 자신을 부르는 소리가 들려오는 듯했다.

"제인! 제인! 제인!"

다만 그것뿐이었다.

그 목소리는 방안이나 집 안이나 정원에서 들려오는 것이 아니었다. 그러나 그건 분명 사람의 목소리였다. 내가 알고 있는, 사랑하는, 잘 기억할 수 있는 목소리, 에드워드 페어팩스 로체스터의 목소리였다.

"가겠어요!"

나는 외쳤다.

"기다려 주세요! 아아, 가겠어요!"

나는 문 있는 데로 달려가서 복도를 내다보았다. 캄캄했다. 다시 정문으로 뛰어갔다. 아무도 없었다.

"어디 계세요?"

나는 외쳤다.

밤바람은 전나무 숲 속에서 나지막이 한숨 짓고 있었다. 나는 쫓아나와 나를 만류하려고 하는 세인트 존의 손을 뿌리쳤다. 나는 침실로 올라가서 문을 잠갔다. 무릎을 꿇고 기도를 올렸다. 마치 하느님 바로 앞에까지 달려 나간 듯한 기분이 들었다. 그리고 나의 혼은 너무 감사해서 하느님의 발밑에 엎드려 버리고 말았다. 나는 감사의 기도를 다 끝내고 일어나서 결심했다. 이제 아무런 두려움도 없이 마음의 광명을 얻고 침대에 누웠다. 오직 날이 새기만을 고대하면서.

36

 아침이 밝아 오고 있었다. 나는 새벽에 일어났다. 집을 비운 동안 내 물건들을 정리해 둘 생각으로 서랍이나 옷장 속을 청소하고 있을 때, 세인트 존이 그의 방을 나서는 소리를 들었다. 그가 내 방문을 두드리지나 않을까 생각했으나, 그냥 지나쳐 버렸다. 다만 한 장의 종이가 문 밑으로 밀어 넣어졌다. 나는 잠시 망설이다가 그 종이를 집어 들었다. 거기에는 이런 글이 쓰여져 있었다.

 어젯밤, 당신은 너무나 갑자기 가 버렸소.
 좀더 있었더라면 당신은 당신의 손을 기독교 십자가와 천사의 왕관에 놓았을 것이라고 생각하오.
 두 주일 후, 내가 돌아오면 당신의 확고한 결심을 들을 수 있으리라 생각하오.
 그동안 '유혹에 빠지지 않도록 깨어 기도하라. 마음은 간절하나 몸이 말을 듣지 않는구나(「마태복음」 26장 41절).'라는 말을 해 주고 싶소.
 나는 당신을 위해 끊임없이 기도하겠소.

 나는 마음속으로 대답했다.
 '하느님의 뜻을 내 마음이 확실히 안 이상 그것을 완수할 수 있게

끔 충분히 강해지고 싶어요.'

6월 1일이었는데도 구름이 잔뜩 끼고 쌀쌀했다. 비가 세차게 창틀을 때리고 있을 때, 나는 세인트 존이 떠나는 소리를 들었다. 창밖을 내다보니 그는 정원을 가로질러 가고 있었다. 그는 안개가 자욱한 고원을 지나 위트크로스 쪽으로 넘어갔다. 그는 거기서 역마차를 탈 것이다.

'나도 이제 몇 시간 후 오빠의 뒤를 따라 그 길을 걸을 거예요.'
나는 마음속으로 말했다.

'나도 위트크로스에서 역마차를 기다려야 해요. 내게도 영원히 영국을 떠나기 전에 만나 보고 싶은 사람이 있어요.'

나는 방안을 조용히 거닐며 떠나야 한다는 계획을 갖게 한 그 소리를 떠올려 보았다.

아침 식사 때 나는 다이애나와 메어리에게 여행을 떠날 작정이며, 적어도 나흘은 걸릴 것이라고 알렸다.

"제인 혼자서?"

그녀들이 물었다.

"오랫동안 마음에 걸렸던 친구를 만나 소식을 듣고 싶어서요."

나는 이렇게 대답했다.

그다음에 여행 준비를 하는 것은 어렵지 않았다. 괴로운 질문이나 어떤 억측의 공세도 받지 않았기 때문이다.

나는 오후 3시에 무어 하우스를 떠났다. 그리고 4시가 조금 지나 위트크로스의 이정표 밑에서 서성대며 나를 손필드로 실어 갈 역마차를 기다렸다. 황량한 산의 적막을 깨고 멀리서 마차 오는 소리가 났다. 일년 전 여름 저녁, 지금 서 있는 이곳에 나를 내려 주었던 그 마차였다. 그때의 여행은 얼마나 쓸쓸하고 허전하고 정처없는 것이었던가.

서른여섯 시간의 여행이었다. 화요일 저녁에 위트크로스를 떠나 다음 다음날인 목요일 아침, 마차는 말에 물을 먹이기 위해 길가 여관에 정거하였다. 목적지에 가까이 온 것을 알 수 있었다.

"여기서 손필드까지 얼마나 되나요?"

나는 마부에게 물었다.

"저 들판을 넘어서 2마일 정도 됩니다."

'나의 방황도 이것으로 끝이야.'

마차 삯을 지불하고 짐을 내려 여관의 마부에게 찾으러 올 때까지 맡아 달라고 부탁했다.

'로체스터 문장(紋章)'이라고 쓰여 있는 여관 간판이 보이자, 내 마음은 뛰기 시작했다. 나는 그의 영지를 밟고 있는 것이었다.

'혹시 너의 주인은 영국 해협을 건너가 계실지도 모른다. 설사 여기에 계시더라도 네 주인 곁에 누가 있을지도 모른다. 정신 이상의 부인이 있지 않을까? 너는 주인님과 아무 관계도 없다. 너는 헛된 노력을 하고 있는 것이다.'

마음속의 훈계자는 자꾸만 나에게 이렇게 말했다. 그러나 내 발걸음은 점점 빨라졌다.

숲이 보였다. 까마귀가 떼지어 있었고, 그 소란스러운 울음소리가 아침의 정적을 깨뜨렸다. 나는 과수원의 낮은 담을 끼고 걸어갔다. 모퉁이를 돌았다. 바로 그 모퉁이에 풀밭으로 통하는 작은 문이 있어, 거기에서 나는 저택의 건물 전면을 볼 수가 있었다.

나는 기쁨으로 울렁거리는 가슴을 달래며 저택 쪽을 바라보았다. 그러나 눈에 비친 것은 시꺼먼 폐허뿐이었다. 잔디도 뜰도 황폐해 있었다. 저택의 전면은 언젠가 꿈에서 본 것처럼 조개껍데기가 달라붙은 벽으로 금방이라도 무너질 듯이 보였고, 지붕도 굴뚝도 없이 모든 것이 부서져 있었다. 그 근처에는 죽음과 같은 침묵과 황야의 쓸쓸한 고독만이 감돌고 있었다.

이 집 사람들 앞으로 보낸 편지의 답장이 오지 않은 것은 조금도 이상한 일이 아니었다. 험상스러운 검은 빛깔의 돌들은 이 저택이 어떤 운명으로 쓰러졌는지를 말해 주고 있었다. 큰 화재 때문이었다. 이 재난에는 어떤 비밀이 숨어 있을까? 가재의 손실과 인명의 손실은 없었을까? 그렇다면 누구의 생명이? 이것에 대해 답해 줄 사람은 아무도 없었다.

나는 곧 여관으로 돌아왔다. 여관 주인이 손님 방에 아침 식사를 나르고 있었다. 나는 그에게 방으로 들어와 달라고 부탁했다. 그리고 궁금한 것을 그에게 물어보았다.

"손필드 저택을 아시겠지요?"

나는 용기를 내어 겨우 이렇게 물었다.

"그럼요, 전 그전에 살기까지 했는데요."

"그러세요?"

나는 깜짝 놀라 그의 얼굴을 쳐다보았다. 하지만 모르는 얼굴이었다.

"돌아가신 로체스터 씨의 하인이었죠."

그가 덧붙였다.

'돌아가셨다고!'

나는 피해 보려고 무척 애쓰고 있다가 일격을 당한 듯한 기분이 들었다.

"돌아가셨다고요?"

"지금 주인 에드워드 씨의 선친 말이에요." 하고 그가 설명했다.

나는 한숨을 돌렸다. 지금 그의 말로써 에드워드 씨, 나의 로체스터 씨가 살아 계시다는 것만은 확인이 되었다.

"손필드는 깨끗이 폐허가 되었죠. 그 많은 재산이 다 타 버리고 가구 하나 건져내지 못했죠. 밀코트의 소방차가 미처 오기도 전에 저택은 불길에 휩싸이고 말았답니다. 무서운 광경이었죠. 제가 직접 목격했어요."

"화재의 원인은 밝혀졌나요?"

"모두 짐작은 했죠. 그 댁에 정신 이상의 부인이 갇혀 있었답니다. 그 여자는 매우 철저히 감금되어 있었고요. 그런데 그 댁에 젊은 아가씨가 가정교사로 있었죠. 로체스터 씨가 그 아가씨에게 반해서 언제나 그 아가씨를 누구보다 소중히 아끼셨대요. 로체스터 씨는 40이 가까운 나이였고, 그 가정교사는 스무 살도 채 되지 않았어요. 아시겠지만 그 나이의 신사가 젊은 아가씨에게 반하게 되면 마치 최면술에 걸린 것처럼 되는 일이 많지요."

"그 얘기는 다음 기회에 듣기로 하고, 지금은 화재에 관한 것을 듣고 싶어요. 화재가 그 정신 이상의 여자와 관계가 있었던가요?"

"말씀드린 대로 불을 낸 것은 그 미치광이였습니다. 그 미치광이에게는 풀이라고 하는 시중 드는 부인이 있었지요. 한 가지 단점만 없었더라면 안심할 수 있는 사람이었는데…… 그 부인은 언제나 술을 몰래 마시곤 했는데, 그날 따라 과음을 한 모양이에요. 술을 마신 다음 깊이 잠들어 버린 사이, 마녀처럼 교활한 그 미친 여자는 자기 방에서 몰래 빠져나와 자기 옆방의 커튼에 불을 지르고, 다음엔 아래층으로 내려와 가정교사의 침실이었던 방으로 들어가 침대에 불을 질렀죠. 그런데 불행 중 다행으로 가정교사는 두 달 전에 떠나고 없었대요. 로체스터 씨는 이 세상에서 무엇하고도 바꿀 수 없을 만큼 소중한 것이나 되는 듯이 그 아가씨를 찾았지만 통 소식을 들을 수가 없었답니다. 그래서 너무 낙담한 나머지 가정부인 페어팩스 부인을 그녀의 친구 집으로 보내고, 아델 양은 학교로 보내고, 외부와의 모든 인연을 끊은 채 저택에 혼자 파묻혀 계셨지요."

"뭐라고요! 로체스터 씨가 영국을 떠나지 않으셨다고요?"

"영국을 떠나셨다고요? 천만의 말씀. 한밤중 외에는 문지방조차도 넘지 않으셨죠. 밤중만 되면 정원이며 과수원을 정신 나간 사람처럼 돌아다니셨답니다."

"불이 났을 때 로체스터 씨는 집에 계셨나요?"

"네, 계셨고말고요. 온 저택이 불바다가 되었을 때 그분은 지붕 밑

방으로 올라가셔서 잠자고 있던 하인들을 손수 깨워 아래층으로 내려가도록 도와 주시고, 미치광이 마나님을 구해내시려고 위층으로 올라가셨죠. 그때 그 여자는 지붕 위에 올라서서 1마일 밖에서도 들을 수 있을 정도로 크게 소리를 치고 있었어요. 로체스터 씨는 천장을 통해 지붕 위로 올라가셨습니다. 모두들 '버서!' 하고 그분이 부르시는 것을 들었죠. 그런데 말씀입니다. 마나님은 큰 소리로 아우성을 치며 뛰어내리는가 싶더니 순식간에 길 위로 떨어져 죽고 말았답니다."

"그런 다음에는?"

나는 재촉했다.

"네, 그러고 나서 건물이 무너졌죠. 지금은 담벼락만 조금 남아 있을 뿐이에요."

"그 밖에 죽은 사람이 또 있습니까?"

"없습니다만, 차라리 있었던 편이 좋았을는지도 모르죠."

"그건 무슨 뜻이에요?"

"불쌍한 에드워드 씨! 정말 그렇게 될 줄은 몰랐습니다! 첫 번째 결혼을 비밀로 해 두고 부인이 엄연히 살아 있는데도 다른 사람을 아내로 맞이하려고 한 것에 대한 심판이었다고 말하는 사람도 있습니다만, 저로서는 그분이 불쌍하기만 합니다."

"살아 계신다고 하셨잖아요!"

"네, 네, 살아 계십니다. 하지만 돌아가신 편이 좋았을 거라고 생각하는 사람도 많습니다."

"왜, 어째서요?"

나는 파랗게 질려서 다그쳐 물었다.

"어디 계시지요? 영국에 계시나요?"

"네, 네, 영국에 계십니다. 그분은 영국을 떠날 수 없을 겁니다. 이제는 움직이지도 못하니까요. 눈이 전혀 보이지 않아요."

이 무슨 날벼락인가!

"그렇습니다. 에드워드 씨는 아무것도 볼 수 없게 되었지요."

더 나쁜 일이 아닐까 나는 두려워졌다. 그가 미쳐 버린 것은 아닐까 생각하자 몹시 두려웠다.

나는 기운을 내어 어떻게 해서 그런 재난을 당하게 되었는지 물었다.

"그분의 용기 때문이지요. 아니, 보기에 따라서는 친절한 마음 때문이라고 하는 사람도 있지요. 모든 사람이 밖으로 나올 때까지는 저택을 떠나지 않으셨습니다. 로체스터 부인이 지붕에서 떨어진 후, 그가 간신히 계단을 내려온 순간 굉장한 폭발음이 들리고 모든 것이 무너져 내렸습니다. 그 무너진 잿더미 속에서 그를 끌어내 보니 겨우 숨만 쉬고 계셨지요. 상처가 아주 심했습니다. 무너져 내린 대들보 하나가 겨우 그분을 보호하고 있었지만 한쪽 눈이 튀어나오고 한쪽 손은 완전히 일그러져, 외과 의사 카터 선생은 그대로 잘라내지 않으면 안 되었습니다. 다른 한쪽 눈도 염증을 일으켜 시력을 잃고 말았습니다. 지금은 장님이자 불구의 몸이 되어 정말 의지할 곳 없는 신세가 되었죠."

"그분은 어디 계시나요? 지금 어디에 살고 계시죠?"

"30마일쯤 떨어진 펀딘 저택인데 정말 쓸쓸한 곳이지요."

"누구와 함께 있습니까?"

"존 노인과 그의 아내가 함께 있습니다. 다른 사람은 두려고도 하지 않으십니다. 기운이 완전히 쇠약해지셨다고 합니다."

"타고 갈 마차 같은 게 있습니까?"

"이륜 마차가 있습니다, 아가씨. 아주 쓸 만한 이륜 마차죠."

"당장 준비해 주세요. 당신의 마부가 오늘 어둡기 전에 나를 펀딘까지 데려다 준다면, 평소 요금의 두 배를 지불하겠습니다."

37

펀딘의 저택은 상당히 낡은 건물로 숲 속 깊숙이 파묻혀 있었다. 로체스터 씨는 이 저택에 대해 자주 말했었고 방문한 적도 있었다. 그의 부친이 수렵용 새나 짐승들을 숲에서 기르기 위해 사들인 것이었다.

찬바람이 불고 하늘이 잔뜩 어두운 저녁, 나는 이 집에 도착했다. 마차와 마부를 돌려보내고 마지막 1마일은 걸어갔다.

어두컴컴한 숲을 지나고 화강암 기둥과 기둥 사이를 지나 철대문이 있는 입구에 들어서자 곧 낡은 저택이 보였다. 여관 주인이 이야기한 것처럼 전체적인 느낌은 '참으로 쓸쓸한 곳'이었다.

천천히 좁은 현관문이 열리더니 사람의 모습이 나타났다. 그 모습은 계단 위에 섰다. 어둡긴 했지만 누구인지 나는 곧 알 수 있었다.

그는 바로 나의 주인 에드워드 페어팩스 로체스터였다.

나는 걸음을 멈추고 거의 숨까지 죽인 채 그를 바라보았다. 그러나 오! 그에게 내가 보일 리 없었다. 이 꿈과 같은 재회의 기쁨은 고통에 의해 짓눌리고 말았다.

그는 여전히 튼튼하고 건강했으며, 외양도 머리칼도 그대로였다. 어떤 슬픔도 늠름한 그의 체격을 쇠약하게 만들지는 못했다.

그는 계단 하나를 내려서더니 찬찬히 손으로 더듬어 가며 풀밭으로 걸어갔다(손목 아래가 절단된 왼쪽 팔은 품안으로 숨겨져 있었다). 주위에 무엇이 있는가 만져 보고 싶은 듯했다. 그러나 그의 손은 여전히 허공을 저을 뿐이었다. 이때 모자도 안 쓴 그의 머리 위로 비가 쫙쫙 쏟아져 내리기 시작했다.

그는 천천히 길을 더듬어 가며 집 안으로 들어가더니 문을 닫아 버렸다. 내가 가까이 다가가서 노크하자 존의 아내가 문을 열어 주었다.

"메리, 잘 있었어요?"

그녀는 마치 유령이라도 본 것처럼 펄쩍 뛰었다.

"아니, 선생님! 정말 선생님인가요? 인적도 드문 이곳에 이렇게 밤늦게 오시다니?"

나는 대답 대신 그녀의 손을 잡았다. 그리고 그녀를 따라 부엌으로 가며 이야기했다.

"들어가거든 주인님께 **뵙고 싶어하는** 사람이 왔다고 말씀드려요. 하지만 내 이름은 대지 말고."

"만나시지 않을 거예요. 누구나 다 거절하시니까요."

그녀가 대답했다.

잠시 후, 나는 메리가 들어왔기에 그에게 뭐라고 말씀드렸냐고 물었다. 그녀는 대답 대신 컵에 물을 가득히 따라 촛불과 함께 쟁반에 올려놓았다.

"그 쟁반을 내게 줘요. 내가 들고 갈 테니."

나는 쟁반을 들고 응접실 문을 열고 들어갔다. 내가 들어가자 나를 보고 늙은 개 파일럿이 킁킁거리며 뛰어올랐다. 나는 그를 쓰다듬어 주며, "앉아, 파일럿!" 하고 조용히 말했다.

"물을 줘, 메리."

나는 그의 곁으로 갔다. 파일럿은 아직 흥분해서 나를 쫓아다녔다.

"파일럿, 가만 있어!"

나는 또 말했다.

로체스터 씨는 입술까지 가져갔던 물을 마시려다 말고 귀를 기울이며, "메리지, 그렇지?" 하고 물었다.

"메리는 부엌에 있어요."

나는 대답했다. 그러자 그는 재빨리 손을 내밀었다.

"이건 누구야? 누구요?"

그가 당황한 목소리로 물었다.

"물을 더 드시겠어요? 컵의 물을 절반이나 엎지르셨어요."

"누구요? 누가 말하고 있는 거요?"

"파일럿은 저를 알고 있어요. 제가 여기에 있는 것을 존도 메리도 알고 있어요. **바로 오늘 저녁에 도착했어요.**"

그러자 그는 손으로 더듬기 시작했다. 이리저리 더듬는 그의 손을 나는 꼭 잡았다.

"정말 그녀의 손가락이야. 작고 가느다란 손가락이야."

그는 억세게 쥐고 있던 손을 풀고는 나의 팔을 잡았다. 나의 어깨도 목도 허리도 그에게 안겼다.

"제인 에어, 제인 에어!"

그는 이 말만을 되풀이했다.

"그리운 나의 주인님, 저는 제인 에어예요. 당신을 겨우 **찾아냈어요.** 저는 당신 곁으로 또다시 돌아왔어요."

"정말이오, 살아 있는? 살아 있는 나의 제인이란 말이오?"

"지금 만지고 계시잖아요. 저를 껴안고 계시잖아요. 오늘부터 결코 당신 곁을 떠나지 않겠어요."

"절대로 떠나지 않겠다고 환상이 말하는 건가. 하지만 잠에서 깨어 보면 그것은 헛된 꿈이었을 뿐이야. 그래서 나는 실망하여 자포자기했지. 내 생활은 어둡고 절망적이었어."

내가 살며시 그의 팔에서 몸을 **빼내려** 하자 그는 흥분하면서 **더한** 층 힘껏 껴안았다.

"제인, 가서는 안 되오. 나는 당신을 만져 보고 당신의 목소리를 듣고 당신이 곁에 있는 것을 안 지금 위로를 받고 있소. 당신에게 위안을 받는 그 맛을 알았소. 이 기쁨을 나는 포기할 수 없소. 가지 마오, 제인."

"네, 전 함께 있겠어요. 벌써 말씀드렸어요."

"글쎄, 하지만 나와 같이 있다는 것이 무엇을 뜻하는지 생각하고 있소? 아마도 당신은 친절하고 젊은 간호사로서 나의 수족이 되고 의자가 되고…… 물론 나로서는 충분히 기꺼워하겠지만, 단지 나는 당신에게 아버지와 같은 기분만을 품으면 되겠지. 그렇게 생각하오? 자, 말해 주시오."

"당신이 좋으실 대로 생각하세요."

"하지만 당신은 평생 나의 간호사로 있을 순 없어. 제인, 당신은 젊어. 장차 결혼도 해야잖아?"

"결혼 같은 건 생각지 않아요. 그런 말씀은 제발 마세요. 자, 이젠 당신의 마음도 가라앉았으니 저는 그럼 이만 물러가겠어요. 사흘 동안 여행을 했기 때문에 몹시 피곤해요. 그럼 안녕히 주무세요."

"잠깐, 한마디만 더. 제인, 당신이 있던 집에는 여자만 있었소?"

나는 방을 빠져나와 2층으로 뛰어 올라가면서 생각했다.

'멋진 생각이야. 앞으로 얼마 동안 저분을 놀려 주어 우울증을 쫓아 버릴 수 있는 방법을 발견했어.'

다음날, 우리들은 오전의 대부분을 야외에서 지냈다. 나는 사람들의 눈에 띄지 않는 기분 좋은 장소에다 그를 위한 안식처를 만들었다. 파일럿이 우리 곁을 뒹굴고 사방은 고요한데 별안간 그가 나를 껴안으며 소리를 질렀다.

"무정하고 무정하게 도망간 사람. 아아, 제인! 당신이 손필드를 도망쳐 나가고 없을 때 내가 어떤 기분이었겠소! 당신에게 선물했던 진주 목걸이, 신혼여행 떠날 준비를 갖춘 트렁크가 밧줄로 묶여서 자물쇠가 채워진 걸 보았을 때…… 의지할 곳 없고 무일푼이 된 나의 사랑하는 제인은 도대체 어떻게 지낼까 하고 나는 걱정이 되어 못 견딜 지경이었소. 당신은 어떻게 지냈소? 자, 이제 말해 보시오."

이렇게 재촉을 받은 나는 지난 한 해 동안 경험한 것을 대충 이야기하기 시작했다. 방황과 배고픔으로 고생한 사흘 동안의 이야기며 무어 하우스에 들어가게 된 이야기, 학교 교사직의 일자리를 얻게 된 이야기, 재산을 상속받은 것, 사촌 오빠와 언니를 찾게 된 것 등등……. 물론 말하는 도중에 세인트 존 리버즈의 이름이 여러 번 튀어나왔다.

"그럼 그 세인트 존이 당신의 사촌이란 말이오?"

"네."

"그 사람은 좋은 사람이오?"

"정말 좋은 분이었어요. 좋아할 수밖에 없었어요."

"그럼 능력 있는 사람인가?"

"아주 능력 있는 분이세요."

"교육을 충분히 받은 사람?"

"세인트 존은 지식이 많은 학자예요. 그분은 저를 인도에 함께 데려갈 작정이었어요, 청혼도 해 왔지요."

나는 물론 상대방의 마음을 헤아릴 수가 있었다. 질투가 그의 마음을 사로잡아 그를 괴롭히고 있는 것이다. 그러나 그 고통은 끊임없는 우울증으로부터 잠시나마 벗어나게 해 주는 것이었으므로 나는 당분간 그 질투심을 이용하기로 했다.

"아마 이제 당신은 내 무릎에 있고 싶지 않겠군, 에어 양? 자, 내게서 떠나도 좋소. 그러나 떠나기 전에(그렇게 말하면서 한결 세게 힘을 주어 나를 끌어안았다), 한두 가지 물음에 대답해 주지 않겠소?"

그는 말을 머뭇거렸다.

"무슨 질문이에요, 로체스터 씨?"

"세인트 존은 당신이 자기의 사촌이란 것을 알기 전에 모튼의 교사를 하도록 시켰나?"

"그래요."

"가끔 당신은 그를 만났나? 아니면 그 사람이 이따끔 학교에 찾아 왔나?"

"그 사람은 매일 왔어요."

"당신의 교육 방식에는 찬성했었소, 제인? 당신은 재능이 풍부한 사람이니까 빈틈없는 방식이었을 거요."

"네, 찬성해 주셨어요."

"그 사람은 당신에게서 기대하지 않았던 것을 많이 발견했겠군. 당신의 재능 중에는 보통이 넘는 것이 있으니까."

"그것은 모르겠어요."

"제인, 학교 부근에 작은 집을 가지고 있었다고 했는데, 그 사람은 그곳으로 당신을 만나러 온 일이 있었나?"

"이따금."

"밤에도?"

"한두 번."

말이 끊겼다.

"에어 양, 되풀이해서 말하지만 내 곁을 떠나도 좋소. 같은 말을 몇 번이나 되풀이해야 하오? 떠나라고 했는데 왜 끈질기게 내 무릎 위에 앉아 있는 거요?"

"여기 앉아 있는 것이 편하고 좋아요."

"아니오, 제인. 여기 앉아 있는 게 좋을 턱이 없소. 당신의 마음은 내게 있는 것이 아니라 그 사촌 오빠 세인트 존과 함께 있을 것이오. 오, 여태까지 귀여운 나의 제인을 완전히 내 것이라고 생각했었는데! 내게서 떠나갔을 때도 당신은 나를 사랑하고 있다고 믿었소. 그 믿음은 커다란 괴로움 속에서도 단 하나의 희망이었소. 우리가 서로 오랫동안 헤어져 있을 때, 나는 이별의 뜨거운 눈물을 흘렸었지. 그렇게 내가 당신을 추억하며 한탄하고 있을 때 당신은 다른 사람을 사랑하고 있었다니! 그러나 이것은 쓸데없는 비탄이오. 제인, 내 곁을 떠나요. 가서 세인트 존 리버즈와 결혼하시오."

"그렇다면 저를 떨어뜨려 주세요. 밀쳐 버리세요. 저 스스로는 당신 곁을 떠나지 않겠어요."

"제인, 나는 언제나 당신의 어조가 마음에 들었소. 지금도 그것은 다시 희망을 되찾게 하고 있소. 정말 진실하게 들린다오. 그 말을 들으니까 일년 전으로 되돌아간 것 같소. 당신이 새로운 인연을 맺었다는 사실도 잊어버리게 되오. 하지만 나는 바보가 아니오, 가요."

"어디로 가야 하죠?"

"당신 스스로의 길을, 당신이 선택한 남편과 함께."

"그 사람이 누군데요?"

"당신은 알고 있소. 그 세인트 존 리버즈 말이오."

"그는 저의 남편이 아니며 앞으로도 절대 그렇게는 안 될 거예요. 그 사람은 저를 사랑하고 있지도 않고 저도 그 사람을 사랑하지 않았어요. 그 사람이 사랑하는 사람은(그 사람도 사랑할 줄은 알기 때문이지요. 그렇다고 해도 당신이 사랑하는 방법과는 다르지만), 로자몬드라는 아름다운 아가씨입니다. 나와 결혼하고 싶었던 것은, 내가 선교사의 아내로서 적임자라고 믿었기 때문이었어요. 그녀는 도저히 선교사의 아내로 살기에는 불가능한 사람이었거든요. 그 사람은 착하고 훌륭하긴 하지만 나에게는 마치 빙산처럼 차갑게 대했어요. 당신 같은 분이 아니에요. 나는 그분의 옆에 있거나 가까이 있거나 함께 있어도 즐겁지 않았어요. 나를 좋아하거나 행복하게 해 줄 마음을 갖고 있지 않기 때문이에요. 응석을 받아 주지도 않고 귀여워해 주지도 않았어요. 나한테서 아무런 매력도 느끼지 않았어요. 젊음까지도. 다만 몇 가지의 유용한 정신적 특성을 갖고 있다고 생각했을 뿐이에요. 그래도 내가 당신 곁을 떠나 그 사람에게 가지 않으면 안 되나요?"

나는 자신도 모르게 몸을 떨며 비록 장님이기는 하지만 사랑하는 주인에게 본능적으로 더욱 꼭 안겨들었다. 그는 미소를 머금었다.

"뭐라고 제인! 그게 정말이오? 당신과 그와의 사이가 정말 그런 것이었소?"

"네, 절대로 당신은 질투할 필요가 없어요! 저는 당신을 좀 놀려 주고 싶었을 뿐이에요. 그래서 당신의 슬픔을 덜어 드리고 싶었어요. 화내는 것보다는 낫다고 생각했으니까요. 하지만 저로 하여금 당신을 사랑하게 하고, 제가 얼마나 진심으로 당신을 사랑하고 있는가를 알게 된다면 당신은 승리에 만족하실 거예요. 저의 마음은 전부 당신의 것이에요. 당신이 소유하고 있는 거예요. 만일 어떤 운명에 의해 당신 곁에서 내 몸이 영원히 추방되는 일이 있더라도 마음만은 모두 당신에게 남아 있을 거예요."

그가 내게 입을 맞추었을 때 그의 얼굴은 다시금 괴로운 생각으로 어두워졌다.

"불에 타서 일그러져 버린 이 눈! 그리고 불구가 된 이 몸!"

그는 비통하게 중얼거렸다.

나는 그를 위로하기 위해 애무로 그의 몸을 감쌌다. 그가 무엇을 생각하는가를 알고 있었으며, 그를 대신해 그것을 말하고 싶었지만 그럴 용기가 나지 않았다.

그가 잠시 얼굴을 돌렸을 때, 그의 감은 눈에서 한 방울의 눈물이 떨어져 사나이다운 뺨에 흘러내리는 것을 나는 보았다. 가슴이 미어지는 것 같았다.

"나는 손필드의 과수원에 있는 벼락 맞은 마로니에와 마찬가지요."

그가 잠시 후에 말했다.

"그 썩은 나무에 무슨 권리가 있겠소. 꽃이 피려는 싱싱한 인동 덩굴에게 이 늙어빠진 몸을 감싸 달라고 명령할 수 있겠소?"

"당신은 썩은 나무가 아니에요. 벼락을 맞은 나무도 아니에요. 당신은 청정하고 생기에 넘쳐 있어요. 덩굴은 당신이 자라라고 하건 안 하건, 당신이 던지는 커다란 그늘을 즐기면서 뿌리 주위에서 자라납니다. 그리고 자라남에 따라 정말 당신의 힘이 안전한 지붕이 되어 주기 때문에, 당신 쪽으로 휘어져 당신 주위에 감기는 거예요."

그는 다시 미소를 지었다. 그에게 위안이 되었던 것이다.

"당신은 친구에 관한 이야기를 하고 있군, 제인?"

"그래요."

나는 약간 주저하면서 대답했다. 친구 이상의 것을 의미하고 있다는 것을 스스로 알고 있었으나, 달리 무슨 낱말을 써야 좋을지 몰랐기 때문이었다. 그가 도와 주었다.

"오! 제인. 하지만 내가 바라는 것은 아내야."

"그래요?"

"그래, 처음 듣는 말인가?"

"물론이에요. 전에는 그런 말을 하시지 않았어요."

"달갑지 않은 말인가?"

"사정 나름이에요. 당신이 누구를 선택하느냐에 따라서요."

"그 선택을 당신이 해 주었으면 좋겠소, 제인. 나는 당신의 결정에 따르겠소."

"그럼 선택하세요. 당신을 가장 사랑하고 있는 사람을……."

"나는 내가 가장 사랑하는 사람을 선택할 거요. 제인, 나와 결혼해 주겠소?"

"네."

"손을 끌고 다녀야 하는 이 불쌍한 장님과?"

"네, 당신과."

"곁에서 늘 시중을 들어야 하는, 20년이나 나이 많은 불구자와?"

"네."

"정말이오, 제인?"

"정말이에요."

"오! 내 사랑! 축복과 보답이 당신에게 있기를!"

"로체스터 씨, 제가 지금까지 진심으로 거짓없는 기도를 드린 적이 있었다고 한다면, 올바른 소망을 가진 적이 있었다고 한다면, 지금 이것으로 보답이 된 것입니다. 당신의 아내가 된다는 사실은 지상 최고의 그 무엇보다 나를 행복하게 해 줍니다."

"당신은 희생으로 기쁨을 느끼기 때문이오."

그는 나를 무릎에서 내려놓고 일어나 경건하게 모자를 벗고 보이지 않는 눈을 땅으로 향해 묵도를 드리며 서 있었다. 기도의 마지막 말이 내 귀에 들렸다.

"심판하시는 가운데서도 자비를 잃지 않으신 나의 신께 감사드립니다. 앞으로는 지금까지 살아온 것보다도 훨씬 깨끗한 삶을 살게 하는 능력을 제게 주시옵기를 나의 주님께 간절히 바라옵나이다."

38

나는 그와 결혼했다. 그와 나 그리고 서기와 목사만이 참석한 조용한 결혼식이었다.
교회에서 돌아와 나는 부엌으로 가서 메리와 존에게도 알렸다.
"메리, 오늘 아침 나는 로체스터 씨와 결혼했어요."
그들은 얼굴을 쳐들고 나를 물끄러미 바라보았다.
메리가 잠시 후에 말했다.
"그래요, 선생님? 주인님과 함께 나가시는 것을 보았지요. 하지만 혼례식을 올리러 교회에 가시는 줄은 몰랐어요."
존도 입이 귀까지 찢어질 만큼 입을 쩍 벌리고 웃었다.
나는 무어 하우스와 케임브리지에 우리의 결혼을 서신으로 알렸다.
다이애나와 메어리는 나의 형편을 이해해 주었다. 다이애나는 신혼여행을 마칠 때까지 기다리겠지만 끝나면 만나러 오겠다고 알려왔다.
세인트 존이 어떤 기분으로 이 소식을 들었는지는 모른다. 그는 그것에 대해서 끝내 답장을 보내오지 않았고, 반년이 지난 후에 편지를 보내왔지만 로체스터 씨나 우리의 결혼에 대해서는 한마디도 언급하지 않았다. 그때의 편지는 침착하고 무뚝뚝한 것이었지만 친절했다. 그 후로도 자주라고 할 정도는 아니지만 규칙적으로 소식을 보내 주었다.

독자여, 당신은 귀여운 아델에 대해 완전히 잊지는 않으셨으리라. 나는 결코 잊지 않았다. 나는 로체스터 씨에게 말하고 아델을 맡겨 둔 학교로 찾아갔다. 나를 발견했을 때, 미칠 듯이 기뻐하는 그애의 모습은 또다시 나의 마음을 감동시켰다. 그애는 얼굴이 야위어 있었다. 학교 규칙이 너무 엄하고 학과의 수준도 그애 또래의 어린이에게는 힘겹다는 것을 알게 되었다. 그래서 나는 그애를 데리고 집으로 돌아왔다.

다시 한 번 나는 그애의 가정교사가 될 생각이었지만 도저히 실행할 수 없다는 것을 알았다. 나의 시간과 관심은 다른 사람, 나의 남편에게 필요했다. 그래서 규칙이 엄하지 않고, 때때로 내가 그애를 방문하기도 하고 집으로 데려오기도 수월한 학교로 옮겨 주었다. 아델은 새로운 학교 생활에 익숙해지고 학과에도 굉장한 발전을 보였다. 그애가 성장함에 따라 건전한 영국식 교육은 프랑스적인 그애의 단점을 충분히 고쳐 주었다.

아델이 학교를 졸업했을 때, 그애는 쾌활하고도 친절한, 또 온순하고 상냥하고 올바른 분별력을 갖고 있는 나의 친구가 되었다.

나는 이미 결혼한 지 10년이 되었다. 나는 이 세상에서 가장 사랑하는 사람을 위해 살고, 또 가장 사랑하는 사람과 더불어 은총을 받고 있으며, 말로써는 표현할 수 없을 만큼 축복받고 있다고 생각한다. 왜냐하면 그가 내 생명인 것과 마찬가지로 나는 남편의 생명이기 때문이다.

로체스터 씨는 우리들이 결혼한 처음 2년 동안은 장님으로 지냈다.

그 2년이 끝날 무렵, 나는 그와 런던으로 갔다. 그는 어떤 유명한 안과 의사의 치료를 받고 마침내 한쪽 눈의 시력을 회복했다. 지금은, 아주 뚜렷하지는 않아 독서를 하거나 글을 쓸 수는 없지만 손을 잡아 주지 않고도 걸을 수 있게 되었다. 이미 하늘은 그에게 공백이 아니며, 대지도 이미 공허한 것이 아니다. 처음 태어난 갓난아이를 품에 안았을 때, 그 아이가 옛날 그의 것과 같은 눈, 크고 빛나는 검은 눈을 이어받은 것을 그는 확인할 수가 있었다. 그때 그는 다시 한 번 신이 심판을 자비로써 베풀어 주신 것에 대해 진정으로 감사드렸다.

그래서 나와 에드워드는 행복하다. 그리고 우리가 가장 사랑하고 있는 사람들도 똑같이 행복하기 때문에 더욱 행복하다. 다이애나와 메어리는 둘 다 결혼했는데, 일년에 한 번씩 번갈아 그녀들을 만나러 가기도 하고 또 그녀들이 오기도 한다.

세인트 존에 대해 말하자면, 그는 영국을 떠나 인도로 갔다. 자기가 스스로의 길이라고 결정한 사업에 뛰어들어 지금까지도 그 길을 걷고 있다. 갖은 위험과 어려움 속에서도 그 사람만큼 단호하게 불굴의 정신으로 싸운 개척자는 없을 것이다. 의연하고 충실하며 헌신적으로, 정열과 열의와 진실로 그 사람은 인류를 위해 고통을 달게 받으며 봉사하고 있다. 그는 향상을 위한 힘든 길을 개척해 나가고, 그 길을 가로막고 있는 이교나 계급 제도의 편견을 거인과 같은 힘으로 쓰러뜨리고 있는 것이다.

그 사람의 정신에는 구름 한 점 없고, 그 사람의 마음은 두려움을 모르며, 그 사람의 희망은 확실한 것이고, 그 사람의 신앙은 확고한 것이다. 그 사람 자신의 말이 그것을 증명하고 있다.

"나의 주이신 그리스도께서 미리 통고해 주셨습니다. 나날이 점점 뚜렷하게 '결단코 나는 빨리 가리라!' 하고 말씀하시어, 나는 시시각각 더욱더 열의를 가지고 '아멘. 오소서, 주 예수여!(「요한계시록」 22장 20절)'라고 대답하고 있습니다."

작가와 작품 해설

샬럿 브론테의 생애와 작품 세계

소설 사상 가장 화려했던 19세기를 산 샬럿 브론테는 1816년 영국 요크셔 주의 한촌(寒村) 손턴에서 태어났다. 그녀의 아버지인 패트릭 브론테는 아일랜드의 농가에서 태어나, 각고의 노력 끝에 케임브리지 대학을 나와 목사가 되었다. 그는 문학에 조예가 깊은 마리아 브란웰과 결혼하여 1남 5녀를 낳았다. 그러나 샬럿의 두 언니들은 어려서 폐병으로 죽고 어머니 마리아도 막내 앤이 태어난 다음해에 암으로 세상을 떠났다. 그 후 그녀의 아버지는 재혼하지 않고 홀로 지내어서 샬럿 남매들은 이모의 도움 아래에서 어머니 없이 쓸쓸하게 자랐다. 이들이 살았던 곳은 북쪽 지방이어서 삼엄한 추위로 인해 쓸쓸함은 배가되었으나, 이 지방의 강인하고 야성적인 특성은 그들의 인격 형성에 많은 영향을 끼치게 된다. 이들이 별 탈 없이 꿋꿋하게 자라게 된 것도 이 지방을 닮았기 때문인 것 같다.

샬럿은 여덟 살 때 목사 자녀들에게 학비가 감면되는 기숙 학교에 입학한다. 기숙 학교가 교육 환경이 좋지 못한 곳에 위치한 까닭에 두 언니가 폐병으로 죽게 되자 그녀의 아버지는 샬럿과 에밀리를 집으로 황급히 데려온다. 그러나 두 언니의 죽음은 어린 샬럿에게 커다란 충격이었다.

1831년에 샬럿은 다시 로헤드라는 학교에 입학하게 된다. 거기에서 그녀는 명랑한 친구들과 교제하게 되고, 그러한 친구들은 그녀에게 많은 영향을 끼친다. 후에 샬럿은 그 학교에 교사로 재직하면서, 동생 에밀리와 앤을 그 학교에 입학시킨다. 그러나 에밀리는 황야로 가득한 자신의 고향에 대한 그리움으로 3개월 만에 다시 고향으로 돌아가고 만다. 그리하여 에밀리는 그곳 불모지에서『폭풍의 언덕』을 탄생시키게 된다.

1839년, 샬럿이 23세가 되었을 때 그녀는 엘렌 내시의 오빠에게 청혼을 받지만, 그가 재미가 없고 상상력이 부족하다는 이유로 청혼을 거절한다. 이 청년은『제인 에어』에서 세인트 존이라는 인물로 형상화되었다. 두 언니의 죽음으로 인해 사실상 장녀였던 그녀에게 생활은 고통으로 다가왔다. 이러한 생활의 고통 끝에 이들 세 자매는 목사관에 사숙을 개설하기로 결정한다. 이 사업을 위해서 샬럿과 에밀리는 1842년에 벨기에의 브뤼셀에 있는 에제 기숙 학교에 입학한다. 그런데 이곳에서 샬럿은 엄격한 교장의 남편인 에제 씨를 연모하게 된다. 그러나 에제 씨는 별 반응을 보이지 않았으며, 당시에 그녀의 건강도 나빠져서 2년 만에 다시 고향으로 돌아온다.

고향에 돌아왔지만 그녀를 기다리고 있었던 것은 고통뿐이었다. 남동생은 술뿐만 아니라 아편에까지 손을 댔으며, 사숙을 열긴 했지만 단 한 사람도 응모해 오지 않았다. 샬럿은 낙담하지 않을 수 없었다. 그러나 문학에 대한 열정을 불살라 에밀리, 앤과 함께 출판비의 일부를 부담하고 『커러, 엘리스, 액턴의 시집』을 출간한다. 그러나 반응은 실로 저조했다. 이후에 그녀는 『교수』를 완성하였으나 출판을 거절당한다. 하지만 그녀는 실망하지 않고 『제인 에어』를 써서 결국 호평을 받게 된다. 그때 그녀의 나이는 서른이었다. 이렇게 『제인 에어』가 호평을 받게 되자 세 자매는 동시에 주목을 받게 된다. 그리하여 에밀리의 『폭풍의 언덕』과 앤의 『아그네스 그레이』도 잇따라 주목을 끌게 된 것이다.

그녀가 32세 되던 1848년에 남동생이 죽고, 에밀리까지 쓰러져 겨울을 넘기지 못하고 오빠의 뒤를 따른다. 잇따른 두 동생의 죽음은 샬럿에게 엄청난 슬픔을 가져다 준다. 어머니의 죽음, 두 언니의 죽음 그리고 두 동생의 죽음 속에서 샬럿은 인생에 대한 비애를 맛보지 않을 수 없었다. 에밀리의 죽음으로 충격을 받은 앤 또한 시름시름 앓기 시작하였다. 이 해는 샬럿에게 돌이킬 수 없는 슬픔으로 얼룩진 해였던 것이다. 그러나 샬럿은 그러한 모든 슬픔을 잊기 위해서였는지 중단했던 『셜리』의 집필에 열정을 기울인다. 그리하여 소설 『셜리』와 『빌레트』를 발표한다.

소설 『셜리』는 19세기 초 산업혁명을 일으킨 동란을 중심으로 쓴 사회 소설로, 여동생 에밀리의 모습을 여주인공으로 그리고 있다. 그리고 『빌레트』는 브뤼셀 시절의 체험을 바탕으로 한 자전적 소설이다. 미모도 재산도 없는 처녀 교사가 갖은 고생 끝에 교장까지 되는 과정을 그린 것이다.

앓기를 더해 가던 마지막 피붙이 앤은 영원히 회복되지 못하고 죽음에 이르게 된다. 이제 브론테 가에 남은 핏줄은 샬럿 자신뿐이었다. 노쇠한 아버지와 대화를 나누면서 살아가던 샬럿은 1854년 38세의 늦은 나이에 아버지의 교회의 부목사로 있던 아일랜드 태생의 청년과 결혼한다. 때늦은 결혼이었던 만큼 행복한 신혼 생활을 보내지만 그것도 잠시, 그녀는 결혼한 이듬해인 1855년에 열병을 얻어 병석에 눕고 만다. 남편의 지극한 간호에도 불구하고 그녀는 39세의 아까운 나이로 늙은 아버지에 앞서서 생을 마감하였다.

샬럿은 짧은 생을 살았기에 그리 많은 작품을 남기지는 않았다. 그런데도 오늘날까지 고전의 하나로 많은 독자들의 사랑을 받고 있다. 근대 소설의 싹이 보이기 시작했던 18세기를 지나 19세기에는 그 싹이 꽃을 이룬 시기였다. 호든, 멜빌, 플로베르, 위고, 톨스토이, 도스토예프스키 등의 대작이 출현한 것도 이때이며, 브론테 자매 또한 예외가 아니었다. 더구나 그 당시에 여성 작가로서 군림할 수 있었다는 사실은 이들의 작품 세계를 짐작 가능하게 한다. 여성으로서의 삶이 아니라 한 인간으로서의 삶을 피력한 샬럿은 단번에 근대 작가의 반

열에 오를 수 있었고, 그것이 오늘날까지 많은 독자를 사로잡는 이유이다. 갖은 불행과 불운을 겪어야 했던 샬럿은 그 불행 속에서 한 인간이 겪어야만 했던 고초를 그녀의 작품을 통해 보여 주고자 했던 것이다.

작품 줄거리 및 해설

샬럿의 소설들은 자전적인 요소가 많은데,『제인 에어』의 경우도 예외는 아니다. 1인칭 서술자에 의해 이야기가 전개되는 형식 자체가 그녀의 자전적인 요소를 더욱 극명하게 드러낸다. 이 작품은 이러한 형식적 장치 아래 제인을 중심으로 주변에서 일어나는 사건들을 기록한 일종의 성장 소설이다.

제인은 고아였다. 외숙모댁에서 자라지만 그 집안의 온 식구는 그녀를 달갑게 여기기 않는다. 고아에다가 구박당하는 그녀는 어린 시절부터 애정이 결핍된 존재였다. 그녀의 외숙모는 이러한 제인을 귀찮게 여겨서 기숙 학교에 입학시키는데, 그곳에서 그녀의 친구는 죽게 된다. 그 원인은 엄한 교육 환경에 있었다. 이 부분은 샬럿의 두 언니의 죽음에 비견할 만하다. 이렇게 혹독한 교육 환경 속에서도 여교장은 제인에게 매우 친절하게 대해 준다. 어린 시절부터 사랑이 결핍되었던 제인에게 이러한 여교장의 관심은 그녀를 훌륭한 교양과 고상한 성품을 지닌 숙녀로 성장시키는 데 기여한다.

제인 에어가 19세가 되었을 때 그녀는 어느 큰 저택의 가정교사로 들어간다. 그녀는 그곳에서 그 집의 주인인 로체스터에게 연민을 느끼기 시작한다. 그리하여 마침내 로체스터는 제인에게 청혼을 한다. 그러나 결혼식 날에 제인은 로체스터에게 광기에 걸린 아내가 있으며, 그녀가 저택의 한 구석방에 감금되어 있다는 사실을 알게 되고 이후에 그 집을 떠난다. 그 집을 떠나 방황하다가 세인트 존 리버즈 목사의 도움으로 그녀는 목사관에 들어가게 된다. 어느덧 목사도 그녀에게 감동하여 청혼을 하게 되지만, 그녀는 로체스터를 잊을 수 없었다. 그가 그녀의 첫 번째 사랑의 대상이었기 때문이다. 이렇게 제인이 로체스터를 잊지 못하는 사이, 로체스터의 아내가 집에 불을 질러 로체스터는 장님에다 불구의 몸이 된다. 이 소식을 들은 제인은 곧장 로체스터의 곁으로 발길을 향한다. 이렇게 둘은 다시 만나고 다시 사랑을 하게 된다.

이러한 이야기로 구성된 이 작품은 단숨에 읽어 내려갈 만큼 독자를 사로잡는다. 그것은 그녀의 독특한 구성 능력에서 비롯됨을 알 수 있다. 빅토리아 시대였던 당시에는 대부분의 작품들의 주인공들이 미남이나 미녀 혹은 뛰어난 인물이었다. 그러나 이 작품의 주인공인 제인은 미녀이기는커녕 어린 시절부터 결핍의 요소를 지닌 인물로, 주위에서 흔히 찾아볼 수 있는 평범한 인물이다. 이러한 인물 설정이 독자에게 호소력을 주는 또 하나의 이유일 것이다.

그러나 그녀의 작품이 우리에게 감동을 주고 당대에 높은 평가를 받았던 근본적인 이유는, 당대에 여성이 지니는 사회적 지위에 대한 반항이었다는 점이다. 빅토리아 시대의 사회에서는 여성은 억압받았거나 장식품으로서의 존재에 지나지 않았다. 그러나 샬럿은 이 작품을 통해 여성 또한 사회에서는 일꾼으로서의 역할을 하게 되고, 또한 여성이기 이전에 한 인간으로서 사색할 수도 있고, 남성과 동등하게 충분히 지적일 수 있다는 사실을 말하고 있는 것이다. 이러한 그녀의 입장은 마지막에 로체스터를 정신적으로 구원하는 부분에서 두드러진다. 따라서 이 작품은 단순히 로체스터에 대한 한 여인의 사랑의 승리라고 일축할 수 없게 된다. 감상적이고 낭만적이긴 하지만 그러한 감상성의 이면에는 획기적이고 개성이 강한 인간으로 발전하는 한 여인의 삶이 내재해 있기 때문이다. 이렇듯 작가의 맑은 이성을 담은 이 작품은 앞에서 언급한 이유들로 인해 세계의 고전의 하나로 자리잡을 수 있었던 것이다.

작가 연보

1816년　　　　4월 21일 영국 요크셔 주의 한촌 손턴에서 3녀로 태어남.

1821년(5세)　어머니가 암으로 사망함. 아버지는 끝까지 재혼하지 않음. 이후 이모가 집안 살림을 도맡음.

1824년(8세)　목사의 자녀들을 위해 설립된 학비가 저렴한 기숙 학교에 두 언니와 동생 에밀리와 함께 입학함. 이 학교는 『제인 에어』에 등장하는 기숙 학교의 모델이 됨.

1825년(9세)　교육 환경이 좋지 않아 두 언니가 사망하고, 샬럿과 에밀리는 집으로 돌아옴.

1831년(15세)　샬럿만 로헤드 학교에 입학함. 이곳에서의 생활은 샬럿에게 좋은 영향을 줌.

1835년(19세)　샬럿은 교사로, 에밀리는 학생으로 로헤드에 입학함. 그러나 에밀리는 3개월 만에 향수병에 걸려 귀향함. 샬럿은 1838년까지 로헤드에 머묾.

1839년(23세)　소설을 쓰기 시작함. 이 무렵 남동생이 음주와 아편으로 몸을 망침.

1842년(26세)　샬럿과 에밀리는 자신의 집에 학교를 세울 목적으로 벨기에의 브뤼셀에 가서 에제 기숙 학교에 입학함. 그곳에서

	샬럿은 에제 씨를 연모하게 됨. 이 해 12월에 이모의 사망으로 자매는 귀국함.
1843년(27세)	에제의 초청으로 다시 에제 기숙 학교에 머묾. 그러나 샬럿의 사랑은 짝사랑으로 끝이 남.
1844년(28세)	사랑의 실패에 상심하여 다시 귀국함.
1846년(30세)	필명을 남자 이름으로 하여 『커러, 엘리스, 액턴의 시집』이라는 제목으로 샬럿, 에밀리, 앤의 시들을 묶어 출간함. 그러나 반응이 거의 없었음. 샬럿은 아버지의 눈 수술을 위해 맨체스터에 동반하게 되는데, 이때 『제인 에어』를 집필하기 시작.
1847년(31세)	10월, 『제인 에어』를 출판하여 호평을 받음. 12월, 두 동생의 작품인 『폭풍의 언덕』과 『아그네스 그레이』도 샬럿의 성공에 힘입어 출간하게 됨.
1848년(32세)	남동생 브란웰이 사망함. 이때 장례식에서 얻은 감기가 악화되어 동생 에밀리도 이 해 12월에 사망함. 이때부터 막내동생 앤의 건강도 나빠짐.
1849년(33세)	5월, 하나 남은 동생 앤이 사망함. 10월, 『셜리』가 출판됨.
1852년(36세)	『빌레트』가 출판되어 호평을 받음.
1854년(38세)	니콜스와 결혼함. 행복한 결혼 생활을 함.
1855년(39세)	3월 31일, 생을 마감함.

1856년	샬럿의 처녀작 『교수』가 출판됨. 가스켈 부인의 『샬럿 브론테의 삶』이 출판됨.
1861년	아버지 패트릭 브론테가 사망함.